AF643974

Carsten Henn
Die Butterbrotbriefe

Carsten Henn

DIE BUTTERBROT BRIEFE

Roman

PIPER

Mehr über unsere Autorinnen, Autoren und Bücher:
www.piper.de

Wenn Ihnen dieser Roman gefallen hat, schreiben Sie uns unter Nennung des Titels »Die Butterbrotbriefe« an empfehlungen@piper.de, und wir empfehlen Ihnen gerne vergleichbare Bücher.

Von Carsten Henn liegen im Piper Verlag vor:
Der Buchspazierer
Der Geschichtenbäcker
Das Apfelblütenfest
Die Butterbrotbriefe
Sonnenaufgang Nr. 5

Inhalte fremder Webseiten, auf die in diesem Buch (etwa durch Links) hingewiesen wird, macht sich der Verlag nicht zu eigen. Eine Haftung dafür übernimmt der Verlag nicht.
Wir behalten uns eine Nutzung des Werks für Text und Data Mining im Sinne von § 44b UrhG vor.

MIX
Papier | Fördert gute Waldnutzung
FSC® C014496

ISBN 978-3-492-07182-6
2. Auflage 2025
© 2023 Piper Verlag GmbH, Georgenstraße 4, 80799 München,
www.piper.de
Für einen direkten Kontakt und Fragen zum Produkt wenden Sie sich bitte an: *info@piper.de*
Redaktion: Dr. Clarissa Czöppan
Satz: Fotosatz Amann, Memmingen
Gesetzt aus der Bauer Bodoni Std
Druck und Bindung: GGP Media GmbH, Pößneck
Printed in Germany

*Für alle, die ihren eigenen Weg
nicht finden durften*

»Auch nicht geschriebene Briefe
kommen manchmal an.«

Marie von Ebner-Eschenbach

Kapitel 1

Die Landung des Kranichs

Meist verteilt das Schicksal Schläge.

Nur selten nimmt es einen in den Arm.

So wie die grauhaarige Frau mit den vielen Kummerfalten es jetzt tat, die Kati weinend so fest an sich drückte, als wollte sie nie mehr loslassen. Kati konnte die Tränen spüren, die Tropfen für Tropfen ihre Halsbeuge herunterliefen.

Die Frau hieß Gudrun Lupenau, und Kati hatte ihr gerade einen Brief vorgelesen. Es war die Nummer 31 gewesen. Nur sechs weitere würden noch folgen.

Als sie am Morgen dieses 7. Oktobers zur Zehnthofstraße aufgebrochen war, hatte Kati damit gerechnet, von Gudrun Lupenau angeschrien zu werden, sich vielleicht sogar eine Ohrfeige einzufangen, aber bestimmt nicht mit einer Umarmung.

Wann immer möglich, ging sie zu Fuß, um einen Brief auszuliefern. Das dauerte zwar länger, aber beruhigte sie mehr, als in ihrem Wagen zu sitzen und sich nicht bewegen zu können. Das Herz schlug trotzdem jedes Mal heftig in ihrer Brust.

Als Kati am Friedhof vorbeikam, sah sie das Holzkreuz auf dem Grab ihrer Mutter und musste an Brief Nummer 1 denken. Damals hatte sie noch nicht gewusst, dass so viele weitere geschrieben werden mussten.

Sie hatte ihn nach der Beerdigung verfasst, wegen der Trauerrede. Die war wie von der Stange im Textildiscounter gewesen. Einheitsgröße. Hätte man Namen, Geburts- und Sterbedatum geändert, die Trauerrede hätte zu jedem anderen genauso gut gepasst. Oder besser: genauso schlecht. Zur Traurigkeit über den Tod ihrer Mutter war die Wut über diese seelenlosen Worte hinzugekommen. Kati hatte sich so sehr vorgenommen, auf der Beerdigung nicht zu weinen, weil sie wusste, dass sie nicht mehr würde aufhören können, wenn sie einmal begann. Aber wegen dieser furchtbaren Rede ließen sich die Tränen nicht mehr zurückhalten. Sie rannen über den Kajal, sahen aus wie schwarze Tinte.

Wieder zu Hause, hatte Kati das Telefon schon in der Hand gehalten, um sich beim Priester zu beschweren, als sie Angst bekam, dass die Worte vor lauter Aufregung falsch aus ihr herauspurzeln würden. Das Gebäude, das sie dann ergäben, würde schon beim leichtesten Gegenwind einstürzen. Bei einem Brief konnte sie alle Formulierungen sorgfältig wählen. Deshalb hatte sie Blätter gesucht und sich an die Kiste mit dem Butterbrotpapier erinnert, das ihr Vater einst für sie gesammelt hatte.

»Das ist nur für dich«, hatte er gesagt, während er das Papier akribisch von Krümeln oder anderen Rückständen befreit hatte. »Damit kannst du später etwas Schönes machen.« Er hatte an Bastelarbeiten gedacht oder daran, die Blätter zum Durchpausen zu benutzen. Das dünne, knisternde Material war Kati immer magisch vorgekommen, als könnte man Zaubersprüche darauf verfassen. Es nahm die Farbe zwar nur widerwillig auf, und in der Schreibmaschine entstanden auf dem passend zugeschnittenen Papier immer wieder kleine Tintenwolken, aber der leichte Glanz verlieh den Buchstaben und Worten einen besonderen Schimmer.

Kati hatte dem Priester vorgeworfen, durch seine Worte sei die Beerdigung ihrer Mutter eigentlich anonym gewesen. Nur hohle Phrasen, die Herz und Seele der Hinterbliebenen nicht genährt hätten. Sie wählte andere Worte, verwendete viele Ausrufezeichen (es tat so gut, immer wieder fest auf die entsprechende Taste der Schreibmaschine zu drücken), verfluchte den Namen des Herrn, mehrfach (auch das hatte sich so gut angefühlt, dass sie es, wo immer möglich, eingebaut hatte), und sparte auch sonst nicht mit bildhafter Sprache (von der sie hoffte, dass sie den Priester ordentlich schockierte).

Der Brief war getippt, aber eigentlich war er geschrien.

Als sie fertig war und ihn in ein Kuvert steckte, fragte sich Kati, wie lange es her war, dass sie zuletzt einen Brief geschrieben hatte. Keine SMS, keine Mail, kein berufliches Schreiben, sondern einen Brief, von einem Menschen an einen anderen. Es musste in der Schule gewesen sein, an ihre damalige Brieffreundin, von der sie ein ganzer Ozean getrennt hatte. Das war sicher zwanzig Jahre her, denn jetzt war sie ja schon neununddreißig.

In der Schulzeit hatte es auch andere Briefe gegeben, lebenswichtige, so war es ihr zumindest damals vorgekommen: »*Willst Du mit mir gehen? Bitte ankreuzen: Ja/Nein/Vielleicht.*« Oder: »*Treffen wir uns heute hinter der Sporthalle? Ich würde Dir gerne etwas sagen …*« – mit einem blauen Herz in Pelikan-Tinte.

Die schönsten Briefe, die Kati je erhalten hatte, stammten allerdings von ihrer Großmutter Katharina. Sie war immer schon zu alt zum Reisen gewesen und hatte jedes Weihnachten einen Brief an Kati geschrieben. In den ersten Jahren war der beiliegende Geldschein bedeutender gewesen als die Worte, aber mit jedem Jahr änderte sich das mehr, und irgendwann hätte es des Geldes nicht mehr bedurft, um den Brief vor allen anderen Geschenken zu öffnen und zu lesen.

Ein Brief war Zeit und Mühe, war Denken an den anderen. Das wertvollste Geschenk. Darin glich er selbst gekochten Marmeladen, sogar wenn sie scheußlich schmeckten, selbst gestrickten Socken, auch wenn sie kratzten, und den ersten unidentifizierbaren Kritzeleien, die einem Kinder stolz übergaben. Alles so unendlich wertvoll, wenn man begriff, was einem eigentlich geschenkt wurde.

Falls jedoch der Brief an den Priester ein Geschenk war, dann eines, das dieser bestimmt nicht wollte.

Es fühlte sich trotzdem gut an, ihn einzuwerfen.

Als keine Antwort eintraf, auch nicht nach einer Woche, kamen Kati Zweifel, ob der Priester den Brief überhaupt gelesen oder ihn die Pfarrsekretärin im Mülleimer entsorgt hatte. Umgehend war da wieder diese Wut, wie ein frisch entfachtes Feuer. Kurzerhand schrieb sie einen neuen Brief (mit noch mehr Ausrufezeichen), ging zum Pfarrhaus, klingelte und las ihn dem perplexen Priester vor. Dieser stand mit durchgelaufenen Schlappen und Hausmantel in der Eingangstür des Pfarrhauses und knetete die ganze Zeit seine Hände, als könnte er dadurch ändern, was ihm gerade widerfuhr.

Das Vorlesen fiel Kati nicht leicht, kein bisschen. Sie schaffte es nicht, zum Priester aufzublicken, geschweige denn in seine Augen. Aber jedes Wort, das sie aussprach, ließ sie gerader stehen und ihre zuerst noch zittrige Stimme voller werden.

Als sie fertig war, drückte sie dem Priester den Brief in die durchgekneteten Hände und ging. Auf seine Rufe reagierte sie nicht.

»Leben Sie wohl«, waren die letzten Worte des Briefes, und damit schloss und verriegelte sie eine Tür hinter sich.

Die Schritte zurück nach Hause kamen Kati leichter vor. Sie spürte aber, wo noch Schwere war, wo Ungesagtes, das endlich ausgesprochen werden musste. Wo weitere Briefe notwendig waren, um ihre Fesseln zu durchtrennen. Papier konnte höllisch scharf sein und schneiden, seine Kanten wie Klingen.

Am wichtigsten waren die drei magischen Worte *Leben Sie wohl*. In ihnen lag das eigentliche Loslassen, wenn sie ehrlich gemeint waren. Mit ihnen ließ sie die ganze Wut los, den Hass, die eigene Enttäuschung.

Zuerst ging Kati chronologisch vor und fragte sich, wann ihr in der Kindheit Unrecht getan worden war, das sie nicht vergessen konnte. Auch wenn es nur ein kleines war. Reinen Tisch machen ließ keine Krümel zu. Also erhielt Petra Lobner einen Brief, das Nachbarsmädchen, welches ihr mit fünf Jahren keines ihrer Karnickel abgegeben hatte, obwohl diese sich vermehrten, nun ja, wie Karnickel es eben taten. Petra bekam ein *Lebe wohl!* Auch der Präsident des Fußballvereins bekam einen Brief, weil er es als Trainer nicht hatte zulassen wollen, dass Kati bei den Jungs mitspielte. Nicht, dass sie das Spiel gemocht hätte, aber ausgeschlossen zu werden, nur weil sie ein Mädchen war? Leben Sie wohl! Der unfreundliche Busfahrer, der sie nicht mitgenommen hatte, obwohl er – an der Ampel stehend – einfach die Türen hätte öffnen können, aber stattdessen zu ihr geschaut und vorwurfsvoll auf seine Armbanduhr getippt hatte. Leben Sie wohl! Oder der Junge – die Bezeichnung Ex-Freund war zu viel Ehre für ihn –, mit dem sie ihr erstes Mal erlebt hatte. Nach dem Weinfest. Sie hatte es gewollt, weil sie verliebt gewesen war. Aber nicht so. Und er hatte nur *es* gewollt. Alle hatten sie gewarnt. Leb, verdammt noch mal, wohl!

Mit jedem Brief sickerte die Erkenntnis tiefer in Kati ein, dass sie nicht nur dabei war, Abschied von ihrer Vergangenheit zu nehmen, sondern von ihrem Leben hier im Ort. Dass sie fortgehen würde, ja fortgehen musste. Weil sie hier in all den Jahren nicht ihren Platz gefunden hatte. Keinen Beruf, der sie erfüllte, keinen Mann, der sie wirklich liebte und den sie ohne Sicherheitsnetz lieben konnte, kein Kind, das daraus erwachsen war. Sie hatte keinen Baum gepflanzt, nicht mal eine Primel. Vielleicht fand sich all das ja woanders. Kati wollte endlich wissen, was sie alles mit diesem merkwürdigen Geschenk machen konnte, das man Leben nannte. Es fühlte sich an, als hätte sie es noch gar nicht richtig ausgepackt, aber sähe schon das Verfallsdatum.

Sie hatte bisher nicht fortgehen, ihre Mutter nach dem Tod des Vaters nicht allein lassen können. Obwohl der Wunsch immer da gewesen war, bis ans Ende des Regenbogens zu reisen und dort das Glück zu suchen, wie es die Heldinnen und Helden in alten Geschichten taten. Aber wer fortging, der nahm nicht nur Abschied von den Verletzungen und Enttäuschungen, der nahm ebenfalls Abschied von all den guten Erinnerungen.

Also schrieb Kati auch Briefe an die Menschen, denen sie etwas zu verdanken hatte. Diese Briefe schrieb sie mit der Hand, was ungewohnt war, da sie es seit Jahrzehnten nicht mehr getan hatte und sich erst wieder an ihre Schreibschrift erinnern musste.

Der Kfz-Mechaniker der ihr fünf Prozent Rabatt eingeräumt hatte, weil sie so eine nette Kundin war, erhielt einen Brief. Ihre erste Beste-Freundin-für-immer-und-ewig, die sie hatte ihr Tagebuch lesen lassen – als einzigen Menschen überhaupt. Die Nachbarin, die ihr immer den Rasenmäher auslieh, seit ihr eigener qualmend den Geist aufgegeben hatte. Dreißig Briefe, dreißigmal Herzklopfen bis zum Hals, dreißigmal Lebwohl.

Die Adressatin von Brief Nummer 31 würde keine handgeschriebenen Zeilen erhalten.

Gudrun Lupenau lebte in einem efeubewachsenen Bungalow. Als Kati den abgescheuerten kupfernen Klingelknopf drückte, öffnete niemand.

Kati würde warten. Bis zu einer Stunde. Das war eine der Regeln, die sie aufgestellt hatte. Eine andere war, direkt mit dem Lesen des Briefes zu beginnen, sobald die adressierte Person vor ihr stand, um sich vorher nicht in Small Talk zu verlieren (wie es bei dem getippten Brief für Marcus passiert war, ihrem ersten Kuss, und bei dem handgeschriebenen für Frank, ihrem ersten *richtigen* Kuss).

Nach dreiundvierzig Minuten parkte ein gelber Fiat 500 in der Einfahrt, und heraus stieg Gudrun Lupenau, die auch mit zweiundsiebzig Jahren nichts von ihrer Imposanz eingebüßt hatte. Groß gewachsen, mit einer beigefarbenen Strickjacke, die grauen Haare im praktischen Pagenschnitt. Ihre Augen funkelten freudig, als sie Kati durch ihre rot umrandete Brille erblickte.

»Mensch, die Kati! Was machst du denn hier? Wie schön, dich mal wieder zu sehen nach all den Jahren! Wie viele sind es jetzt eigentlich? Ach, ist ja auch egal. Ich habe dein Lachen immer so gemocht, du hast immer so schön gestrahlt!« Sie zog den Haustürschlüssel aus der Hosentasche. »Hätte ich gewusst, dass du heute deine alte Klassenlehrerin besuchst, wäre ich früher da gewesen. Ich komme gerade von der Bank am Fluss, kennst du die? Ist erst letztes Jahr von der Gemeinde aufgestellt worden. Du musst nur an dem alten Bauernhof vorbei, weißt du, der verlassene Hof, und dann ist es nicht mehr weit. Ich kann da immer so gut nachdenken und die Seele baumeln lassen.« Sie öffnete die Haustür. »Aber jetzt sag schon, was dich zu mir führt. Magst du etwas trinken? Ach, ich habe ja gar nichts da. Außer Kaffee, den immer!«

Kati hatte diese freundliche Stimme – der man bei jeder wohlartikulierten Silbe anmerkte, dass sie durchaus ins Tadelnde umschlagen konnte – Jahrzehnte nicht mehr gehört. Aber schon beim ersten Wort war sie wieder so nervös geworden wie mit sechs Jahren, wenn sie nach vorne an die Tafel gerufen worden war und vor der ganzen Klasse eine Matheaufgabe hatte lösen müssen. Kati kam sich vor wie ein Baum, der mit der Zeit zwar viele Jahresringe zulegte, doch im Inneren stets derselbe blieb.

Sie zog rasch den Brief aus dem Umschlag und faltete das Butterbrotpapier auseinander. Mit zittriger Stimme begann sie vorzulesen:

Frau Lupenau,
Sie haben mir den Glauben an mich selbst genommen, als es um die Empfehlung für die weiterführende Schule ging. Ich hatte so viel geübt und gebüffelt für die vierte Klasse und mich in allen Fächern verbessert. Sie haben mich in dem Schuljahr so oft gelobt und dann doch keine Empfehlung für das Gymnasium ausgesprochen. Ich konnte es einfach nicht fassen. Eine ganze Woche habe ich geweint und nicht gewusst, was ich falsch gemacht hatte. Und warum Sie mir die ganze Zeit etwas vorgespielt und mir das angetan haben.
Ich mochte Sie nämlich sehr. Damals wollte ich wegen Ihnen sogar Lehrerin werden.
Das machte Ihren Verrat für mich nur umso größer.
Andere hätten sich danach wieder aufgerappelt mit dem Wunsch, es der Welt zu zeigen. Aber ich

war nur ein gebrochenes kleines Mädchen, das seitdem denkt, dass es nicht schlau genug ist für die Welt. Sobald ich weiß, dass jemand anderes Abitur hat, fühle ich mich wie ein Mensch zweiter Klasse.
Dabei weiß ich tief in mir, dass ich es auch geschafft hätte, wenn Sie mir damals eine Chance gegeben hätten, anstatt mein Selbstwertgefühl so mit Füßen zu treten.

Kati reichte Gudrun Lupenau den Brief. Die letzten drei Worte kannte sie längst auswendig. Wie immer war das Allerletzte das Schwerste. Wie immer musste sie davor tief Luft holen, um die Kraft in sich zu finden, es ernst zu meinen. Und wenn auch erst mal nur für diesen einen kurzen Moment.

Leben Sie wohl.

Kati drückte Gudrun Lupenau den Brief samt Umschlag in die Hand, dann wendete sie ihr den Rücken zu. Schnell fortgehen war wichtig, bevor das Gegenüber Zeit hatte zu reagieren. Aber ihre alte Klassenlehrerin reagierte sofort, war mit wenigen, hastigen Schritten bei ihr und schloss sie weinend in die Arme.

»Ach, Kati, meine Kati! Es tut mir so leid! Es tut mir so, so leid, so schrecklich leid!«

Kati umarmte nicht zurück; sie wollte keine Zuneigung von Gudrun Lupenau und ihr erst recht keine geben. Sie wollte nur weg.

»Ich habe es doch nur gut gemeint!«, brachte Gudrun Lupenau stockend hervor.

Ein Satz, den Kati noch nie gemocht hatte. Er war so selbstgerecht, er nahm nicht ernst.

»Nein, haben Sie nicht!«

Die alte Frau löste ihre Umarmung und wischte sich die Tränen mit dem Handrücken, so gut es ging, aus dem Gesicht. »Ich habe es doch nur gemacht, weil deine Mutter darauf bestanden hat.«

»*Meine Mutter?*«

»Ja, ich habe ihr damals beim Elternsprechtag freudestrahlend erzählt, wie fleißig du bist und dass ich dir die Empfehlung für das Gymnasium geben kann. Aber sie wollte das nicht.«

»Aber … das ergibt doch gar keinen Sinn.«

Gudrun Lupenau hielt den Brief in Händen, als wäre er klebrig und unangenehm wie ein Fliegenfänger. »Sie hat gemeint, du bräuchtest das, du seist der Typ Mädchen, der Widerstände überwinden müsse. Ich habe erwidert, dass sie dich trotz Empfehlung ja nicht aufs Gymnasium schicken muss, aber ich deine Leistung schriftlich honorieren möchte. Da hat sie mich angefleht, das nicht zu tun, weil es dadurch Streit geben würde zwischen euch, und das könne ich ja nicht wollen. Eine Tochter gegen ihre Mutter aufzubringen. Ich habe das alles nicht verstanden, es war so komplett gegen mein Bauchgefühl. Ich war mir sicher, dass du das Zeug hattest, das Abitur zu schaffen. Aber ich hatte eine weinende Mutter vor mir, die sagte, sie wolle nur das Beste für ihr Kind.« Gudrun Lupenau schluckte hart. »Ich war damals noch eine junge Lehrerin. Nur ein paar Jahre später hätte ich mich nicht beirren lassen, aber damals … Ich habe immer gehofft, dass es die richtige Entscheidung war. Aber jetzt … es tut mir so schrecklich leid! Das kann ich ja nie wiedergutmachen.« Sie schloss ihre kleine Schülerin wieder in die Arme.

Da begriff Kati, dass manchmal sogar eine Umarmung ein Schicksalsschlag sein konnte.

***

Kati brach ihre wichtigste Regel: Sie blieb nach dem Vorlesen des Briefs. Trank frisch aufgebrühten Filterkaffee mit Kondensmilch, obwohl sie eigentlich gar keinen wollte. Sie trocknete die Tränen in Gudrun Lupenaus Gesicht mit dem hellblauen Löschpapier, das auf dem Küchentisch lag, und schenkte ihrer alten Lehrerin Trost, obwohl sie ihn doch selbst viel nötiger hatte.

Erst gute zwei Stunden später sagte sie: »Leben Sie wohl«, und meinte es wirklich.

Danach ging sie zum Fluss, vorbei an etlichen Vorgärten bis zum Ortsrand, am verlassenen Bauernhof entlang, zu der Bank, wo man die Seele baumeln lassen konnte. Ihre Seele schien Kati gerade so schwer, dass sie sicher schon bis zum Boden hing.

Der kleine Fluss machte hier eine sanfte Biegung, an den Ufern fanden sich glatt gespülte Kiesel und herbstlich verfärbte Blätter. Kinder hatten aus Zweigen einen kleinen Damm gebaut, an dessen dünnen Streben der Fluss zog und dabei amüsiert gluckste.

Als sie jung gewesen war, hatte sie auch hier gespielt, aber irgendwann die Lust verloren. Denn der Fluss konnte den Ort verlassen, einfach so, niemand hielt ihn auf. Ganz anders als bei ihr, die nicht gehen konnte, wohin sie wollte, nicht machen, was sie wollte. All das bestimmte ihre Mutter. Die es ja nur gut mit ihr meinte.

Die Bank zum Seele-baumeln-Lassen war aus Edelstahl, Sitzfläche und Rückenlehne bestanden aus Gittern, die an eine Küchenreibe erinnerten. Unter ihr wuchs kein Gras mehr, vermutlich von den Schuhen der hier Sitzenden weggescheuert – vielleicht hatten es aber auch die Seelen weggebaumelt. Außer Kati war niemand am Fluss, nur der durch die Wipfel der Eichen, Linden und Kastanien rauschende Wind. Alles so schön hier draußen, dachte Kati, als sie sich setzte, und alles so unschön in ihr drin.

Sie wollte ihre Mutter fragen, warum sie damals so gehandelt hatte. Aber Tote konnten Fragen durch die viele Graberde nicht hören, egal, wie laut man sie stellte. Selbst wenn man schrie. So blieben Katis Schreie in ihr drin und konnten nicht heraus.

Ihre Mutter war das gewesen, was man einst als eine Dame bezeichnet hatte. Eine gut aussehende, schlanke Frau, immer perfekt gekleidet, mit französischem Chic, Manieren und Ausdrucksformen. Teil der besseren Gesellschaft im Ort. Und Chefsekretärin des Bürgermeisters, mit Betonung auf Chef.

Sie war keine Frau mit großer Herzenswärme, aber immer für Kati da und nahm großen Anteil an ihrem Leben. Sie war die Art Frau, die einem im Winter die Pudelmütze auf dem Kopf tiefer zog, die einem immer ein Brot zu viel in Butterbrotpapier einschlug und die dreimal sagte, dass man nicht über die Straße laufen, sondern den Zebrastreifen benutzen solle. Am liebsten hätte sie eine Glasglocke über Kati gestülpt. Das hörte auch nicht auf, als ihre Tochter längst erwachsen war. Kati hatte ein gutes Verhältnis zu ihr gehabt, aber es hatte sich immer mehr wie das zu einer Anstandsdame angefühlt als das zu einer Mutter. Sie hatte immer gehofft, dass es sich eines Tages ändern würde, eine richtige Mutter aus der Anstandsdame schlüpfte, wie ein Schmetterling aus dem Kokon. Aber sie hatte sich nie verpuppt.

Kati stand auf und trat zum Fluss, suchte eine Stelle, an der das Bett flach war und das Wasser langsam floss. Ihr Spiegelbild war zitternd, unscharf. Aber da waren sie, die Augen ihrer Mutter. Kati suchte in ihnen nach einer Antwort, die alles erklärte, alles entschuldigte und keine neuen Wunden aufriss.

»Warum?«, fragte sie, als müsste die Frage ausgesprochen werden, müsste hinaus in die Welt, um beantwortet werden zu können.

Plötzlich war da ein Rauschen, so als stöbe ein heftiger Wind durch einen Blätterhaufen.

Erst als es langsam abklang, erkannte Kati das Flattern großer Flügel.

Dann stand er vor ihr im Wasser und trank. Aufschauend stieß er einen kehligen Laut aus, der wie »gru, gru« klang. Über jedem seiner Augen, mit denen er Kati nun fixierte, hatte er einen leuchtend roten Punkt. Der Kranich maß über einen Meter, seine ausgestreckten Flügel bestimmt das Doppelte. Silbergrau war sein Gefieder, vom Halsansatz bis zum Kopf mit einem breiten schwarzen Streifen versehen. Schwarz auch die Flügelspitzen, als trüge er lange Glacéhandschuhe.

Kati stand ganz still.

Der Kranich stakste mit seinen langen Beinen näher und legte den Kopf mal zur einen, mal zur anderen Seite, das auf sie gerichtete Schwarz der Pupillen wie ein Tupfer im Gelb seiner Augen.

»Was machst du denn hier allein?«, flüsterte Kati.

Er zog ein Bein an und ließ es in seinem Gefieder verschwinden. Balance zu halten gelang ihm mühelos.

»Hast du dich verflogen?«

Über den Himmel schob sich ein dunkles Dreieck, das ebenfalls kehlige Laute ausstieß. Das Lied der Kraniche erzählte von der Sehnsucht nach Ferne, von einem warmen Land im Süden.

Kati war nie zuvor solch einem großen Vogel so nah gewesen. Es ließ sie für diesen Moment all ihre Wut und Enttäuschung vergessen. Dieser Moment war ein Geschenk.

Dann brach eine Männerstimme durch die Stille wie eine Axt.

»Bleiben Sie stehen! Genau so!«

Kati blickte ans andere Ufer, blickte in die Sonne und machte den Schemen eines Mannes aus, dessen Gesicht sie nicht erkennen konnte.

»Gehen Sie bloß nicht weg!«, rief er und kam näher. »Keinen einzigen Schritt! Bitte!«

Der Kranich sah erschrocken zu dem Mann, dann rannte er los, den Flusslauf entlang, wurde immer schneller, bis er seine Flügel ausbreitete und sich mit kraftvollen Schwüngen in den Himmel emporhob, zu den anderen Kranichen.

Der Mann kam noch näher. Er hatte es nicht mehr weit bis zum Flussbett.

Kati blickte dem Kranich nach, der diesen kurzen, perfekten Moment mit sich zu nehmen schien. Einen tiefen Seufzer ausstoßend, wandte sie sich vom Fluss ab.

»Nein!«, rief der Mann. »Es war gerade endlich perfekt!«

Kati spürte, wie die kalte, knochige Hand namens Angst ihr Herz umfasste. Sie wurde schneller, dann rannte sie, zum alten Bauernhof und daran vorbei, bis sie atemlos den Ort erreichte.

Der Mann war ihr nicht gefolgt.

Kati blieb stehen, stützte die Hände in die Hüften, kam langsam wieder zu Atem und blickte in den Himmel, ein hellblaues Blatt Papier, völlig unbeschrieben. Keine Kraniche mehr.

Die Vögel spürten, wann es Zeit war, einen Ort zu verlassen, sie spürten das Naturgesetz in ihren Knochen und Muskeln. Es war überlebenswichtig für sie, den richtigen Zeitpunkt nicht zu verpassen, denn falls sie zu lange warteten, konnten sie verenden.

Sie selbst hatte bisher nicht festgelegt, wann sie losziehen würde. Als sie jetzt in den leeren, weiten Himmel sah, wusste Kati es mit einem Mal. Der Entschluss fühlte sich an wie ein magnetischer Nordpol ihrer Welt, an dem sich nun alles ausrichtete: Wenn Ende Oktober der letzte Kranich seine Reise antrat, würde sie mit ihm ihre Heimat verlassen und sich eine neue suchen. Sie würde mit ihnen nach Süden fliegen und all die großen dunklen Wolken, die auf ihrem Weg lagen, beiseiteschieben.

***

Der Ort, in dem Kati lebte, konnte sich nicht entscheiden, ob er Dorf oder Stadt sein wollte. Er war umringt von Dörfern und lag in der Nähe einer Stadt, bei der niemand den Status anzweifelte. Wer in Katis Heimatort lebte, war weder Dörfler noch Städter. Die Einwohner hatten nicht das Beste, sondern das Schlechteste aus zwei Welten: Warenangebot und kulturelles Leben eines Dorfes, Anonymität und Wohnungspreise einer Stadt.

Aber eines besaß der Ort, was ihn von allen anderen unterschied: ein Arktismuseum. Es wurde von Katis Onkel Martin betrieben, einem kauzigen Mann, der die Region jenseits des Polarkreises liebte, obwohl er noch nie da gewesen war. Er hatte sein Reich »Svenssons Polarwelt« getauft, obwohl er nicht Svensson, sondern Waldstein hieß, aber »Waldsteins Polarwelt« klang einfach nicht authentisch genug.

Seit sie denken konnte, baute er sein Haus mitsamt Garten so um, dass es über dem sechsundsechzigsten Breitengrad lag. Zuerst hatte er die Außenwände seines Hauses mit Holzbohlen verkleidet und ochsenblutrot gestrichen, sodass es an die Fischerhäuser der Lofoten erinnerte. Dann hatte er Schläuche im Garten verlegt, durch die heißer Dampf austrat, der die geothermischen Schlote in Island nachahmte. Mit der Zeit kamen ein Iglu aus Styropor, eine Jurte, eine grasbewachsene Wikinger-Holzhütte (mit Schaufensterpuppen darin, die wie echte Wikinger gekleidet waren) und ein Stockfischgestänge hinzu, an dem Martin tatsächlich Fisch hatte trocknen lassen (aber nur einen Sommer, dann hatte der Gemeinderat es mittels Eilbeschluss untersagt). Die Hauptattraktion waren jedoch zwei lebendige Ausstellungsstücke: Eines davon war grummelig und bockig und etwas schwerhörig, hatte einen Bart, eine sehr breite Oberlippe, die Muffel genannt wurde und weit über die Unterlippe hing, hieß Harald Schönhaar und war ein alter Elch. Das andere war enorm verschmust, ein Rentier, und hörte auf den Namen Bettina. Wie alle weiblichen Rentiere besaß auch dieses ein Geweih.

Mit unterschiedlichen Grassorten hatte Martin die Umrisse aller Länder der Arktis angelegt, wobei Harald Schweden immer wieder auffraß. Niemand wusste, wieso, vermutlich nicht einmal Harald.

Im Erdgeschoss des Hauses – in dessen ausgebautem Speicher Martin nun lebte – hatten sich mit der Zeit folgende Ausstellungsstücke angesammelt: eine kleine Bibliothek, unzählige Bilder und Fotos, ein Aquarium mit nordischen Fischen und Quallen, drei ausgestopfte Tiere (Eisbär, Polarfuchs, Schneehase), eine nachgebaute Walfängerhütte samt kompletter Inneneinrichtung, diverse Gesteinsproben in einer beleuchteten Vitrine, eine Miniatur des Erdkugel-Monuments am Nordkap sowie sämtliche Flaggen der polaren Länder (mit Erläuterungen zu ihrer Bedeutung). Auf dem Boden war sogar eine Linie aufgezeichnet, mit der sich der auf Kreuzfahrtschiffen übliche Polarkreis-Sprung nachahmen ließ. Das neueste Ausstellungsstück war ein Schneeball aus Spitzbergen im Eisfach des Kühlschranks, dessen von einem guten Freund organisierter Transport eine logistische Meisterleistung darstellte. Jedes Jahr kam etwas hinzu, dabei platzte das kleine Museum schon aus allen Nähten.

Die Menschen im Ort sagten, Martin sei eigentlich Versicherungsmakler. Aber das stimmte nicht, Martin war eigentlich Museumsdirektor, seine Arbeit als Versicherungsmakler war das Beiwerk.

Früher waren alle in Katis Straße für sie Onkel und Tanten gewesen. Alle Familie, Verbündete. Eine wundervolle Lüge. Martin aber war ein echter Onkel, der jüngere Bruder ihres vor einigen Jahren verstorbenen Vaters.

Als Kati eintraf, saß er neben der Eingangstür hinter dem geöffneten Fenster des ehemaligen Gäste-WCs, in dem nun das Kassenhäuschen untergebracht war, das gleichzeitig als winziger Museumsshop diente. Am besten liefen die Plüschtiere; für Mutige gab es auch Surströmming, die schwedische Spezialität aus vergorenem Fisch, deren Dosen sich wegen des in ihnen entstandenen Gases gefährlich dellten.

Wenn das Museum geöffnet hatte, trug Katis großer, bäriger Onkel immer einen schweren, kratzigen Norwegerpullover, selbst im Hochsommer – dann allerdings kurze Hosen und Badelatschen dazu. Sein imposanter Bart war von Natur aus nordisch blond, was ihm Geld für Blondierungen sparte.

Als er Kati erblickte, hob Martin abwehrend die Hände. »Wehe, du hast einen Brief für mich! Dann kannst du gleich wieder gehen!«

»Es könnte ja ein sehr, sehr positiver sein«, erwiderte sie und gab ihm zur Begrüßung einen Kuss auf die Wange. »Viel los?«

»Heute Morgen war eine Gruppe vom Kindergarten *Sieben Zwerge* hier, und Lukas führt gerade ein Ehepaar durchs Museum, das nächste Woche nach

Spitzbergen reist und sich einstimmen will. So gut kann es gerne immer laufen!«

Lukas war mit seinen vierzehn Jahren ein wandelndes Lexikon. Informationen zu seinem Lieblingsthema, dem ewigen Eis, saugte er auf wie ein Schwamm, hatte aber auch dessen unangenehme Eigenschaft, das Aufgesaugte ungefragt wieder abzugeben. Lukas war nicht nur ein Neunmalklug, er war mindestens ein Zehnmalklug. Selbst wenn man ihn mitten in der Nacht wecken würde, könnte er sämtliche Polarexpeditionen der letzten zweihundert Jahre herunterrattern. Sowie die Namen ihrer Schiffe. Und der Schlittenhunde. Er verdiente sich als Museumsführer etwas dazu, was eigentlich gar nicht nötig war, da seine Eltern, ein Arzt-Ehepaar mit mehreren Praxen, zu den Reichsten im Ort zählten. Aber sie waren ausgesprochen froh, dass ihr Sohn eine Aufgabe hatte, woanders war und vor anderen Menschen als ihnen referierte. Früher waren Dinosaurier seine Leidenschaft gewesen, aber als Lukas' Eltern von »Svenssons Polarwelt« erfahren hatten, hatten sie ihre Chance erkannt und über den Umweg von Mammuts in Sibirien die Faszination für die eisigen Landschaften des Nordens bei ihm geweckt. Sie liebten ihren Sohn sehr, aber selbst Liebe hielt nur eine gewisse Menge an Fachvorträgen zu Triceratops und Diplodocus aus. Optisch erinnerte Lukas wegen seiner runden Brille und seines Haarschnittes an Harry Potter.

Kati reichte Martin ein in Papier eingeschlagenes kleines Päckchen. »Hier, deine wöchentliche Lieferung feiner Leberwurst von Hamucher. Monika lässt schön grüßen.«

Martin liebte die feine Leberwurst von Metzger Hamucher, die beste weit und breit, aber er konnte nicht damit umgehen, dass die Metzgereifachangestellte Monika mit ihm zwischen Griebenschmalz und Cervelatwurst flirtete. Beim letzten Mal hatte Monika gefragt, ob sie nicht mal zusammen einen Kaffee trinken könnten. Seitdem musste Kati die Metzgerei-Einkäufe für Martin übernehmen. Monika ließ Martin immer lieb grüßen, wenn Kati bei ihr zweihundert Gramm feine Leberwurst bestellte. Und machte immer zweihundertfünfzig Gramm draus. Kostenlos.

»Grüß sie lieber nicht von mir zurück.«

»Irgendwann musst du alter Grummelbär mir erzählen, warum du ihr keine Chance gibst.«

Martin räusperte sich. »Irgendwann, ja.«

Kati kam einen Schritt näher. »Hast du gerade ein bisschen Zeit für mich? Ich wollte dich etwas fragen.«

»So ernst, wie du jetzt guckst, hab ich auf jeden Fall Zeit für dich. In der Arktis muss man auch immer direkt helfen, sonst ist es schon zu spät. Da geht es oft um Leben und Tod!«

Martin holte das »Bin gleich zurück!«-Schild unter dem Tresen hervor, auf dem ein Eisbär mit Cocktail in der Hand abgebildet war, und hängte es an einen Nagel über der Fensteröffnung.

Sie gingen in die komplett mit Fellen ausgelegte samische Jurte, in der Martin manchmal Oberton-Gesangs-Workshops gab. Sogar der Kirchenchor hatte mal einen besucht, aber sich mehr für den kostenlos gereichten Wodka als die Gesangstechnik interessiert.

Kati erzählte, was sie von Frau Lupenau über ihre Mutter erfahren hatte. Daraufhin reichte Martin ihr ein in silbernes Stanniol eingerolltes schwedisches Salmiakbonbon mit extra viel Salz, das sei gut für die Stimmung. Zumindest, wenn man Schwede sei.

»Kannst du dir das erklären?«, fragte Kati, während sie das Bonbon lutschte. »Ich verstehe es einfach nicht.«

»Deine Mutter war eine komplizierte Frau. Vielleicht wollte sie dich schützen?«

»Sie hat nie mit mir darüber gesprochen! Obwohl ich sie damals so angefleht habe, aufs Gymnasium gehen zu dürfen. Alle meine Freundinnen durften hin, nur ich nicht. Ich war ganz offiziell zu doof. Über Wochen, ja sogar Monate hat mich das komplett fertiggemacht, und sie hat das auch mitbekommen.« Kati faltete das Stanniol zu einem kleinen Päckchen zusammen. »Hat sie nie mit dir darüber geredet?«

»Nein, tut mir leid.«

»Mit wem könnte Sie denn darüber gesprochen haben? Also außer mit Papa.«

»Deine Mutter hat nie viel über ihre Beweggründe gesprochen oder über ihre Gefühle. Hat alles für sich behalten. Das weißt du ja. Sie hätte gut in die Arktis gepasst, da reden die Menschen auch wenig.«

»Ich kann das nicht einfach so abhaken.«

»Das verstehe ich gut.«

Plötzlich trat Lukas in die Jurte. »Ach, da seid ihr. Herr und Frau Konstantin, die in der Engelbertstraße 73 wohnen, im zweiten Stock, würden gerne noch ein Plüschtier, vorzugsweise einen Buckelwal, für ihre Enkelin Mara, acht Jahre, erstehen. Aber der Museumsshop ist aktuell nicht besetzt.« Er zog vorwurfsvoll die Augenbrauen empor. »Außerdem muss ich mitteilen, dass Harald gerade Stockholm gefressen hat. Und Bettina ist wieder auf Grönland eingeschlafen.«

***

Der Gedanke an den Verrat ihrer Mutter hatte mit Kati im Bett gelegen wie ein übel stinkender und unverschämt laut schnarchender Kerl. Als sie am Morgen versuchte, sich die Nacht aus den Haaren, dem Gesicht und vor allem ihrem Kopf zu duschen, hatte sie das Gefühl, keine Minute geschlafen zu haben.

Sonst war der Samstag immer Katis Höhepunkt der Woche. Nach einem ausgiebigen Frühstück – wichtig für den langen Tag – ging es zum Salon. Offiziell hieß er »Damen Coiffeur Rose«, aber alle sagten nur »Der Salon«. So als müsste man im Rüschenkleid auf hochhackigen Schuhen durch den Spiegelsaal des Westflügels stöckeln, um ihn zu erreichen.

Der komplett in Apricot gestrichene Salon befand sich zwischen dem kleinen Blumengeschäft »Rosenkavalier«, das mittlerweile auch selbst hergestellte Korbwaren anbot, und dem Tattoostudio »Tintenherz«, das im Schaufenster mit allerlei Zeichnungen sowie Fotos von geröteten Körperstellen für seine Dienste warb. Katis Mutter hatte nach dessen Eröffnung darüber lamentiert, wie geschmacklos sie solche Körperbemalungen finde.

Der Salon wurde von Madame Catherine geführt, mit Betonung auf der dritten Silbe und stummem

»e«. Wie man es an der Côte d'Azur aussprach, sagte sie immer.

Als Kati die Eingangstür öffnete, wehte ihr der Duft von Shampoo, Spray, Haarfarbe und den Mittelchen für Dauerwellen entgegen, die von Föhnen und Hauben erhitzt wurde. Diese Mischung hatte sie schon als kleines Kind geliebt, besonders, wenn sie mit Gesprächsfetzen und Lachen durchsetzt war. Manchmal auch mit Musik, denn Madame Catherine sang gerne beim Frisieren. Meist Lieder aus Musicals, aber auch Klassiker von ABBA, den Bee Gees und ausgesprochen gern von den Beatles (sie behauptete, einst eine amouröse Begegnung mit Ringo Starr gehabt zu haben, und überhaupt seien Schlagzeuger die aufregendsten Männer). Kati liebte auch, dass im Salon so viel Leben herrschte und die Menschen fröhlich, mit einem Lächeln kamen und gingen. Deshalb hatte sie Friseurin werden wollen, aber Madame Catherine hatte ihr leider nie eine Ausbildungsstelle angeboten.

»Madame Kati ist da!«, rief die junge Aushilfe hinter dem Empfangstresen und betonte den Namen auf der zweiten Silbe, so, wie man es an der Côte d'Azur aussprach.

»Liegt alles schon bereit, Liebes«, flötete Madame Catherine, die gerade bei einer Kundin Haarspray auftrug, als wäre es Goldstaub. Sie hatte wie stets ein wallendes Gewand an, heute in Burgunderrot mit Silberstreifen, weshalb sie wirkte, als könnte sie aus einer Glaskugel die Zukunft lesen. Dabei las sie die Zukunft aus den Frisuren ihrer Kundinnen. »Ich habe dir auch die ganzen After-Shave-Pröbchen dazugelegt, die diese Woche gekommen sind.« Sie zupfte an ein paar aufmüpfigen Strähnen, dann blickte sie in das gespiegelte Gesicht ihrer Kundin. »So können Sie bei jeder königlichen Hochzeit aufkreuzen!«

Vor sich hin summend, trat Madame Catherine zu Kati und reichte ihr die hinter dem Tresen bereitstehende Tasche. Nach einem missbilligenden Blick in Katis Gesicht spuckte sie in ein besticktes Stofftaschentuch und wischte ihr einen Fleck von der Wange.

»Erdbeermarmelade, du kleines Ferkelchen?«

»Himbeere. Ein Geschenk von Frau Lupenau.«

»Deine alte Lehrerin? Hat sie einen Brief bekommen? Sicher einen getippten. Und trotzdem …?« Sie zeigte auf den Fleck im Taschentuch.

»Manchmal passieren überraschende Dinge im Leben.«

Kati sagte den Satz einfach so dahin, aber falls es das Schicksal wirklich gab, lächelte es in diesem Moment wissend. Denn innerhalb nur weniger Tage würde es ihr Leben auf den Kopf stellen

Ihr Weg führte Kati in die Stadt, auf deren Münsterplatz heute der Wochenmarkt stattfand. Sie baute den Pavillon immer nahe der Kirche auf. Wasser und Strom bekam Kati durch Schlauch und Leitung vom nahe gelegenen Asia-Imbiss. Neben ihr ein Stand mit Schnittblumen, einer mit Billigkleidung und der Verkaufswagen einer Bäckerei aus einem nah gelegenen Dorf, vor dem sich schon eine Schlange gebildet hatte. Der Bäcker mit der Baskenmütze und seine junge Kollegin kamen kaum mit dem Verkauf hinterher.

Als Kati die Frisierutensilien auf dem kleinen Klapptisch ausbreitete und dabei spürte, wie sie heute in der Hand lagen, fühlte sie sich, nicht zum ersten Mal, wie eine Musikerin, die vor dem Konzert ihr Instrument stimmt. Bei Shampoo, Haargel und Aftershave achtete Kati darauf, dass sie viele Zitrus- und Blumendüfte enthielten, die einen an frisch gewaschene Bettlaken denken ließen, die mit bunten Klammern auf der Wäschespinne im Garten festgesteckt waren.

Auf die Pflastersteine vor ihrem kleinen Pavillon hatte sie wie immer ein Bastkörbchen gestellt, ausgelegt mit einem rot-weißen Stoffdeckchen. Das darin von Passanten gespendete Geld verwendete sie, um ihre Ausgaben zu decken, den Rest schenkte sie der Bahnhofsmission. Da sie nur Obdachlosen die Haare schnitt, erließ die Stadt ihr die Standgebühr.

Natürlich war Scholle wieder der Erste, der auf dem Stuhl vor Kati Platz nahm. Er hatte ungeduldig auf den Stufen des Münsters gewartet und genau im Blick behalten, wann es losging. Scholle war ein Riesenbrocken von einem Kerl. Seinen Spitznamen trug er nicht wegen irgendwelcher Ähnlichkeit mit dem gleichnamigen Fisch, sondern weil er ein einziges Mal davon geschwärmt hatte, wie er eine köstliche Scholle gegessen hatte. Es brauchte auf der Straße nicht viel, um einen Spitznamen zu erhalten. Und der klebte dann stärker an einem als alter Kaugummi an Schuhsohlen. Scholle war ausgesprochen froh, dass er damals nicht davon erzählt hatte, wie sehr er Saumagen liebte.

»Hinten schön kurz. Damit man mein Tigertattoo bewundern kann!«

»Herr Scholle, welche Freude, dass Sie uns heute wieder beehren.« Kati befestigte den mit Sonnenblumen bedruckten Frisierumhang um Scholles Hals. »Könnte ich Sie diesmal zu einer klassischen Dauerwelle überreden? Oder einem Minipli? Wenn ich so frei sein darf: Sie könnten einfach alles tragen!«

Scholle lachte schallend. »Minipli? Das tät mir noch fehlen!« Er zwinkerte Kati zu. »Du weißt schon, wie du mich schön bekommst. Weißt du immer!« Scholles Mundwinkel senkten sich. »Sag mal, siehst du traurig aus, oder ist meine Brille verschmiert?«

Scholles mehrfach mit Pflastern und Einmachgummis geflickte Brille war tatsächlich verschmiert, aber Kati erwähnte das natürlich nicht. »Alles gut. Danke, dass du dich um mich sorgst.«

»Soll ich irgendwem für dich aufs Maul schlagen? Ich tu's, musste nur sagen!«

»Als würdest du jemanden vermöbeln! Du bist ein Schaf, Scholle. Deshalb mag ich dich ja so. Wölfe gibt es schon genug.«

»Du magst mich?« Scholle fuhr sich durch die Frisur. »Muss an meinem kraftvollen Haarwuchs liegen!« Wieder lachte er, und Kati entspannte sich langsam. Ihre Mutter würde hier heute definitiv nicht auftauchen. Nur dankbare Köpfe. Nur waschen, schneiden, legen. Alles kostenlos.

Es kamen viele Bekannte. Nach Scholle nahmen Zora, Ecke, Ilsebill, der Präsi, Helen Köpfen, Nicknack und 911 auf dem Stuhl Platz. Ihre Stammkundschaft. Alles Menschen, die jeden Tag den Luxus an sich vorbeilaufen sahen in Form der teuren Schuhe, die für sie auf Augenhöhe waren. Kati wollte, dass sie sich auf ihrem Stuhl für einige Zeit so fühlten, als wären sie es, die in exklusiven Schuhen steckten.

Die Sonne hatte sich schon auf ihre Nachmittagsposition über dem Westturm des Münsters begeben, als ein ungewöhnlich gekleideter Mann zu ihr trat: abgewetzter dunkelblauer Anzug mit passender Weste, darunter ein ehemals weißes Hemd. Trotz der mitgenommenen Kleidung erinnerte er Kati an die Stars aus alten schwarz-weißen Hollywoodfilmen. Elegante, groß gewachsene Männer wie Cary Grant oder Rock Hudson, die man sich auf noblen Dinnerpartys vorstellen konnte oder am Roulettetisch in einem mondänen Casino. Sein Gesicht war unter all den Haaren allerdings kaum auszumachen. Kati bereitete es am meisten Freude, wenn sie unter solch einem Schopf und einem zauseligen Bart ein Gesicht freilegen konnte, wie eine Archäologin einen Schatz. Und wenn sie dann den Ausdruck in den Augen des Menschen sah, der sich nach langer Zeit wieder erblickte.

Der Mann sagte nichts, schaute sie nur fassungslos an.

»Setzen Sie sich bitte, es ist kostenlos.« Kati wies auf den Stuhl.

Er setzte einen Rucksack und drei prall gefüllte Plastiktüten mit seinem Hab und Gut auf dem Boden ab, dann nahm er zögerlich Platz, ohne sie auch nur eine Sekunde aus dem Blick zu verlieren.

»Ich bin Kati.« Sie reichte ihm die Hand. »Mit wem habe ich die Freude?«

Keine Antwort. Kati versuchte es auf Englisch, Spanisch und einigen der Sprachen, die auf der

Straße gesprochen wurden. Aber der Mann antwortete auf keine davon.

»Sind Sie eventuell taub?« Kati deutete auf ihre Ohren und schüttelte den Kopf dabei.

Auch der Mann schüttelte den Kopf.

»Also können Sie hören?«, fragte Kati zur Sicherheit, falls der Mann nur ihr Schütteln imitiert hatte.

Diesmal nickte er.

»Schweigen ist prima. Ich habe heute schon so viel geredet. Wie wäre es mit einem modischen Kurzhaarschnitt? Und den Bart komplett ab?«

Wieder ein Nicken. Und noch eins hinterher.

»So wird's gemacht. Einfach zurücklehnen und entspannen.«

Der Namenlose roch streng. Auch seine Kleidung roch streng. Warum sagte man das eigentlich? Eltern waren streng, Lehrerinnen und Lehrer, Chefinnen und Chefs, aber Kleidung? Strenge Leute würden bestimmt nicht so streng riechende Kleidung tragen. Kati musste bei diesem Gedanken lächeln.

Zuerst wusch sie ihm Dreck und Staub der Straße aus den Haaren, auch Blütenpollen und Tannennadeln fanden sich darin. Kati genoss, wenn es in der metallenen Waschschüssel klackerte, dann hörte man die Arbeit richtig. Elegant schlug sie danach ein Handtuch um den Kopf des Mannes und rubbelte die Haare ein wenig trocken. Der Namenlose hielt ungewöhnlich still, als wäre er in Schockstarre. Kati ging umso vorsichtiger mit ihm um. Rhythmisch schnitt sie seine Haare, eine ganz eigene Melodie entstand, aus hellen, hohen Tönen, ein Lied wie aus Glas.

Mit jedem Haar fiel ein Tag von seinem Kopf, schnell waren es Wochen, dann Monate. Das freigelegte Gesicht war hager, aber schön, die waldgrünen Augen klug und zugewandt. Er mochte Anfang vierzig sein und besaß mehr Sorgen- als Lachfalten. Aber auch von Letzteren gab es einige.

Schließlich blickte der Namenlose in den Spiegel und sah die Person wieder, von der er sich vor langer Zeit verabschiedet hatte.

Sein Atem wurde schwer, als wäre es mit einem Mal alte Luft, die seinen Lungen entströmte.

»Gut so?«, fragte Kati und fuhr durch die glänzenden Haare. »Ich kann sie auch noch kürzer schneiden. Aber mir gefallen sie so.«

Er schaute ihr in die Augen und lächelte, sein Blick glasig.

»Freut mich, dass Sie es genauso sehen. Sie erinnern mich jetzt ein bisschen an einen Filmstar in Technicolor!« Sie zwinkerte ihm zu, nahm den Frisierumhang ab und bürstete einige Haare von Hals und Nacken. »Dann wünsche ich Ihnen noch einen schönen Tag. Und keinen Regen, Sturm oder Hagel!«

Während Kati abbaute und alles nach und nach zu ihrem orangenen Beetle trug, sah der Namenlose ihr die ganze Zeit ungläubig zu, als würde sie gerade einen Zaubertrick vollführen.

Kati fand, sie hatte sich ein Teilchen vom Bäcker verdient. Um den Tag zu versüßen. Hinter dem Tresen standen eine ältere Dame mit streng gebundenem Dutt und ein kleines Mädchen. Als Kati dran war, richtete die Kleine einen Zauberstab auf Kati, an dessen Ende glitzerndes Lametta hing.

»Du bist gesegnet!«

Kati musste schmunzeln. »Kann man denn andere überhaupt segnen als kleine Bäckerin?«

»Wenn sie sagt, dass Sie gesegnet sind, dann sind Sie gesegnet!«, schaltete sich die alte Frau im Kasernenton ein. »Oder wollen Sie etwa behaupten, das Kind lügt?«

»Nein, natürlich nicht.«

»Na also! Seien Sie froh, dass Sie gesegnet worden sind. Kann nicht schaden! Was wollen Sie? Außer das arme Kind verunsichern.«

»Einen Windbeutel?«

»Ist das eine Frage oder eine Bestellung?«

»Eine Bestellung.«

»Geht doch!« Die Verkäuferin packte einen ein, reichte ihn über den Tresen und kassierte.

»Ich segne dich noch mal«, sagte das Mädchen. »Doppelt hält besser. Merkste schon was?«

»Ja«, antwortete Kati, die ein Lachen unterdrückte, um nicht erneut angeblafft zu werden. »Ich fühle mich mindestens einhundert Gramm glücklicher.«

Das Mädchen strahlte. »Also so viel wie eine Tafel Schokolade!«

***

Severin wusste nur zu gut, wie schwer man an Sorgen trug, an Gewissensbissen, selbst an Hoffnungen und Träumen. Auf der Straße wog aber vor allem das, was sich im Rucksack befand oder in den Plastiktüten. Jedes Gramm wog dreifach. Trotzdem trug Severin immer ein Buch bei sich. Es war ihm stets das leichteste Gewicht. Wenn ihn jemand fragte, was es damit auf sich hatte, antwortete er immer lächelnd: »Das ist mein Wortschatz.« Denn das war es, im wahrsten Sinne, jedes Wort ein Schatz.

Als Severins Reise auf der Straße begonnen hatte, hatte er noch kein Buch besessen. Auch keine Worte, nicht für sich, nicht für andere. Aber irgendwann hatte sich sein Kopf wieder danach gesehnt, und sein Herz noch mehr. Da Severin jedoch mit niemandem reden wollte, besorgte er sich einen Roman, weil darin Menschen lebten, die ihm ihre Geschichten erzählten, ohne seine hören zu wollen. In Gedanken erzählte er manchen von ihnen aber auch etwas von sich. Schweigend reden. Doch nie erzählte er von dem Unglück, das ihn auf die Straße geführt hatte.

Sein erstes Buch stammte aus einem öffentlichen Bücherschrank, der in einer ausrangierten Telefonzelle untergebracht war. Manche der späteren kaufte er aus den Grabbelkisten der Antiquariate. Immer deponierte er sie nach dem Lesen an einem Ort, wo sie geschützt waren und gefunden werden konnten. Irgendwann fing Severin an, seine Gedanken zu den Zeilen im Buch an den Rand zu schreiben. Auf diese Art führte er ein Gespräch mit dem nächsten Leser oder der nächsten Leserin, die es in Händen halten würde.

Aber heute schaffte Severin es nicht, in seinem Wortschatz zu lesen, geschweige denn, etwas an den Rand zu schreiben. Die Frau mit der flinken Schere ging ihm nicht aus dem Kopf. Denn es war ganz und gar unmöglich, dass sie existierte.

Der Fluss rauschte leise zu Severins Füßen, als er sich näher zu Scholle setzte. Die Eisenbahnbrücke über ihnen schützte sie und die anderen vor dem Nieselregen, und die Straßenlampen ließen die Nacht nicht alle Helligkeit verschlingen.

Scholle legte schützend eine Hand auf diejenige seiner Plastiktüten, in denen sein wichtigstes Hab und Gut verstaut war.

»Was willst du?«

»Dich etwas fragen.«

»Ich trau dir nicht.« Scholle rückte fort von Severin.

»Kannst du aber.«

»Nee, kann ich nicht. Du hast zu schöne Zähne, so gerade und ohne Flecken. Mit dir stimmt was nicht!«

Severin griff in sein dunkelblaues Sakko und holte eine zerknautschte Packung Filterzigaretten hervor. »Nimm. Als Zeichen meiner guten Absichten.«

Scholle schaute skeptisch in die Packung und roch am Inhalt. »Was stimmt mit denen nicht?«

»Ich kann sie auch wieder zurücknehmen.«

»Ist schon gut. Von mir aus behalt ich die.« Scholle spuckte auf die Grasnarbe neben sich, dann zog er eine Zigarette aus der Packung. »Aber ich teste die lieber mal.«

Severin schwieg. Nichts sagen war schließlich auch reden. Und Hektik machte andere immer misstrauisch. Er ließ Scholle in Ruhe aufrauchen, was dieser mit prachtvollen Rauchkringeln tat.

»Die Fluppe war ganz okay.« Scholle steckte die Packung ein. »Keine Ahnung, ob das auch für deine Frage gilt.«

»Es geht um Kati, die Friseurin.«

»Ich weiß, dass Kati Friseurin ist. Wir sind *so* miteinander!« Scholle legte seinen Mittel- über den Zeigefinger.

»Weißt du, wo sie wohnt?«

»Du willst wissen, wo sie wohnt? Was bist du denn für einer!«

»Du verstehst das falsch. Ich …«

»Wenn du ihr was tust, irgendwas, dann bekommst du es mit mir zu tun! Das verspreche ich dir!« Scholle holte die Zigarettenpackung wieder hervor und warf sie Severin ins Gesicht. »Hau ab, Gespräch beendet!«

»Ich will mich nur bei ihr bedanken, das habe ich heute vergessen.«

Scholle brummte. »Warum hast du eigentlich nicht mit Kati gesprochen? Du kannst doch sprechen. Ich mag es nicht, wenn einer komisch zu ihr ist. Das hat sie nicht verdient.«

»Ich hatte Angst, etwas Falsches zu sagen, deshalb habe ich lieber gar nichts gesagt.«

»Auch wenn man nichts sagt, kann das etwas Falsches sein.«

Oben auf der Brücke ratterte träge ein Güterzug über die Schienen.

»Ich will ihr als Dank etwas schenken.«

»Kati ist nächsten Samstag wieder da, kannste dann machen.«

»Nächsten Samstag bin ich längst weitergezogen.« Das war eine Lüge, denn Severin wollte erst verstehen, was es mit Kati auf sich hatte. Soweit sich das überhaupt verstehen ließ.

»Keine Ahnung, wo die genau wohnt. Warum sollte sie mir das auch sagen? Ich weiß nur den Ort.«

»Das ist doch schon was.«

Scholle nannte ihm den Namen. Und die Richtung. »Immer nach Süden.«

Severin stand auf. »Dann mache ich mich mal auf den Weg.«

»Mitten in der Nacht?«

»Da sind die Straßen frei.« Er griff nach seinem Rucksack und den Supermarkttüten.

»Spinner. Morgen ist Sonntag, da haben Friseursalons sowieso zu.«

»Leb wohl, Scholle.«

»Du mich auch.«

Severin hielt es nie lange an einem Ort aus, er musste immer weiter, er musste fort. Jeder Schritt war ein Abschied, jeder Blick zurück ein Nimmerwiedersehen. Die Pflastersteine des Münsterplatzes lagen mondsilbern vor ihm, kein Mensch zu sehen, nur in der Ferne ertönten vereinzelt Automotoren wie fremdartige Insekten. Severin achtete sehr darauf, was an sein Ohr drang, schließlich war das einst sein Beruf gewesen. Obwohl er diesen abgelegt hatte, gelang ihm das mit dem Hören nicht. Augen ließen sich schließen, Ohren nicht.

Die unbeleuchteten Schaufenster der Einkaufsstraße wirkten leblos, wie Theaterbühnen ohne Schauspieler. Nur bei einem war es anders. Es gehörte zu einer Buchhandlung, an deren Eingangstür eine dreibeinige Katze mit ihrer Flanke entlangstrich, als befände sich im Inneren jemand, den sie gerne wiedersehen wollte. Vielleicht, dachte Severin mit einem Lächeln, wollte sie auch gern all die Katzen kennenlernen, die zwischen den Buchdeckeln lebten.

»Hallo, Katze«, sagte Severin.

Sie reagierte nicht darauf.

Als er näher kam und sich hinunterbeugte, ließ die Katze sich trotzdem das Köpfchen kraulen und gab ein Geräusch von sich, das mehr wie ein leises Bellen als wie ein Miauen klang.

»Du weißt auch nicht recht, wer du bist, oder?« Severin strich ihr über den Rücken, sie katzbuckelte genießerisch. »Da haben wir etwas gemeinsam. Magst du mitkommen? Ich geh aufs Land, da lebt es sich als Mäusejäger bestimmt gut.«

Aber die Katze trottete wieder zur Tür der Buchhandlung und rollte sich dort ein.

»Hast deinen Platz wohl schon gefunden«, sagte Severin und richtete sich auf.

Dann ging er allein tiefer in die Nacht.

Kapitel 2

Brief ohne Empfänger

Am nächsten Abend betrat Kati das Zimmer am Ende des Flurs.

»Hallo, Papa«, sagte sie zur Begrüßung in Richtung des alten schwarzen Kleiderständers, wie er sich heute noch in Wiener Kaffeehäusern findet. Ein breitkrempiger Fedora-Hut und ein Trenchcoat hingen daran, wie Bogart sie in *Casablanca* getragen hatte, einem der Lieblingsfilme ihres Vaters. Kati hatte den Kleiderständer so aufgestellt, dass ihr Vater immer in den Garten hinausblicken konnte.

»Ein neuer Abschied?«, hätte er sie gefragt. Wenn er noch leben würde. Und wenn er nicht aufgehört hätte, mit ihr zu reden, als er noch gelebt hatte. Seit ihrem achten Geburtstag hatte er nicht mehr richtig mit ihr gesprochen. Nur noch das Nötigste. Kati hatte sich so viel mehr an Worten von ihm gewünscht. Ein paar konnte sie nun in diesem Zimmer nachholen, wenn sie einen ihrer Briefe schrieb. »Abschiedsszenen sind in Filmen immer Momente für Nahaufnahmen.«

»Ein neuer Neubeginn«, antwortete sie.

Gott würfelte nicht. Kati schon.

Mit fünf gelblich verfärbten Würfeln in einem ledernen Becher. Sie stammten von verschiedenen

Gesellschaftsspielen, die alle längst nicht mehr komplett waren. Bei einem Pasch verfasste sie einen handgeschriebenen Brief. Bei allem anderen tippte sie.

Kati würfelte immer in diesem Raum, der früher Achims Arbeitszimmer gewesen war. Nach seinem überhasteten Auszug hatte sie ein Lesezimmer daraus gemacht – obwohl sie am liebsten in der Badewanne schmökerte. Dann war es zum Sportzimmer geworden, obwohl sie Sport nur im Freien trieb, und danach zum Hobbyraum, obwohl sie gar keine Hobbys hatte, die einen eigenen Raum brauchten.

Jetzt war es ihr Schreibzimmer, in dem Relikte der früheren Nutzungen standen wie antike Säulen in einer modernen Stadt.

An der Raufasertapete war ein großes, rechteckiges Stück Geschenkpapier befestigt, mit der Rückseite nach vorne. Siebenunddreißig Namen standen darauf, auf den meisten befand sich ein Stempelabdruck mit dem Wort »Erledigt«. Der Moment, wenn der Stempelfuß auf einen Namen traf, fühlte sich jedes Mal an, als würde ein Felsbrocken von ihren Schultern zu Boden fallen.

Kati setzte sich an den Schreibtisch, der eigentlich eine Nähmaschine war, die man in der hölzernen Platte versenken konnte, und warf die bereitliegenden Würfel in den Lederbecher. Lange ertönte das Klackern der im Inneren herumspringenden Plastikkuben, bis Kati den Becher auf die Tischplatte knallte und anhob.

Zweimal die Vier.

»Ein Pasch. Wie schön«, würde ihr Vater sagen. Und vielleicht etwas über eine Szene von James Bond im Casino. »Ich mag es immer lieber, wenn du einen Pasch würfelst.«

Nach einem tiefen Atemzug drehte Kati einen der Würfel auf die Drei.»Doch kein Pasch. Ein getippter Brief.«

»Ist es heute so weit?«, würde ihr Vater fragen.

Kati nickte. Es war Zeit für einen speziellen Brief.

Den an Achim, ihren Ex-Mann.

Während der Ehe war er glänzend mit ihrer Mutter klargekommen, mehr noch, die beiden waren Vertraute gewesen.

Er konnte ihr hoffentlich ein paar Antworten geben.

Dies war einer der Briefe, die Kati schon unzählige Male geschrieben hatte, nachts im Bett liegend, auf das dunkle Papier zwischen Wachen und Träumen. Es war so eine Befreiung, die Worte endlich aus dem Kopf fließen lassen zu können und zu wissen, dass sie gleich auf leicht knittriges Butterbrotpapier gedruckt werden würden, dessen leichter Glanz jedes Wort erscheinen ließ, als wäre es in Alabaster gemeißelt und für die Ewigkeit.

Während sie schrieb, sah Kati nicht aus dem Fenster, nicht in den Garten oder auf die Dächer der anderen Häuser, sie sah den Eichelhäher nicht, der seine Flügel mit den himmelblauen Flecken ausstreckte, nicht das hellbraune Eichhörnchen zwischen den gelben Herbstblättern, das tollkühn von einem Ast auf einen dünnen Zweig sprang, nicht die alte Katze der Nachbarn, die mit dem Hintern wackelte, in Richtung des Eichhörnchens rannte, aber nur für wenige Meter, dann stehen blieb und sich die Hinterpfoten leckte, als wäre genau das von Anfang an ihr Plan gewesen.

Kati hatte nur Augen für das Butterbrotpapier auf der Schreibwalze, tippte rasant, wurde dann immer langsamer, und irgendwann konnte sie gar nicht mehr weiterschreiben.

Kati schrieb per Hand weiter, drückte die Spitze des Kugelschreibers dabei so fest auf das Papier, dass sie sich tief eingrub.

In der nächsten Phase strich sie all das durch, was eigentlich nicht gesagt werden musste, bei dem es reichte, dass es gedacht worden war. Dann all die Sätze zu Nebenschauplätzen, als ihre Beziehung auseinandergefallen war wie ein Vielstaatengebilde, das von da an Krieg untereinander führte. Bis schließlich von ihrem Brief nur noch der Kern übrig blieb, als hätte sie bei einem Apfel alles weggeschnitten bis auf das innerste, unverdauliche Gehäuse.

Kati faltete das Butterbrotpapier so fest, dass die Falzkante scharf wurde, und steckte den Brief in ein Kuvert, auf das sie die laufende Nummer (32) und Achims Namen schrieb.

Katis größtes Problem mit ihren Briefen war die Zeit bis zur Zustellung. Sobald sie einen geschrieben hatte, wollte sie, dass er ankam.

Aber dieser Brief musste bis zum nächsten Tag warten, und Kati auch, denn es war spät geworden.

Morgen würde sie ihn vorlesen.

***

In der Nacht schrieb ihr Kopf den Brief einfach weiter, aber während Kati das beobachtete, schlief sie ein. Beim Morgenkaffee am Küchentisch fühlte sie sich so erschöpft wie nach einem langen Gespräch.

Als sie vor die Haustür auf die Fußmatte aus Kokosfaser trat, roch Kati den Herbst. Der Wind trug Würze in sich, und während sie über den mit Laub bedeckten Bürgersteig ging, knisterte es unter ihren Füßen wie kleine Lagerfeuer.

Zuerst musste sie zum Salon, um die Frisiertasche zurückzugeben und zu bezahlen, was sie verbraucht hatte. Madame Catherine würde da sein – obwohl montags geschlossen war. Denn sie genoss die Zeit, wenn der Salon noch leer war und sie letzte Vorbereitungen treffen konnte. Alles musste am rechten Platz sein, alles aufgefüllt, alles sauber. Wie ein Tanzsaal, bevor die festlich gekleideten Paare hereindefilierten.

Kati klopfte sachte an die gläserne Eingangstür.

Als Madame Catherine öffnete, saß ihre Dauerwelle genauso perfekt wie ihr Make-up. Kati hatte es noch nie anders erlebt, egal, zu welcher Uhrzeit.

»Willst du einen Kaffee, Liebes? Ich habe gerade einen aufgesetzt. Schwarz und stark!« Madame Catherine öffnete die Tür einladend weit.

»Hab schon. Aber danke Ihnen.«

»Dafür nicht.« Sie winkte ab. »Wie ist es gestern gelaufen?«

»Gut, hatte viel zu tun. Nur die Bettler kommen nicht, weil ein guter Haarschnitt schlecht fürs Geschäft ist. Dann denken die Leute, sie würden nur so tun, als wären sie arm.«

»Wenn man an der Klasse eines Haarschnitts sehen könnte, wie reich jemand ist, wäre ich Millionärin!«

Madame Catherine schüttelte ihr wundervoll elastisches Haar, als würde sie gerade für eine Haarspray-Reklame gefilmt.

»Zum Schluss bin ich sogar gesegnet worden.« Kati grinste. »Sieht man, oder?«

»Gesegnet? Mich hat noch nie ein Kunde gesegnet, und ich hätte es weiß Gott mehr als einmal verdient.«

»Ich erzähle Ihnen später alles, muss jetzt los ins Einwohnermeldeamt.« Kati reichte ihr die Tasche.

»Eine Verschwendung, dass du da arbeitest! Jemand wie du sollte Bürgermeisterin sein! Aber du hörst ja nicht auf mich, Liebes.«

»Doch«, antwortete Kati. »Eigentlich immer, seit ich Sie kenne.«

Madame Catherine fächelte sich theatralisch Luft zu. »Jetzt machst du mich verlegen! Geh schnell, bevor noch jemand sieht, wie ich rot werde.«

»Steht Ihnen gut!«

Madame Catherine wurde wirklich rot und schloss hinter Kati schnell die Salontür.

Als Kati Richtung Straße blickte, fiel ihr die Frisur direkt ins Auge. Sie erkannte ihre eigenen Haarschnitte wie andere ihr Haustier.

Was daran lag, dass ihr beim Schneiden immer dieselben Fehler unterliefen.

Der Mann saß auf der Wartebank der Bushaltestelle, hielt ein Buch mit einer sonnengelben Abbildung auf dem Einband in der Hand und blickte erfreut in ihre Richtung.

Dann stand er auf und kam auf sie zu.

Er ging über die Straße, als gäbe es keine Autos. Aber es gab sie, und sie hupten. Der Mann reagierte nicht, hatte nur Augen für Kati, als wäre sie das Einzige, was seiner Aufmerksamkeit wert war.

Als er näher kam, nahm Kati auch den Duft des von ihr verwendeten Haarsprays wahr. Roter Apfel, Rose und eine Vanillenote wie bei Spritzgebäck, das gerade aus dem Ofen geholt wurde.

Der Mann begann zu pfeifen. Und er pfiff gut, nein, hervorragend. Eine schöne Melodie, nicht poppig, eher getragen. Kati musste an eine äußerst begabte Amsel denken, was sie zum Lächeln brachte.

Dann stand der Mann vor ihr.

»Hallo, Frau Friseurin.«

Jetzt erkannte sie ihn wieder. Es war der Namenlose.

»Sie können ja doch sprechen!«

»Ich musste erst ein paar gute Worte für Sie aufsparen, um nichts Dummes zu sagen.«

»Sind Sie etwa wegen mir …?« Kati wich zurück.

Der Mann ließ die Distanz zwischen ihnen zu und kam nicht weiter näher, stattdessen hob er abwehrend die Hände.

»Das ist keine Verfolgung oder Stalking, keine Angst. Ich wollte mich nur bedanken.«

»Das ist lieb, aber ich muss leider dringend weiter. Kommen Sie Samstag gern wieder zum Haareschneiden.«

»Kannten Sie die Melodie, die ich eben gepfiffen habe?«

»Nein. Sollte ich?«

»Hat sie Ihnen gefallen?«

Kati runzelte die Stirn. »War nett, ja. Wieso?«

»Das ist gut.« Er nickte. »Das freut mich.«

Kati tippte auf ihre Armbanduhr. »Ich muss wirklich …«

»Unser Gespräch ist Ihnen bestimmt unangenehm.«

»Was? Nein.« Kati schüttelte den Kopf. Etwas zu sehr.

»War eine dumme Idee herzukommen. Ich mache Ihnen sicher Angst.« Er presste die Lippen aufeinander. »Es tut mir leid.«

Der Klang seiner Stimme war warm, und es war angenehm melodisch, wie er Worte und Sätze aussprach. Es war eine Stimme, von der man wollte, dass sie einem Lieder vorsang, wenn man krank im Bett lag.

»Ist schon okay. Sie haben mir tatsächlich ein klein wenig Angst gemacht. Aber Sie wollten nur nett sein. Und ich bin manchmal übervorsichtig.« Kati streckte ihre Hand aus. »Ich bin Kati Waldstein, und Sie?«

Er zögerte und senkte den Kopf. »Ich habe keinen Namen.«

»Jeder hat einen Namen.«

»Ich brauche ja keinen mehr. Für die meisten bin ich ›Hey du‹ oder ›Ey, Typ mit der komischen Weste‹.«

»Und das reicht Ihnen?«

Der Namenlose zuckte mit den Schultern. »Ich habe keine Verwendung für einen Namen. Aber wenn Sie mir einen geben wollen, dann nehme ich den.«

Kati runzelte wieder die Stirn, und als sie das merkte, ließ sie es sofort bleiben. Sie wollte noch nie eine Frau sein, die ihre Stirn runzelte. Leider hatte ihre Stirn manchmal das Bedürfnis nach besorgter Wellung.

»Vielleicht fällt Ihnen Ihrer wieder ein, wenn ich Ihnen das nächste Mal die Haare schneide?«

»Meinen Sie, er liegt unter meinen Haaren verborgen?«

»Es liegt mehr unter Haaren verborgen, als die Menschen denken.«

»Dann komme ich gerne wieder.«

»Alles klar, ›Hey du‹. Dann bis dann.«

»Ich freu mich.«

Mit einem kurzen Abschiedslächeln verließ sie den Namenlosen.

»Man kann tausend Menschen treffen und jeden davon innerhalb von fünf Minuten vergessen. Und man kann einen Menschen nur fünf Minuten treffen und würde ihn in tausend Jahren nicht vergessen«, sagte er hinter ihr.

Kati drehte sich nicht um.

Denn dann hätte sie etwas sagen müssen.

Und sie hatte überhaupt keine Ahnung, was.

Das passierte ihr sonst nie.

***

Wenig später saß Kati an ihrem aschgrauen Schreibtisch im Amt und ließ beim Ausstellen der Personalausweise, Meldebescheinigungen, Führungszeugnisse und Lebensbescheinigungen Namen über ihre Lippen rollen, um zu testen, ob sie zu dem Unbekannten passen würden. Michael? Andreas? Stephan? Rainer? Jochen? Alexander? Nein, nein und noch mal nein.

Nur beim Ausstellen der Reisepässe kam sie nicht dazu, Namen auszuprobieren, denn die Kunden erzählten gern ausführlich, wohin sie damit reisen wollten. Und egal, wo deren »Woanders« lag, dort war es immer viel schöner als hier.

In der Mittagspause machte sich Kati auf den Weg zu Achim.

Er würde jetzt von der Arbeit im Zentrallager zu Hause sein. Achim war wie ein Uhrwerk. Deshalb hatte sie sich bei ihm immer so sicher gefühlt.

Und so gelangweilt.

Er lebte mit seiner neuen Frau Brigitte, die alle nur Biggi nannten, in einem Reihenendhaus am Rand des Ortes. Hinter dem nach Norden ausgerichteten Garten lagen rechteckige Felder mit geteerten Bewirtschaftungswegen. Als Kati vor dem Haus parkte, hatte der Himmel seine Wolken wie vergilbte weiße Vorhänge zugezogen und ließ nur schmutziges Licht hindurch.

Das Küchenfenster stand auf Kipp, und Kati konnte vom Bürgersteig das heiße Fett der Pfanne riechen, in der Brigitte Frikadellen briet. Dazu würde es Salzkartoffeln und Kohlrabigemüse geben. Wie an jedem Montag bei Achim.

Der Klingelknopf hatte die Form einer Sonnenblume. Katis Fingerkuppe fühlte sich kalt an, als sie ihn drückte.

»Sie ist da!«, rief Biggi aus der Küche.

»Ich geh schon«, erklang Achims Stimme aus den Tiefen des Hauses.

Kati richtete ihre Haare. Sie hatte sich heute für einen klassischen Pferdeschwanz entschieden, weil sie wusste, dass Achim ihn wenig attraktiv fand. Er liebte voluminöse Frisuren wie bei Frauen aus Achtzigerjahre-Fernsehserien.

Die zwei Stufen höher liegende Tür wurde jetzt von ihm geöffnet, beige Hausschlappen an seinen Füßen. Über die Jahre hatte er alle Kanten im Gesicht und an seinem Körper verloren, war überall abgerundet, wie ein Stein, der lange Zeit von Wasser umspült worden war.

»Kati.«

»Achim.«

Auch große Lieben konnten mit der Zeit erschreckend klein werden. Bis man sich nicht mehr vorstellen konnte, jemals hineingepasst zu haben.

»Hatte dich viel früher erwartet.«

Zwölf Jahre waren sie verheiratet gewesen. Viermal hatte ihr Hochzeitstag seit der Trennung bereits stattgefunden, jedes Mal tat es weniger weh.

Kati faltete das Butterbrotpapier auseinander. Es war eines, das noch einen kleinen Fettfleck in der Ecke aufwies. Ein unperfektes Blatt. Sie hatte es bewusst für diesen Brief gewählt.

»Nicht«, sagte Achim und hob abwehrend die Hände. »Ich will den Brief nicht hören. Und ich werde ihn nicht hören.«

»*Achim*«, begann Kati.

»Lies noch ein Wort, und ich mach die Tür zu! Und falls du den Brief einwirfst, landet er sofort im Müll. Ich will deine Anschuldigungen nicht hören, ich will deine Selbstgerechtigkeit nicht hören. Kannst du alles behalten. Ich werde dir nicht den Gefallen tun stillzuhalten, während du deinen Müll bei mir abládst. Du brauchst jetzt gar nicht so zu gucken.«

»Wie gucke ich denn?«

»So enttäuscht, mit deinen großen Augen. Das zieht schon lange nicht mehr.«

Kati senkte den Brief. »Darf ich dich denn etwas fragen?«

»Machst du das immer so, wenn du einen deiner Briefe nicht vorlesen darfst?«

Kati faltete das Butterbrotpapier wieder zusammen. »Nein, aber ich muss etwas wissen.«

»Geht es um uns?«

»Um meine Mutter.«

Achim verschränkte die Arme. »Falls es darum geht, dass ich nicht bei der Beerdigung war, ich ...«

»Nein, es geht um ... erzählst du mir etwas über sie? Wie ihr miteinander ausgekommen seid?«

»Das weißt du doch.« Die Muskeln in seinem Hals spannten sich an.

»Ja, aber ich habe dich nie nach Details gefragt, nach Begegnungen, Gesprächen.«

»Warum willst ...?«

»Bitte, ja?«

Achim atmete schwer ein und aus. Aber Kati wusste, wie gern er referierte. Dann verwandelte sich seine Stimme sofort in die des Moderators einer Historiensendung im Fernsehen.

»Deine Mutter war immer gut zu mir, Kati. Sie hat mir ja damals sogar geraten, dich anzusprechen, beim Schützenfest. Ich hatte fast den Eindruck, sie wollte mich mit dir verkuppeln. Sie hat mir später sogar Tipps gegeben, welche Filme du magst, welches Essen, solche Sachen, damit ich dir das Gefühl geben konnte, wir wären verwandte Seelen. Bei Biggi musste ich auf all das selbst kommen, durch Gespräche, durch Zuhören.«

Kati versuchte, ganz ruhig durch die Nase ein- und auszuatmen, während ihr Herz stolperte. Ihr, Kati, hatte die Mutter damals von Achim abgeraten, der sei nichts für sie, spiele in einer anderen Liga. Daraufhin hatte sie ihn überhaupt erst so richtig gewollt. Bei ihrem vorherigen Freund, Holger, hatte ihre Mutter Kati noch gut zugeredet. Jedes positive Wort hatte Holger etwas fahler erscheinen lassen, bis zum Schluss kein verführerischer Glanz mehr von ihm ausgegangen war.

»Ich wusste nicht, dass …«

»Mit dir konnte ich nie so offen sprechen wie mit deiner Mutter! Sogar als meine Ex sich auf dem Heimatfest plötzlich wieder für mich interessiert hat, du weißt schon, Sylvia, und ich ins Grübeln kam. Deine Mutter hat damals viel Verständnis für mich und meine Zweifel gezeigt.«

Tief einatmen. Tief ausatmen. »Wie ging es denn weiter mit Sylvia?« Kati wusste nicht, ob sie die Antwort hören wollte.

»Die hatte plötzlich doch kein Interesse mehr an mir. Meinte, es sei nur das letzte Auflodern eines alten Feuers gewesen. Also so hat sie es nicht gesagt, nicht wörtlich, aber das hat sie gemeint.«

»Und in unserer Beziehung? War meine Mutter da bei Problemen auch deine Ansprechpartnerin?«

»Kati, was soll das? Warum ist das wichtig?«

»Weil es eben wichtig ist. Ich muss meine Beziehung mit meiner Mutter klarbekommen. Auch wenn es jetzt eigentlich zu spät ist.«

Achim seufzte. »Deine Mutter war auch während unserer Ehe immer meine erste Ansprechpartnerin, aber sie wollte nicht, dass ich dir das verrate. Sie meinte, du würdest es nicht gut finden und das würde einen Keil zwischen dich und mich treiben.«

»Was hat sie dir noch geraten?«

»Dass ich dich nicht zu sehr verwöhnen und mich grundsätzlich mehr auf meine Karriere als auf unsere Beziehung konzentrieren soll. Du wärst eine Frau, die es zu schätzen weiß, wenn ein Mann sich in seine Arbeit stürzt, auch wenn du das niemals zugeben würdest. Aber im Endeffekt hat das dann ja alles trotzdem nicht geholfen.« Achim schüttelte den Kopf. »Ich weiß nicht, was das hier bringen soll, und ich hab jetzt auch wirklich anderes zu tun.« Seine Augen verengten sich. »Wehe, du deponierst den Brief hier irgendwo!«

Und schon schloss sich die Haustür hinter ihm.

»*Leben Sie …*«, begann Kati.

Es ging nicht. Die Worte ließen sich nicht zu einer geschlossenen Tür sagen. Es brauchte ein Gesicht.

Kati hielt den Brief in der Hand wie ein schlechtes Zeugnis.

Dann steckte sie ihn in den Umschlag und warf ihn ein.

Als er auf dem Boden des metallenen Briefkastens auftraf, klang es hohl und leer.

Sie drehte sich um.

Die Tür wurde wieder geöffnet.

»Kati, warte. *Ich* will ihn hören.« Biggi hielt den Brief in der Hand und fuhr sich mit der anderen durch ihre Haare, die vom Kochen in Unordnung geraten waren. Sie roch wie eine riesige Frikadelle.

»Der Brief ist aber für Achim.«

»Ich bin deine einzige Chance, dass er etwas vom Inhalt erfährt.« Sie hakte sich bei Kati unter. »Komm mit.«

Gemeinsam gingen sie um die Ecke, wo eine orange-weiß gestreifte alte Hollywoodschaukel an der Hauswand stand, unten verriegelt, sodass kein Schwung möglich war. Brigitte nahm Platz und tippte auf das Sitzkissen neben sich.

»Nicht gerade bequem«, sagte Kati, als sie saß.

»Deswegen mag Achim die Schaukel nicht«, erwiderte Biggi. »Und ich hab hier meine Ruhe, wenn ich mal für mich sein und nachdenken will.« Sie steckte sich eine Zigarette an. »Außerdem bekommt er hier nicht mit, wenn ich rauche.« Biggi nickte Kati zu. »Ich wäre dann so weit.«

Kati faltete das Butterbrotpapier zum zweiten Mal auseinander, diesmal fiel es viel leichter.

Achim,
Du hast mich nie geliebt, nicht wirklich. Du hast ein Schauspiel aufgeführt, für mich, für unsere Familien, aber am meisten für Dich selbst. Ich war nicht die beste Wahl für Dich, sondern nur die naheliegendste.
Wir hatten uns von Anfang an nicht viel zu sagen. Und als wir ein Paar waren, stapelten sich die ungesagten Worte zwischen uns auf wie eine Mauer, die es unmöglich machte, dass wir uns noch sahen. Wirklich richtig sahen.
Nie haben wir Liebe gemacht, wir haben Beziehung gemacht.

Das alles soll kein Vorwurf sein. Wir tragen beide Schuld, nein, wir tragen beide Verantwortung. Und vielleicht noch nicht einmal die. Vielleicht war es eine Verkettung unglücklicher Zufälle oder ein mies gelauntes Schicksal.
Allerdings hätte ich schon beim ersten Kuss merken können, dass Du nicht der Richtige bist. Aber man denkt ja immer, dass Dinge sich zum Besseren ändern könnten.
Vielleicht dachtest Du das auch. Und als es nicht passierte, begannen wir, den anderen dafür büßen zu lassen. All die kleinen Verletzungen, die Sticheleien, die wir einander zufügten, weil wir nicht mehr glücklich waren und das dem anderen zum Vorwurf gemacht haben.
Anstatt einfach zu gehen.
Ich nehme Dir nicht übel, dass Du mich betrogen hast, denn wir hatten uns beide vorher schon betrogen, jahrelang, jeder sich selbst.
Ich nehme Dir nur übel, wie Du gegangen bist, ohne über alles zu reden, ohne Bedauern. Wenn Du eine Tür hinter Dir schließt, dann schaust Du nicht zurück. Eigentlich schließt Du keine Türen hinter dir, Du lässt sie verschwinden. Du hast mich ausradiert, unsere gemeinsame Zeit. Dabei gab es gute Zeiten, gute Momente, es gab Glück. Gemeinsames Glück in all dem Unglück. Das hätte ich gerne vom Dreck befreit, in eine Schatulle gelegt und bewahrt.
Aber vielleicht müssen wir auch das Glück loslassen, oder besonders das Glück, wenn wir unseren Frieden machen wollen.

Kati blickte auf.

Leb wohl.

Biggi lächelte, obwohl ihre Augen glasig waren. »Er küsst mittlerweile besser. Danke, dass du es ihm beigebracht hast.«

»Alles gut bei euch?« Kati legte ihren Arm um sie.

»Mir ist gerade einiges klar geworden. Und das ist immer gut, oder?« Biggi legte den Kopf an ihre Schulter.

»Frag mich das in ein paar Tagen noch mal«, antwortete Kati.

***

Kati öffnete das quietschende Tor des alten Friedhofs. Konnte es sein, dass die Laubbäume auf diesem ihre Blätter eher verloren als die jenseits des Zauns? Zumindest kam es Kati auf dem Weg so vor, als wäre die Vegetation von den Menschen inspiriert worden, die hier ihre Angehörigen loslassen mussten.

Kati konnte das Holzkreuz in der dritten Reihe bereits erkennen, das am Ende des Monats durch einen Grabstein ersetzt werden würde. Polierter schwarzer Granit mit eingravierter Rose. *Hier liegt zur letzten Ruhe Helga Waldstein, geliebte Ehefrau und Mutter*. Es war kein Grab mehr direkt neben ihrem Ehemann frei gewesen, deshalb lag sie ihm nun genau gegenüber, von ihm getrennt durch scharfkantigen Kies.

Kati blieb stehen.

»Hallo, Mutter!«, rief sie über den menschenleeren Friedhof Richtung Grab. »Ich bin es, deine geliebte Tochter. Oder bin ich das vielleicht gar nicht? Gerade bin ich mir da nicht mehr so sicher.«

Kati machte eine Pause, in der sie versuchte, sich die Antwort ihrer Mutter vorzustellen. Sie schaffte es nicht.

»Was für ein Spiel hast du mit mir getrieben?« Katis Stimme wurde lauter. »Und, verdammt noch mal, warum? Hast du wirklich geglaubt, das alles sei gut für mich gewesen?«

Kati schrie vor Schreck auf, als sich eine Hand auf ihre Schulter legte.

Als sie sich umdrehte, blickte sie in das sorgenvolle Gesicht ihres Onkels.

»Hallo, Kleines. Ich kann mir die Frage wohl sparen, ob alles in Ordnung ist.«

Sie nickte. »Gerade ist gar nichts in Ordnung.«

»Willst du drüber reden?«

Es kam Kati vor, als würde ihre Mutter sie in diesem Moment vorwurfsvoll aus dem Grab heraus anstarren, durch den Sargdeckel aus Eiche Natur, durch die darauf verrottenden Blumen, durch die Erdklumpen. Es war ihr immer so unglaublich wichtig, was andere von ihr und ihrer Familie hielten. Eine auf dem Friedhof brüllende Tochter war sicherlich nicht ihr letzter Wunsch.

Kati fühlte das Bedürfnis, Distanz zwischen sich und sie zu bringen.

»Ich weiß nicht, ob ich schon bereit bin für Antworten.«

»Mein Eindruck ist, dass die Antworten, für die man nicht bereit ist, die wichtigsten sind.« Er lächelte schwach. »Vielleicht solltest du deiner Mutter einen Brief schreiben und ihn ihr hier vorlesen?«

»Ich habe bisher noch keine an Tote geschrieben. Eigentlich sollte man ja denken, von denen müsste man keinen Abschied mehr nehmen.«

Martin zeigte auf eine ältere Frau, die mit einer Gießkanne zu einem Grab schlurfte, das wie ein kleiner Schlossgarten bepflanzt war. »Kennst du Frau Brödel noch? Sie schafft es seit zweiundzwanzig Jahren nicht, Abschied von ihrem Mann zu nehmen. Dabei war der ein echtes Scheusal. Mich wundert heute noch, dass der Pfarrer sich nicht geweigert hat, ihn hier zu bestatten.«

Kati sah, wie Frau Brödels Mund sich bewegte, konnte aber nicht hören, was sie sagte.

»Erzählt sie ihm, was ihr seit dem letzten Besuch auf dem Friedhof alles passiert ist?«

»Nein, sie zählt dem alten Ekel jedes Mal auf, was er alles falsch gemacht hat. Das dauert immer verdammt lange. Aber er hat sich bis heute nicht entschuldigt.«

»Und trotzdem …?« Kati deutete auf die unschuldig weiße Topfpflanze, die Frau Brödel nun einpflanzte.

»Was sollen sonst die Nachbarn denken!«

»Das hat dich nie geschert, oder?«

»Doch.«

»Doch?«

»Ich wollte immer, dass die denken, ich sei völlig verrückt.« Martin musste grinsen. »Dann lebt es sich nämlich deutlich entspannter.«

Kati hakte sich bei ihm unter. »Das hast du spätestens mit einem Elch im Vorgarten erreicht.«

»Ich glaube, der Drops war schon gelutscht, als ich in Inuit-Kluft Werbezettel vor dem Schwimmbad verteilt und dazu Nasenküsse angeboten habe.«

Er gab Kati einen solchen rubbeligen Kuss auf die Wange.

»Du hast eine eiskalte Nase!« Kati zog lachend ihren Kopf zur Seite.

»Da kannst du mal sehen, wie authentisch ich bin!« Martin hielt eine Einkaufstüte des nahe gelegenen Supermarkts hoch, die Kati gar nicht bemerkt hatte. »Ich muss jetzt leider fix nach Hause, meine Einkäufe sind sonst hin.«

»Was hast du dir denn Feines gekauft?«

Er reichte ihr den knittrigen Einkaufszettel.

»H-Milch, Sauerrahmbutter, Bitterschokolade, Salzlakritz, Tomaten, Kopfsalat … was soll denn das hier heißen? *Fischhaltestäbchen?*«

»In der Arktis schreibt man das so.«

Kati knuffte ihn in die Seite. »Ach, hör doch auf mit dem Schmu und zeig mir, was du gekauft hast. Ich bin neugierig.«

Martin reichte ihr eine Rolle Frischhaltefolie.

»Dachte ich mir doch«, sagte Kati.

Er reichte ihr eine Packung Fischstäbchen. Dann Erfrischungsstäbchen.

»Du konntest es also selbst nicht lesen?«

»Wo denkst du hin«, antwortete Martin augenzwinkernd. »In der Arktis ist Platzsparen eine Frage des Überlebens. Also habe ich drei Einkäufe in ein Wort gepackt.«

»Ich bin so froh«, antwortete Kati, als sie ihm alles zurückreichte, »dass du nicht meine Briefe schreibst.«

Lachend verabschiedeten sie sich voneinander.

Als sie durch das Friedhofstor trat, sah Kati, dass ein Knöllchen unter dem Scheibenwischer ihres Beetle steckte. Aber sie parkte doch völlig korrekt! Oder berührte einer der Reifen hauchzart den Bürgersteig, ragte das Heck zwei Zentimeter zu weit in irgendeine gedachte Linie hinein, war die Farbe ihres Karosserielacks zu orange?

Katis Schritte wurden fester und schneller, als wollte sie sich am Straßenbelag für die Ungerechtigkeit rächen.

Mit jedem Schritt wurde der Strafzettel allerdings größer und sonnengelber.

Bis aus ihm ein Buch wurde. *Unsere Seelen bei Nacht* von Kent Haruf.

Kati befreite es aus seiner beengten Lage und schlug es auf.

Am Rand fanden sich überall Notizen in einer wunderschönen Schrift, die wie Noten auf einer unsichtbaren Linie neben den gedruckten Buchstaben zu tanzen schienen – dagegen wirkten die Worte ihres Onkels auf dem Einkaufszettel wie die Krallenabdrücke eines betrunkenen Vogels. Schnell erkannte Kati, dass sie den Roman kommentierten oder persönliche Erlebnisse zum Besten gaben, die mit dem gedruckten Text in Beziehung standen. Es waren kluge Worte und warmherzige Geschichten. Kati konnte nicht mehr aufhören zu lesen.

Als der Wind ihr immer wieder die Seiten umblätterte, setzte sie sich ins Auto, ohne das Buch dabei auch nur eine Sekunde aus den Augen zu lassen.

***

In einer Welt voller immer schnellerer Bewegung wurde unsichtbar, wer stillstand.

Lange sah Severin bewegungslos zu, wie Kati las. Bei jedem Schmunzeln, jedem schweren Atmen versuchte er zu erraten, welche Stelle sie gerade las. Immer vorsichtiger, sanfter schien sie die Seiten umzublättern. Als sie das Buch schließlich neben sich legte, strich sie zärtlich über die sonnengelbe Abbildung auf dem Einband. Danach starrte Kati noch eine ganze Weile geradeaus, bis sie den Wagen startete und losfuhr.

Severin folgte dem Beetle, aber schon nach wenigen Schritten war dieser außer Sicht. Trotzdem ging Severin weiter in die Richtung, denn wenn er etwas in den letzten Jahren gelernt hatte, dann zu gehen. Langsam und stetig war es ihm so zur Natur geworden, dass er es kaum noch bemerkte, es glich dem Atmen. Und die ganze Zeit hielt er Ausschau nach Katis orangefarbenem Beetle, dem einzigen im Ort.

Irgendwann sahen alle Straßen und Häuser gleich aus, denn der Abend malte sie mit grauer Farbe an, die mit jedem Anstrich dunkler wurde.

Nirgendwo ein leuchtendes Orange.

Dafür aber Klavierklänge, die wie eine Lichterkette das Dunkel erhellten. Sie fingen Severin ein und zogen ihn zu einem Haus, dessen Verandatür zum Vorgarten offen stand.

Johann Sebastian Bachs *Präludium in C-Dur*, das erste Stück seines *Wohltemperierten Klaviers*. Severin hatte es lange nicht mehr gehört, dabei liebte er dessen makellose Einfachheit sehr, das fließende Perlen der durchgehenden Sechzehntelnoten, das Ruhe und Geborgenheit schenkte.

Severin wünschte sich beides, er wollte in diesem Klang baden und trat – ohne darüber nachzudenken – in den Vorgarten. Mit den prallen Supermarkt-Plastiktüten, die seine Arme nach unten zogen, und seinem an so vielen Stellen ausgebesserten Rucksack, dass er mittlerweile mehr Flickwerk als Original war. Insignien der Armut, vor der die Menschen so viel Angst hatten, als wäre sie eine ansteckende Krankheit.

Je länger Severin im Vorgarten stand, umso trauriger wurde er, denn das Klavier war leicht verstimmt, einige Töne klangen unsauber.

»Entschuldigen Sie bitte die Störung!«, rief Severin in Richtung Terrasse. »Hallo?«

Das Klavierspiel brach ab, eine Frau erschien in der Tür. Anfang fünfzig mochte sie sein, die dunklen Haare zu einem Kranz geflochten, in einem bauschenden Kleid, das wie ihre glänzenden Schuhe zu einem Neujahrskonzert passen würde.

»Sofort runter vom Rasen! Wir geben nichts!«

»Sie spielen wunderbar.«

»Danke, aber … gehen Sie jetzt bitte!«

»Leider ist Ihr Klavier verstimmt.«

»*Was?*«

»Nicht viel. Nur drei Tasten.«

»Danke für den Hinweis.« Sie wollte die Tür schließen.

»Ich weiß, dass ich nicht so aussehe, aber ich bin Klavierstimmer und könnte Ihr Instrument schnell in Ordnung bringen.« Severin sah in ein Gesicht, das genauso verstimmt zu sein schien wie das Klavier. »Entschuldigen Sie bitte, das war eine dumme Idee. Ich wünsche Ihnen noch einen schönen Abend.«

»Warten Sie.« Die Frau drehte sich um und rief ins Haus hinein. »Paul, kommst du bitte mal!«

»Mum, echt«, erklang eine Stimme aus dem ersten Stock. »Du weißt doch, dass ich gerade auf der Playstation zocke!«

»Da ist so ein Mann in unserem Vorgarten. Der will das Klavier stimmen.«

Nur wenige Sekunden später war Pauls Stimme hinter seiner festlich gekleideten Mutter zu hören. »Machst du wieder einen auf Opernball?« Er erschien im Türrahmen, zwei Köpfe größer als seine Mutter und im Gegensatz zu dieser mit verwaschenem T-Shirt über Boxershorts unpassend für einen Opernball gekleidet. »Na, das ist ja mal ein gepflegter Penner.«

Severin setzte eine der Plastiktüten ab und griff hinein. »Sehen Sie hier: Stimmschlüssel, Dämpfer, Diskantstimmkeil, Filzstreifen und Stimmgerät. Es dauert auch nicht lang.«

Er hatte seine Werkzeuge immer noch bei sich, ohne fühlte er sich unvollständig.

Trotz dem, was passiert war, als er letztmals mit ihnen ein Klavier gestimmt hatte.

Er hatte sie seitdem nicht mehr benutzt, nicht einmal in Händen gehalten. Es waren Relikte eines Lebens, das weit in der Vergangenheit lag. Aber diesen Grad der Verstimmung konnte er nicht zulassen.

»Ich finde, dein Klavier klingt super, Mum.«

»Jedes Klavier«, erläuterte Severin, dem es vorkam, als wäre das Instrument ein verwundetes Tier, dem er dringend helfen müsste, »verstimmt sich mit der Zeit. Allerdings ist das nicht ganz einfach zu erkennen. Unser Gehör gewöhnt sich nämlich an den sich verändernden Klang. Das ist auch der Grund, warum manche Menschen über Jahre nicht an das Thema Klavierstimmen denken. Für die Zukunft möchte ich Ihnen den Tipp geben, auf eine höhere Luftfeuchtigkeit zu achten. Ein paar Zimmerpflanzen zum Beispiel. Das Klavier wird es Ihnen danken.«

»Ich glaub, der Typ ist kein Fake«, sagte Paul. »Was will er denn fürs Stimmen haben?«

»Was wollen Sie denn dafür haben?«, fragte Pauls Mutter.

»Egal, wie viel Sie mir geben, es ist okay.«

»Aber nicht auf dumme Gedanken kommen! Mein Sohn betreibt Kampfsport!«

»Mum, ich hab dir schon tausendmal gesagt, dass Yoga …«

»Ich habe keine dummen Gedanken«, versicherte Severin. Dabei war sein Kopf voller dummer Gedanken, aber sie betrafen alle nur ihn selbst.

»Wir behalten Sie im Blick!«

Severin nickte. Vertrauensunwürdig, das war er. Deswegen hielten sie auch Abstand zu ihm, als er ins Haus trat.

Im Wohnzimmer flackerten überall Kerzen.

»Ich habe es mir etwas schön gemacht«, sagte Pauls Mutter entschuldigend. »Reicht Ihnen das Licht?«

»Beim Arbeiten schließe ich sowieso die Augen.«

Das schwarz polierte Klavier stand neben einem künstlichen Kamin, der entsprechend seiner Programmierung flackerte, als wäre er echt.

Severin stellte seine Tüten sowie den Rucksack neben dem Klavier ab und öffnete es.

Seine Eltern hatten sich sehr gewünscht, dass er Pianist würde. Aber bei der ersten Unterrichtsstunde hatte er sich geweigert zu spielen, weil die Töne unsauber waren – eine Aussage, für die ihn seine etwas schwerhörige Klavierlehrerin an den Ohren zog. Dadurch klangen die Töne aber kein bisschen sauberer. Severin rannte fort und versteckte sich hinter der Kirche, wo er erst spätabends von seiner in Tränen aufgelösten Mutter gefunden und nochmals an den Ohren gezogen wurde. Dabei konnten diese ja überhaupt nichts für die schrecklich schiefen Töne. In den langen Stunden des ängstlichen Verharrens war in ihm der Wunsch gereift, die Töne auf der Welt in Ordnung zu bringen. Severin wollte, dass alles so klang, wie es sollte. Und keine Kinder deswegen mehr an ihren Ohren gezogen werden mussten.

Eine gute Klavierstimmung benötigte eineinhalb bis zwei Stunden. Die Abweichungen der Tonhöhe konnten mithilfe eines Stimmgerätes festgestellt und durch Ent- oder Anspannen der Saiten mittels eines Stimmhammers behoben werden. Außerdem gehörten die Anpassung der Anschlagsstärke aller Tasten dazu sowie kleinere Reparaturen wie zum Beispiel feststeckende Tasten oder quietschende Pedale.

Severins Finger legten sich so sachte auf die weißen und schwarzen Tasten, als würde er ein scheues Reh berühren, das erschreckt im Wald zu verschwinden drohte.

»Da haben Sie ein gutes Klavier«, sagte Severin. Dann schloss er die Augenlider, spielte den ersten Ton an und ließ ihn ausklingen. Für einen Moment gab es in seiner Welt nichts anderes als diesen einen Ton. Diese Einfachheit liebte er seit jeher. War ein Ton verstimmt, schien er in eine Richtung zu wollen, die klar war und frei. Es machte Severin glücklich, wenn er ihm helfen konnte, dorthin zu gelangen.

Es musste ein Zeichen des Schicksals sein, dass er in diesem Ort erstmals wieder seiner Berufung nachging. Hier, wo er der Frau an der Flussbiegung begegnet war. Kati Waldstein.

Severin spürte auch Scham, wegen des Schrecklichen, das geschehen war, als er zuletzt ein Klavier gestimmt hatte. Aber das Glück, endlich wieder seiner Bestimmung nachzugehen, überstrahlte das dunkle Gefühl.

Severin schlug Ton um Ton an und vergaß die Zeit. Irgendwann kam er beim letzten an und führte auch ihn an den Punkt, an dem er vollkommen klingen konnte.

Er öffnete die Augenlider wieder. »Keine Musik kann wirklich klingen, wenn einzelne Töne falsch sind. Schon ein einziger Misston zerstört eine ganze Melodie. Nur aus sauberen Tönen kann ein vollkommener Klang erwachsen.« Er stand auf.

Paul setzte sich ans Klavier und drückte grob ein paar Tasten. »Klingt tatsächlich besser.« Er spielte hämmernd etwas, das er wohl für einen Akkord hielt. »Rock 'n' Roll!«

Seine Mutter sah sich um. »Wo habe ich nur mein Portemonnaie hingetan?«

»Bestimmt im Flur, Mum. Wie immer. Kann ich jetzt wieder hochgehen?«

»Warte noch eine Sekunde, bis der Mann wieder draußen ist.« Sie verschwand kurz und kehrte mit einem Schein in der Hand zurück. »Hier, zehn Euro. Aber nicht für Alkohol ausgeben! Oder für Drogen!«

Severin konnte es sich nicht leisten, kein Geld anzunehmen. »Danke.«

»Ich habe zu danken.«

Auf dem Weg zur Haustür erblickte er aus dem Augenwinkel auf dem Schuhregal einen Prospekt über neuartige Haarfärbetechniken. In einem weißen Rechteck fand sich der blaue Stempelabdruck des Friseursalons, vor dem er Kati getroffen hatte.

Das konnte kein Zufall sein. Es war ein weiterer Fingerzeig des Schicksals in die richtige Richtung.

»Kennen Sie Kati? Vom ›Damen Coiffeur Rose‹?«

»Die Kati arbeitet da nicht, die arbeitet bei der Stadt. Sie macht das mit dem Haareschneiden nur nebenbei. Stand letztens in der Zeitung. Die haben da so eine Rubrik: ›Unsere stillen Heldinnen‹. Wer hätte gedacht, dass eine davon bei uns um die Ecke wohnt und einem morgens manchmal in der Bäckerei begegnet!«

»Kati wohnt hier?«

»Ja, in der Weinbergstraße.« Sie zeigte nach rechts. »Keine hundert Meter. Sind Sie einer von Katis …

natürlich, sonst hätten Sie nicht so einen schicken Schnitt.«

»Mum, ich will endlich weiterzocken!«

»Der Mann geht ja jetzt.« Sie öffnete die Haustür. »Einen schönen Abend noch.«

»Ja, Ihnen auch.«

Beim Schließen der Haustür schenkte sie ihm erstmals ein Lächeln, als wäre er ein ganz normaler Mensch.

Zwei Minuten später war Severin in der Weinbergstraße. Drei Minuten danach stand er vor Katis orangefarbenem Beetle.

Das kleine Haus mit den grünen Fensterläden war nahezu komplett mit Efeu überwachsen, der über die Ziegelsteinwände und die schieferschwarzen Dachschindeln empor bis zum Kamin rankte.

Aus den Fenstern schien Licht auf den Bürgersteig. Die Hausnummer aus Gusseisen war rechts der Eingangstür montiert: 6.

Genau wie Beethovens »Pastorale«, die sechste Sinfonie.

So viele Zufälle konnte es gar nicht geben.

Severin suchte die Sprossenfenster nach Kati ab und fand sie im ersten Stock. Neben ihr schien ein Mann im Trenchcoat zu stehen.

Er durfte nicht klingeln. Auf keinen Fall.

Dann würde es so aussehen, als wäre er ihr gefolgt. Wie ein Verrückter, wie eine Gefahr.

Kati versenkte ihr Gesicht in den Händen und wurde von einem Heulkrampf grob geschüttelt.

Severin ging zur Haustür und klingelte.

Kapitel 3

Die sinfonische Frau

Seit Langem ist die Frage ungeklärt, was man tun kann, um jemanden vom Weinen abzuhalten.

Severin fand an diesem Abend eine Antwort: klingeln. Vor allem, wenn unklar ist, wer klingelte. Und es noch dazu spätabends geschah.

Es riss Kati aus ihrer Traurigkeit, in die sie tief hinabgesunken war, weil sie mit ihrem toten Vater sprach und keine Antwort erhielt. Hut und Trenchcoat hingen leblos über dem schwarzen Kleiderständer.

Während sie die Treppenstufen hinunterging, wischte Kati sich mit den Handrücken die Tränen aus dem Gesicht. Gerne hätte sie eine Bluse gestrafft oder einen Hosenbund hochgezogen, aber sie trug schon ihre Feierabendklamotten: eine schlabberige grün karierte Pyjamahose und ein T-Shirt aus Onkel Martins Museumsshop, das Harald und Bettina breit grinsend zeigen sollte. Allerdings war die Zeichnung so misslungen, dass es wirkte, als hätten beide Tollwut und würden gleich zubeißen. Ein Ladenhüter – Kati hatte deshalb gleich ein Dutzend davon gekauft.

In die Haustür war ein schmales vergittertes Fenster eingelassen, das Kati nun öffnete. Sie erkannte den

Obdachlosen im nachtblauen Anzug der sie entschuldigend anlächelte.

»Der Namenlose …«

Der Mann schüttelte den Kopf. »Nicht mehr.«

»Nein? Hat sich ein Name gefunden?« Kati strich eine Strähne von ihrem Augenwinkel, die an einer Tränenspur geklebt hatte.

»Ich heiße Severin. Also jetzt wieder, denn nur Severin konnte das Klavier stimmen.« Er kratzte sich am Kopf.« Die Erklärung macht für Sie jetzt natürlich null Sinn …«

Kati verschwand. Als sie zurückkehrte, hob Severin abwehrend die Arme. »Haben Sie einen Knüppel geholt? Oder die Polizei gerufen? Sie müssen keine Angst vor mir haben.«

Kati hielt das Buch mit Severins Anmerkungen in den Händen.»Das ist von Ihnen, oder? Da steht so viel über das Leben auf der Straße an den Seitenrändern.«

Severin nahm die Arme wieder herunter und nickte. »Sie wirkten wie eine Frau, der man mit einem Buch eine kleine Freude bereiten kann.«

Kati hätte vorher nicht sagen können, welche Sätze sie entwaffnen würden. Aber dieser gehörte definitiv dazu. Sie holte tief Luft und öffnete die Tür, öffnete ihr Heim und auch ein wenig ihr Herz.

»Es war ein bisschen, als bekäme ich einen …« Kati sprach es nicht aus. »Ich habe Ihre Anmerkungen auf jeden Fall sehr gern gelesen. Sogar noch lieber als das wundervolle Buch. Es kam mir vor, als würden wir uns miteinander über den Roman unterhalten. Das mochte ich. Obwohl Sie manchmal echten Stuss verzapft haben!« Sie lachte.

»Das kann ich mir kaum vorstellen.« Severin grinste.

Kati senkte das Buch.

Ihre Mutter hätte niemals einen Obdachlosen in ihr Haus gelassen. Erst recht nicht nachts. Selbst wenn er so vertrauenswürdig erschien wie Severin.

Aber sie war nicht ihre Mutter. Sie spielte nicht auf Sicherheit.

Sie spielte auf Leben.

»Kommen Sie rein. Und ab jetzt sagen wir Du. Wer über die Türschwelle tritt, muss mich duzen. Alter Brauch.«

Severin trat ein. »Danke für deinen Vertrauensvorschuss. Bin ich nicht mehr gewohnt. Fühlt sich gut an.«

Kati ging vor zur Küche. »Willst du einen Tee?«

»Möchtest du nicht erst wissen, warum ich hier bin? Und wie ich dich gefunden habe?«

»Das erzählt sich bei einem Tee viel besser. Schwarz?«, fragte Kati.

»Egal. Hauptsache heiß.«

»Zucker? Honig?«

»Egal. Hauptsache süß.«

»Schokokeks? Haferkeks?«

»Egal. Hauptsache lecker.«

»Ein unkomplizierter Gast! Die sind mir am liebsten.« Kati wies auf den großen Eichenholztisch im Wohnzimmer. »Ich komme mir gerade vor wie in einem dieser hippen Kaffeeläden, wo alles einzeln nachgefragt wird.«

Severin lächelte: »Dann nehme ich bitte Hafermilch und Rohrzucker!«

Als Kati einige Minuten später ins Wohnzimmer trat, saß Severin kerzengerade am Tisch, die Hände im Schoß gefaltet, als wäre er zum Vorstellungsgespräch da. Sein Blick wanderte über die zahlreichen Fotos an den Wänden, die berühmte Schauspielerinnen und Schauspieler zeigten, welche allesamt außergewöhnliche Frisuren hatten. Vor dem Fenster zum Garten standen drei Styroporköpfe auf einer Anrichte, die langhaarige Perücken trugen, welche zu aufwendigen Frisuren geflochten waren.

Kati reichte Severin eine Tasse Tee und stellte einen Teller Löffelbiskuits in die Mitte, mit denen sie eigentlich ein Tiramisu hatte zubereiten wollen – vor einem halben Jahr.

»Dann erzähl mal, was dich hergeführt hat.«

»Ich habe dein Auto vor dem Haus gesehen.«

»Kein Grund, abends zu klingeln.«

»Du hast am Fenster gestanden und geweint.«

Kati rührte nachdenklich in ihrer Tasse und sah dem Kandis am Boden zu, wie er sich weiter auflöste. »Ja, das habe ich.«

»Und da habe ich geklingelt. Ohne groß nachzudenken.«

»Du wolltest mich trösten?«

Severin nickte. »Ohne zu wissen, wie. Aber du hast mich ja auch getröstet, mit dem Haarschnitt.« Er nahm einen Schluck Tee, obwohl der Beutel noch in der Tasse hing. »Der ist gut, der Earl Grey.«

»Ist Orange-Ingwer.«

»Ist gut, der Orange-Ingwer.«

»Schmeckte früher noch besser.« Kati pustete in ihre Tasse. »Die Teebeutel sind schon etwas älter.«

»Darf ich dich fragen, warum du geweint hast? Falls das nicht zu persönlich ist. Und falls du überhaupt darüber reden willst.«

Kati pustete noch mal. Kräftig. Wäre die Tasse ein Meer, hätte sie nun einen Tsunami ausgelöst. »Ich glaube, man weint nie aus nur einem Grund. Wenn jemand stirbt, weint man zum Beispiel, weil man traurig ist, den Menschen nie mehr zu treffen, man weint aber auch aus Mitgefühl, weil der Verstorbene nicht mehr weiterleben darf, man weint, weil man wütend auf die Welt ist, die schlechte Menschen lange leben und gute Menschen früh sterben lässt.«

»Du weichst der Frage geschickt aus.«

»Ja, oder?« Kati schuf wieder Wellen im Tee.

»Die Frage war wirklich zu intim.«

»War sie. Aber trotzdem war sie gut. Weil ich zwar geweint hab, aber vor lauter Weinen gar nicht dazu gekommen bin, darüber nachzudenken, weshalb ich weine. Also weshalb genau.«

Severin fragte nicht nach. Er pustete stattdessen auch in seinen Tee.

»Die Auswahl ist groß«, fuhr Kati fort. »Und ich glaube, ich brauche noch etwas, um den entscheidenden Grund zu finden. Bin gerade etwas überfordert. So wie eine Marionette, deren Fäden durchgeschnitten wurden und die jetzt erst merkt, dass sie überhaupt an Fäden gehangen hat. Weil …« Katis Stimme brach ab, wie eine überhängende Klippe am Meer, wenn die Wellen hart dagegenschlugen.

»Sollen wir lieber über das Buch reden? Unser ›Gespräch am Seitenrand‹ fortführen?«

»Gern.«

Dann redeten sie über den Roman und über Severins Anmerkungen und über die Anmerkungen, die Kati gemacht hätte, sofern sie in Bücher schreiben würde. Das Gute bei Gesprächen über Bücher war, dass man immer auch über sich selbst sprach. Meist, ohne es zu merken.

Es war eines dieser Gespräche, bei denen auf eine gute Art ein Wort das nächste gab, ohne Mühe, und man nie überlegen musste, was man am besten sagen oder fragen sollte, sondern einfach redete. Und nachher das Gefühl hatte, es hätten schon unzählige solcher Gespräche mit dem Gegenüber stattgefunden.

Sie redeten so lange, bis Kati trotz fünf Tassen Tee die Augen zufielen.

»Gibt es eigentlich eine Frühjahrsmüdigkeit im Herbst?«

»Manchmal«, antwortete Severin, »hält die Frühjahrsmüdigkeit sich so lange. Dann hat man aber eine besonders gute erwischt.«

»Ich muss auf jeden Fall ins Bett.« Kati klopfte auf den Tisch. »Magst du die Arktis?«

»Die … du meinst den Nordpol?«

»Auch.«

»Wieso fragst du?«

»Weil du da heute Nacht schlafen wirst.«

»Ist das der Name einer Notunterkunft?«

»Nein, viel besser. Komm mit.«

Als sie ihren Beetle aufschloss und die Fahrertür öffnete, weiteten sich Severins Augen.

»Ist nicht weit«, sagte Kati.

»Dann gehe ich lieber zu Fuß.«

Kati sah, dass er schnell atmete und sich nervös durchs Haar fuhr.

»Dafür ist es allerdings zu weit, vor allem um die Uhrzeit.«

Er trat so hastig vom Wagen zurück, als wäre dieser ein wildes Tier und könnte ihn anfallen. »Dann sage ich Gute Nacht. Ich finde schon einen Schlafplatz.«

Kati schloss die Fahrertür wieder. »Weißt du, ich bring dich doch zu Fuß hin. Wird mir guttun, ein paar Schritte zu gehen.« Sie lächelte. »Passt auch viel besser.«

»Wieso?«

»Na, die Arktis kann man ja auch nicht mit dem Auto erreichen. Das muss man schon zu Fuß hinbekommen!«

***

Gru. Gru. Gru.

Severin drehte sich auf der durchgelegenen Federkernmatratze um, doch die kehligen Laute hörten nicht auf.

Gru. Gru. Gru.

Als er die Augen öffnete, sah Severin statt über den Himmel ziehender und laut rufender Kraniche einen Jungen, der neben seinem Kopfkissen stand und auf ihn hinabblickte, als wäre er etwas Undefinierbares, das von den Wellen an den Strand gespült worden war.

»Dieses Zimmer ist der Abstellraum. Hier findet sich alles, was nicht dringend gebraucht wird. Also zum Beispiel die Eismaschine, die wird nur im Sommer rausgeholt. Oder die Ausstellung zur arktischen Flora, die wird im Winter aufgebaut, wenn im Garten wegen des Schnees nichts zu sehen ist. Sie beinhaltet Moose, Seggen und Gräser, weil diese in den Feuchtgebieten dominieren, sowie Heidepflanzen, die man eher in den trockenen Regionen findet. Stickstoff ist ein lebenswichtiger Nährstoff und aufgrund des kalten Klimas und der verzögerten Zersetzung ein Haupteinschränkungsfaktor für das Pflanzenwachstum.« Er hob den Zeigefinger. »Die Exkremente von Seevögeln dienen als organischer Dünger, bekannt unter dem Namen Guano. Vor allem findet sich dieser auf und unter Vogelfelsen, weshalb die Vegetation dort äußerst produktiv und spektakulär ist. Wir haben sogar einige getrocknete Guano-Exponate in der Ausstellung.«

Der Junge blickte Severin an, als erwartete er eine Antwort.

»Beeindruckend?«, fragte Severin.

»Ja, das finde ich auch.« Er nickte zustimmend. »Nur in der niedrigen Arktis, also hauptsächlich in Russland und Nordamerika, findet man vereinzelt Baumbestände. In den arktischen Feuchtgebieten sind …«

»Rieche ich da Kaffee?«, unterbrach Severin ihn und raffte sich auf.

»In den arktischen Feuchtgebieten …«, setzte Lukas neu an.

»Ich gehe mal zum Kaffee. Auch wenn der hoffentlich nicht arktisch ist.«

»Finnland ist mit zwölf Kilogramm pro Kopf und Jahr der größte Kaffeekonsument der Welt, gefolgt von Norwegen mit neun Komma neun Kilogramm auf Rang zwei.«

Severin reichte ihm die Hand. »Es ist eine Freude, dich kennenzulernen. Ich bin Severin. Bist du Martins Sohn?«

»Mein Name ist Lukas Losner, ich bin vierzehn Jahre und zwei Monate, und ich bin Herrn Waldsteins einziger Angestellter. Später werde ich einmal Museumsdirektor sein. Falls Sie eine Führung durch das Museum wünschen, kann ich diese gerne übernehmen.«

»Gut zu wissen!«

Martin saß im Nachbau der Walfängerhütte, die fast das gesamte ehemalige Wohnzimmer ausfüllte. Er trank Kaffee aus einer großen Tasse und las Zeitung. Als Severin die Treppe hinunterkam, blickte er kurz hoch. »Die Kaffeemaschine steht im Museumsshop. Kondensmilch ist im kleinen Kühlschrank, neben den Fischkonserven.«

Lukas folgte auf Severin. »Soll ich mich jetzt um die beiden Museumstiere kümmern?«

»Striegeln ist angesagt. Darfst ihnen vorher auch gern ein paar Leckerlis geben.«

»Wie viele genau?«

»Zwei bis drei.«

Lukas legte den Kopf schief.

»Drei«, sagte Martin.

Lukas machte sich ans Werk.

»Muss der Junge nicht in den Unterricht?«, fragte Severin, als er sich kurze Zeit später mit einer Tasse Kaffee zu Martin setzte.

»Schulpraktikum. Sonst wäre er nur am Wochenende hier. Pures Gold, der Lukas.«

Severin nickte und stieß mit seiner Tasse gegen Martins. »Danke noch mal, dass ich hier übernachten durfte.«

»In der Arktis wird Gastfreundschaft großgeschrieben! Ist eine Frage des Überlebens. Sie dürfen gerne bleiben, solange Sie wollen. Katis Freunde sind auch meine Freunde.«

»Als sie mich gestern vorbeigebracht hat, sind Sie sehr herzlich miteinander umgegangen.«

»Kati ist mehr bei mir aufgewachsen als bei ihren Eltern. Ihr Vater, also mein Bruder, hatte nur Kino im Kopf. Er war mit den Gedanken eigentlich immer bei einem Film. Nie im Hier und Jetzt.« Martin senkte die Zeitung. »Brauchen Sie noch was in Ihrem Zimmer? Eine weitere Decke? Oder eine Leselampe? Einfach Bescheid geben, Sie sollen sich ja wohlfühlen.«

»Ich würde mich gern für Ihre Gastfreundschaft erkenntlich zeigen. Kann ich irgendwie helfen?«

Martin fuhr sich durch seinen prächtigen Bart. »Waren Sie schon mal jenseits des Polarkreises?«

»Vor Jahren, ja, die Postschiffsroute bis hoch zum Nordkap. Da, wo die Welt aufhört.«

Martins buschige Augenbrauen hoben sich. »Wunderbar! Wir haben morgen eine Gruppe von der Freiwilligen Feuerwehr, die würde sicher einen Aufschlag für das Gespräch mit einem echten Polarreisenden zahlen.«

»Ich werde mein Bestes geben!« Severin blickte sich um. »Und hiervon können Sie leben?«

»Schön wär's!« Martin faltete die Zeitung zusammen. »Ich mache in Versicherungen. Vor allem Lebensversicherungen. Warum schmunzeln Sie?«

»Es ist nichts.«

»*Nichts* sieht anders aus.«

»Ich will nicht den Eindruck erwecken, unhöflich zu sein.«

»Immer raus damit! In der Arktis schätzen wir ein offenes Wort.«

Severin atmete durch. »Sie verkaufen keine Lebensversicherungen.«

»Wie meinen Sie das?«

»Eine Feuerversicherung haftet für den Schaden, der durch ein Feuer entsteht. Eine Blitzversicherung für den bei einem Blitz, das Gleiche bei Überschwemmung, Diebstahl.«

»Ja, und?«

»Sie verkaufen keine Lebensversicherungen, sondern Todesversicherungen. Aber da das nicht gut klingt, heißt es anders. Und so wird der Eindruck erweckt, als könnte man das Wertvollste, was wir haben, unser Leben, versichern. Aber es ist unversicherbar.« Seine Stimme wurde zerbrechlich, wie dünnes Porzellan. »Der Schaden des Todes ist nicht wiedergutzumachen, mit keinem Geld. Es gibt Dinge, die kann man nicht versichern.«

Als Martin antwortete, klang auch seine Stimme dünn. Sie passte kaum noch zu einem Mann, der immer wirkte, als könnte ihn kein Sturm von den Beinen holen.

»Ja, die gibt es. Leider.« Er lehnte sich zurück. »Mir fällt noch etwas ein, das sich nicht versichern lässt. Aber da würden wir philosophischen Grund betreten. Und dafür ist es noch zu früh am Morgen.«

»Wir Menschen sind doch eigentlich immer auf philosophischem Grund unterwegs, oder? Wir merken es nur meist nicht.«

Martin nickte langsam. Er wusste, was die Policen für die Menschen in Wirklichkeit waren: Beruhigungsmittel gegen die Angst, das zu verlieren, was wichtig war. Ein Heim. Die Gesundheit. Ein Konto mit schwarzen Zahlen.

»Auch die Liebe lässt sich nicht versichern. Stellen Sie sich vor, das wäre anders und es gäbe eine Trennungsversicherung. Ehe kaputt, aber wenigstens bekommst du hunderttausend Euro.« Martin schüttelte den Kopf. »Das würde einem dann allerdings auch nicht helfen. Und überhaupt ist Liebe nicht kalkulierbar, noch weniger als ein Blitzeinschlag. Man kann sich nicht darauf vorbereiten, nicht wirklich, und ebenso wenig darauf, dass sie endet. Liebe ist unsicher. Das muss man sich klarmachen, wenn man sie eingeht. Aber das ist auch Teil ihrer Faszination, vielleicht ist es sogar ihr Kern.«

Severin musste schmunzeln. »Hätte nie gedacht, so etwas mal von einem Versicherungsvertreter zu hören.«

»Und ich hätte nie gedacht, mal so ein Gespräch mit einem Obdachlosen zu führen.« Martin stand auf. »Die Arbeit ruft. Sie kommen klar?«

»Hätten Sie vielleicht ein Abspielgerät für Musik? Einen Ghettoblaster oder einen Kassettenspieler? Falls es so was überhaupt noch gibt.«

»Neben dem Eisbären hängt ein tragbarer CD-Player mit dem Geräusch kalbender Gletscher.«

»Dürfte ich mir den mal ausleihen?«

»Klar. Aber prüfen Sie besser, ob die Batterien noch Saft haben.«

Severin ging zu dem ausgestopften Riesen. »Und gibt es hier im Ort einen Musikladen? Mit einer Klassikabteilung?«

»Nee, aber die örtliche Bibliothek verleiht CDs. Die ist im Rathaus untergebracht.« Martin schaute auf seine polarsichere Uhr. »Müsste jetzt aufhaben. Da gibt es auch eine schöne Arktisecke, die ich eingerichtet habe.«

»Bin schon auf dem Weg.« Als Severin im Türrahmen stand, drehte er sich noch mal um. Er öffnete den Mund, aber zögerte, wie man es bei Fragen tut, deren Antworten einem vielleicht nicht gefallen würden.

»Spielt Kati eigentlich ein Instrument?«

»Früher mal Blockflöte, aber irgendwann ist sie nicht mehr zum Unterricht gegangen.«

»Aber sie hört Musik?«

»Klar, wie jeder.«

»Was für Musik?«

»So britischen Kram, Bands wie Verve, Blur oder Oasis. Sie spielt mir immer mal wieder was vor, aber für mich ist das nix. Ich bin eher die Abteilung Shantys.«

Severin kannte keine von Katis Lieblingsbands.

Und das bereitete ihm Sorgen.

***

Martin stand in der niederarktischen Tundra und pflanzte eine neue Zwergstrauchheide ein, als Kati am Nachmittag das niedrige Gatter zum Museumsgarten öffnete. Sofort hob er abwehrend die erdverschmierten Hände.

»Kannste wieder runternehmen!«, rief Kati ihm zu. »Hab keinen Brief für dich.« Sie sah müde aus. Die Nacht war kurz gewesen, auch weil sie noch etwas in Severins Buch gelesen hatte, nachdem sie ihn in der Arktis abgeliefert hatte.

Martin wischte sich mit dem Handrücken über die Stirn. »Dann habe ich ja noch mal Glück gehabt. Wer ist denn heute der Unglückliche? Oder der Glückliche?«

»*Die* Glückliche. Frau Liszt vom Supermarkt, ich habe einen Pasch gewürfelt.« Kati blickte sich um. »Ist Severin noch da?«

»Hast du Angst, dass er schon weitergezogen ist?« Martin beugte sich zum Topf mit der Schwarzen Krähenbeere.

»Ich weiß nicht, wie lange Menschen wie er an einem Ort bleiben.«

»Du meinst Penner, Obdachlose, Berber?« Severin trat aus dem Museum. Er war frisch geduscht und trug Kleidung von Martin, die ihm viel zu weit war: einen rot-weißen Norwegerpullover, eine schwere grüne Cordhose und Arbeitsstiefel. »Ich mag den Begriff Landstreicher am liebsten. Der hat etwas Poetisches, obwohl es meist gar nicht poetisch ist.«

»Hast du jetzt so lange gewartet, bis du einen passenden Auftritt hast?«, fragte Kati.

Severin musste grinsen. »Nein, so theatralisch bin ich nicht. Wobei ich dich fragen möchte, ob du Zeit für eine kleine Aufführung hättest?«

»Ich muss einen Brief abliefern und bin eigentlich nur hier, um Martin zu fragen, ob er etwas vom Supermarkt braucht.«

»Einen Sack Blumenerde.«

Kati lachte. »Was Leichteres fällt dir nicht ein?«

»Ich kann mitkommen und tragen«, bot Severin an.

»Außerdem hätte ich noch eine kleine Bitte.« Martin rieb seine Hände an der Jeans ab. »Eine vierbeinige Bitte.«

»Och nö!« Kati zog eine Schnute.

»Harald muss mal wieder einen Spaziergang machen, der langweilt sich gerade sehr. Hat heute Nacht die kompletten Lofoten umgegraben.«

»Du weißt ganz genau, dass ich jetzt unmöglich Nein sagen kann.«

»Kannst du schon, aber dann wärst du eine unglaublich hartherzige Nichte.«

Also bekam Harald eine Leine umgeworfen, und sie machten sich zu dritt auf den Weg zum Supermarkt. Dass der Elch einen Spaziergang machen sollte, bedeutete nicht, dass er einen machen wollte, was er lautstark zu verstehen gab, vor allem, wenn andere Spaziergänger an ihnen vorbeikamen, an die er sich Hilfe suchend wandte. Häufig erkundigten sich die so Angesprochenen daraufhin bei Kati oder Severin nach Haralds Gesundheit, denn das lang gezogene Heulen eines Elchs klang immer ein wenig nach Verdauungsproblemen. Harald konnte natürlich auch röhren. Das klang dann, als würde ein Trompeter sein Instrument reinigen.

Unterwegs erklärte Kati ihren beiden Begleitern die Sache mit den Briefen. Harald sah immer wieder fragend zu ihr herüber, falls er nicht an einem Grasbüschel anhielt, um dieses von den Wurzeln zu rupfen. Severin wollte alles über Katis Projekt wissen und fand es fabelhaft.

Der Flachbau des Supermarkts lag am Ortsrand und war umgeben von einem großen Parkplatz.

»Da kann man Hunde festmachen.« Severin deutete auf ein Schild neben den Einkaufswagen. »Mit etwas gutem Willen oder einer schlechten Brille könnte man das gezeichnete Tier auch für einen Elch halten.«

Kati band Harald fest und strich ihm liebevoll über den Kopf. »Er ist hier bekannt wie ein bunter … Elch.«

Harald gab einen zustimmenden Laut von sich und schnupperte erwartungsvoll Richtung Supermarkt-Eingang.

»Ich glaube, er würde gerne mitkommen.«

»Ich glaube, er kann es mal wieder kaum erwarten, seine Elchleckerlis zu bekommen: Pilze. Du glaubst ja nicht, wie verfressen der Bursche ist. Letztens hat er einem Typen einen Salatkopf aus dem Einkaufswagen weggefuttert – inklusive Folie!«

Kati lächelte, aber dann änderte sich ihr Gesichtsausdruck. Sie wurde sehr ernst und strich sich fest über die Augen.

»Alles gut?«, fragte Severin und drückte auf den Desinfektionsmittel-Spender, der neben den Einkaufswagen angebracht war. Er nutzte immer jede Chance, sich auf diese Art die Hände zu säubern.

»Ich brauch nur einen Moment.« Kati holte den Briefumschlag aus der Jackentasche und strich ihn glatt.

»Ein schwerer Brief?«

Kati wog ihn in der Hand. »Nein, ganz leicht. In jedem Sinne. Aber diesmal werde ich beim Vorlesen Publikum haben, und das bin ich nicht gewohnt.«

»Dann lies den Brief doch einfach …«

»Nein, in diesem Fall muss es bei der Arbeit sein. Komm, Augen zu und durch!«

Sie gingen durch die sich öffnende Schiebetür.

Frau Liszt saß an Schalter drei, wie immer. Sie hatte ihn sich mit ein paar lustigen Aufklebern aus Schokoriegeln und ein paar festgeklebten Figuren aus Überraschungseiern individuell hergerichtet.

Es war viel los, aber als Kati vor Frau Liszts Kabuff stehen blieb, breitete sich Stille im Supermarkt aus.

Die Kassiererin starrte Kati und den Umschlag in ihren Händen an. »Für mich?«

Kati nickte, zog den Brief aus dem Umschlag und faltete das Butterbrotpapier auseinander. Es war mit Bleistiftschraffuren versehen, weil sie als Kind damit ein großes Herz aus einer Apothekerzeitschrift abgepaust hatte. Sie hatte es ganz bewusst für Frau Liszt ausgewählt.

Jemand raunte: »Er ist handgeschrieben!«

Kati räusperte sich.

Liebe Frau Liszt,
ich kenne Sie seit Jahren, aber eigentlich kenne ich Sie nicht. Ich weiß nicht mehr über Sie, als dass Sie mir selbst dann ein kurzes Lächeln schenken, wenn der Laden voll ist und Sie deshalb kaum zum Luftholen kommen. Und dass Sie die schnellste Kassiererin sind, weshalb ich immer versuche, bei Ihnen in der Schlange zu stehen, selbst wenn sie länger als die drei anderen ist. Ich komme mit dem Einpacken nicht hinterher, so fix ziehen Sie meine Einkäufe über den Scanner. Das ist weltrekordreif! Es ist jetzt über ein halbes Jahr her, dass ich hier eingekauft habe, als ich mit den Nerven völlig am Ende war. Kurz vorher hatte meine Mutter mir gesagt, dass sie nicht mehr lange leben wird. Und was habe ich getan? Eingekauft, um ihr Lieblingsessen für sie zu kochen. Rinderrouladen mit Kartoffelpüree, Erbsen und Möhrchen. Das hatte ich noch nie gekocht, und ich stand deshalb, völlig verzweifelt und heulend, hier im Supermarkt. Sie haben mir dann ganz ruhig erklärt, was ich für das Gericht bräuchte. Als ich bezahlen wollte, fiel mir auf, dass ich mein Portemonnaie vergessen hatte. Und es war viel zu spät, um es vor Ladenschluss noch zu holen. Da haben Sie mir das Geld einfach vorgestreckt und darauf vertraut, dass ich es am nächsten Tag vorbeibringe. Obwohl wir vorher niemals mehr als drei Worte miteinander gewechselt hatten!

Es war das letzte Essen, das ich für meine Mutter gekocht habe.

Kati setzte kurz ab. Da war all die Wut auf ihre Mutter, aber darunter lag eben auch Liebe. Eine Liebe, die nicht begriff.

Die Rinderrouladen sind furchtbar danebengegangen, genau wie das Püree, ich war so durcheinander beim Kochen. Aber meine Mutter hat sich sehr über alles gefreut. Und sogar gelächelt, obwohl ihr eigentlich überhaupt nicht nach Lächeln zumute war. Dieses Lächeln habe ich nur Ihnen zu verdanken, und deshalb habe ich diesen Brief geschrieben.
Danke, Frau Liszt. Von ganzem Herzen!
Leben Sie wohl.

Kati hob den Blick von dem Papier, das an den Seiten vom verkrampften Festhalten zerknittert war, zu Frau Liszt, die vom Inhalt des Briefes ganz zerknittert schien, aber auf eine gute Art und Weise, wie es Papier nie hinbekam. Sie trat aus ihrem Kassenkabuff und nahm Kati schluchzend in die Arme. Ihre Kolleginnen und Kollegen, die Kundinnen und Kunden, alle applaudierten. Einige gingen zu den anderen drei Kassiererinnen, die sich Tränen aus den Augen wischten, und sagten nette Dinge zu ihnen. Das war das Wunderbare an Freundlichkeit: Sie pflanzte sich fort.

»Ich habe noch nie einen richtigen Brief bekommen«, sagte Frau Liszt. Was einem Brief am nächsten kam, waren die Haftnotizen ihres Mannes, auf die manchmal etwas gemalt war, das ein Kussmund sein sollte, aber wie zwei Schnecken bei einem Wettrennen aussah. Oder die dreizeiligen Weihnachtskarten ihrer Eltern. Aber niemand in ihrer Familie besaß mehr eine richtige Handschrift, sie alle reihten nur Großbuchstaben aneinander. »Der bekommt einen Ehrenplatz in meiner Küche!« Andere hätten vielleicht einen Ehrenplatz auf dem Kamin dafür gewählt, aber Frau Liszt besaß keinen Kamin. Alle Erinnerungen, die ihr lieb und teuer waren, hingen mit Magneten am Kühlschrank, wo sie ihr jeden Tag ins Auge fielen.

Eine ältere Kundin mit falschem Pelzmantel ergriff Katis Arm. »Sie erinnern mich so sehr an Ihre Mutter! Die hatte auch solch eine Energie und war noch dazu schrecklich klug. Wir dachten alle, die wird irgendwann Bundeskanzlerin.« Sie zwinkerte Kati zu. »Bei Ihnen könnte das noch klappen!«

Kati lächelte, denn das war die einfachste Möglichkeit, nichts sagen zu müssen.

Erst als Kati und Severin wieder draußen standen und Harald seine geliebten Pilze direkt aus der Packung futtern ließen, sprachen sie wieder miteinander.

»Das war sehr nett von dir«, sagte Severin.

Kati winkte ab. »Das hatte mit Nettsein nichts zu tun, es war angemessen.«

»Kann ja beides sein. Und damals, das war Schicksal. Also, dass du an Frau Liszt geraten bist.«

»Schicksal gibt es nicht«, erwiderte Kati. »Das war einfach Glück.«

Severin sah sie lange an. »Lass mich dir bitte das Gegenteil beweisen.« Er strich Harald über die Flanke, der die Pilze bereits komplett verputzt hatte und nun auf der Pappschachtel herumkaute. »Dein vierbeiniger Freund kann natürlich gerne mitkommen.«

***

Kati konnte sich nicht erinnern, jemals so einen langen Spaziergang mit Harald gemacht zu haben. Er schien fasziniert, wie unterschiedlich das Gras in verschiedenen Vorgärten schmeckte. Als Elch scherte er sich nicht um den merkwürdigen Regen, Kati dagegen konnte den Blick nicht davon lassen. Links von ihr war die Straße trocken, und strahlender Sonnenschein fiel auf den Asphalt, rechts dagegen Wolken und Regen. Die Grenze verlief genau vor ihr, der Regen fiel schnurgerade herunter, wie ein Perlenvorhang. Sie hatte sich noch nie bei einem Regenschauer gefragt, wie es wohl an der Stelle aussah, an der die Tropfen aufhörten zu fallen. Jetzt wusste sie es: wunderschön.

»Hier geht es zum Fluss«, sagte Kati. »Ist das unser Ziel?«

»Ja und irgendwie auch nein.«

Sie schmunzelte. »Geht es noch ein bisschen kryptischer?«

Severin zog einen murrenden Harald von einer Rosenhecke fort. »Du musst es selbst sehen. Und hören.«

»Machst du so etwas häufiger? Was ›so etwas‹ auch immer sein mag.«

»Nein, ist das erste Mal. Und ich glaube, es wird auch nie wieder passieren. Weil das, warum ich es mache, noch nie passiert ist.«

Kati musste lachen. »Das wird ja immer unverständlicher! Ich frage lieber nicht weiter nach. Aber dafür hältst du Harald ab jetzt davon ab, noch mehr Vorgärten wie Leckerlis zu behandeln.«

Den Rest des Weges ließ Kati ihre Gedanken umherschweifen, die schnell zurück in ihr Haus fanden, an den Schreibtisch mit dem Butterbrotpapier. Ein Brief wie der an Frau Liszt tat ihrer Seele so gut. Viel zu selten im Leben sagte man Danke, und noch seltener in Form eines Briefes.

Sobald sie wieder zu Hause war, würde Frau Liszts Name ganz besonders freundlich abgestempelt werden. Und Kati würde ihrem Vater von dem Erlebnis erzählen, denn er hatte auch immer gern bei Frau Liszt bezahlt, die jedes Mal, ohne Nachfrage, das Zigarettenfach für ihn geöffnet hatte.

»Wir sind angekommen«, sagte Severin plötzlich und band Harald an eine am Ufer stehende Eiche, sodass er vom kühlen Wasser trinken konnte.

Kati blickte sich um. »Nachdem ich Jahre nicht mehr am Fluss war, stehe ich jetzt zum zweiten Mal innerhalb einer Woche hier. Zuletzt allerdings auf der anderen Seite.«

»Ich habe hier gestanden.«

Ungläubig drehte sich Kati zu Severin, während er weitersprach.

»Ich fürchte, ich hab dich erschreckt, als ich dir am Fluss zugewunken habe. Das wollte ich nicht.«

»Du …«

Er nickte. »Als sich dann herausstellte, dass du die Friseurin auf dem Münsterplatz bist, habe ich vor Überraschung kein Wort herausbekommen.«

Kati zog die Augenbrauen zusammen. »Warum hast du eigentlich nach mir gerufen?«

»Um das zu erklären, musst du dich hier hinstellen.« Er bugsierte Kati an den Schultern sachte an eine Stelle, von der aus sie die Biegung des Flusses überblicken konnte. »Denn genau von diesem Punkt aus habe ich dich gesehen.« Er setzte seinen Rucksack ab und holte Martins CD-Player heraus, auf den etliche Eisbär-Aufkleber gepappt worden waren. »Jetzt musst du nur noch die Kopfhörer aufsetzen.«

Kati zeigte auf die CD im Sichtfenster des Players. »Was ist da drauf?«

»Beethovens Sechste, die *Pastorale*.«

»Ich bin so gar nicht für Klassik zu haben.«

»Hör sie dir einfach an, dann wirst du verstehen.«

»Du bist komisch. Also noch komischer, als ich sowieso schon dachte.«

Severin setzte ihr die Kopfhörer auf. »Sitzen sie gut?«

»Ich glaube schon.«

»Dann mach die Augen zu. Ich tippe dir auf den Arm, wenn du sie wieder öffnen darfst.«

»Severin, wirklich, das hier ist alles so überhaupt nicht mein Ding.«

»Es dauert nicht lang.«

Seufzend schloss Kati die Augen, während Severin den Start-Knopf drückte.

Streicher ertönten, sanft und langsam, die Noten flossen fröhlich über Kieselsteine, die Klänge des Orchesters verwandelten sich in den Gesang von Vögeln am Ufer, von Nachtigall, Wachtel und Kuckuck. Es war, als würden sich goldene Sonnenstrahlen im

Wasser spiegeln, als jagte unter der Oberfläche ein silbern glänzender Fisch in Richtung Meer.

Stille.

Severin berührte sie sanft am Oberarm.

Kati öffnete die Augen.

Blickte zu Severin, der sie anlächelte, aber kein Wort sagte. In seinem Kopf spielte die Musik weiter.

»Ich verstehe nicht, was das sollte«, durchbrach Kati die Stille.

»Das war der zweite Satz, die *Szene am Bach*.«

»Ah, okay.«

»Hast du ihn gesehen? Den gluckernden Bach?«

»Ich hatte doch die Augen zu.«

»Auf der schwarzen Leinwand deiner Augenlider?«

»Ähm, nein?« Sie reichte ihm den CD-Player samt Kopfhörer. »Warum guckst du jetzt so enttäuscht?«

Severin fuhr sich durch die Haare. »Weißt du, wenn ich klassische Musik höre, also ganz bewusst, in der Philharmonie zum Beispiel, dann schließe ich meine Augen, und es ist, als wäre jede Note ein Pinselstrich. Nach und nach entsteht ein ganzes Bild. Die Sechste von Beethoven ist meine Lieblingssinfonie, mein Lieblingsbild. Es ist das einzige Musikstück, bei dem ich das Gefühl habe, es wäre nur für mich komponiert worden.«

»Bei mir ist das *Bitter Sweet Symphony* von The Verve.«

Severin hörte ihr gar nicht zu, sondern breitete die Arme aus, die Biegung des Flusses einrahmend, als wäre sie ein Kunstwerk in einem Museum. »Das hier sehe ich bei der Pastorale. Jedes Mal.«

»Du siehst immer eine Flussbiegung?«

Er schüttelte entschieden den Kopf. »Nein, ich sehe genau diese Flussbiegung hier. *Diese* alten Bäume, *diese* wuchernden Sträucher, *diese* Holzbank, *diesen* verlassenen Bauernhof da hinten, alles ganz genau so. Obwohl ich nie zuvor hier war.«

»Du nimmst mich auf den Arm, oder?« Aber Kati sah ihm an, dass es nicht so war.

»Ich konnte es nicht fassen, als ich plötzlich hier stand.«

»Und ich habe das Bild gestört. Deshalb hast du gerufen. Es tut mir leid, aber das konnte ich ja nicht wissen.«

Wieder schüttelte er den Kopf, noch heftiger. Dann drehte sich Severin zu Kati, blickte ihr in die Augen und wurde ganz ruhig. »Die *Pastorale* ist das einzige Musikstück, bei dessen Bild mich immer das Gefühl beschlichen hat, etwas Wichtiges würde fehlen, damit es perfekt ist. Nicht nur irgendein Element, sondern das zentrale.«

»Hast du es gefunden?«

»Ja.« Severins Stimme war ganz sanft geworden.

»Was war es?« Das leise plätschernde Wasser, die Bäume und Sträucher, alles hier kam Kati mit einem Mal unwirklich vor.

»Du!«, sagte Severin strahlend. »Mit dir war das Bild plötzlich perfekt.«

Kati stand der Mund offen. »Ich? Aber … was soll das bedeuten?«

»Das Schicksal hat einen Pfeil in die Welt gemalt, der auf dich zeigt. Einen großen, in allen Farben blinkenden Pfeil. Ich weiß nur nicht, warum.« Kati wollte etwas sagen, aber Severin kam ihr zuvor. »Ich weiß, du glaubst nicht an das Schicksal. Aber wie kann es dann sein, dass ich dir einen Tag später in der Stadt über den Weg laufe? Wie, dass ich in deiner Heimat erstmals wieder ein Klavier gestimmt habe? Oder dass genau in diesem Haus jemand den Weg zu dir kennt?« Severin trat an das glitzernde Flussbett. »Vielleicht bist du der Mensch, der mir den Weg für die Zukunft weist, oder vielleicht muss ich dir helfen, deinen Weg zu finden. Ich weiß es nicht, denn ich habe so etwas noch nie erlebt.« Seine Stimme wurde dünn wie ein Blatt Papier. »Ich hoffe, du hältst mich jetzt nicht für völlig verrückt.«

»Wir sind eben mit dem verfressensten Elch der Welt zu einem Supermarkt spaziert, ich glaube, über ›verrückt‹ sind wir lange hinaus.« Kati kniete sich hin und hielt ihre Hände ins funkelnde Nass. Die Kälte des Wassers tat ihr gut. »Aber, ja, es klingt verrückt. Sehr verrückt.« Sie zog die Hände wieder heraus und schüttelte sie trocken. »Falls ich wirklich dein Schicksal bin, dann tut es mir leid. Denn das Schicksal kann eine Bürde sein.«

»Aber das muss es nicht! Es kann auch das genaue Gegenteil sein.«

Kati biss sich auf die Oberlippe. »Ich glaube, jetzt solltest du mir folgen.« Sie band Harald los, der gar nicht losgebunden werden wollte und sich kein bisschen rührte. »Komm, für dich gibt es gleich Popcorn. Das ist lecker. Also wahrscheinlich.«

Harald setzte sich träge in Bewegung und gab einen seiner blechernen Röhrer von sich. Mit seinen langen Beinen sah der alte Elch aus, als ginge er wie auf Stöckelschuhen.

Kati streckte Severin die offene Hand entgegen.

»Gib mir den CD-Player. Auf dem Weg höre ich mir Beethovens Fluss noch mal an.«

***

Aus dem aufgeplatzten Asphalt vor dem Kino spross das Unkraut, vor allem Huflattich und Löwenzahn. Der große gelbe Leuchtschriftzug »Lichtspielhaus Waldstein« über dem mit einer schweren Kette gesicherten Eingang hing schief. In den großen Glasrahmen hingen vergilbte Filmplakate, Spinnen hatten schon Netze darübergesponnen, als wären es Terrarien. Trotzdem kam beim Anblick des himmelblau gestrichenen zweistöckigen Gebäudes der Wunsch auf, es zu betreten, selbst in seinem maroden Zustand wirkte ein Rest des Zaubers nach, den dieser Sehnsuchtsort voller bewegter Bilder einst ausgestrahlt hatte.

»Einfach Harald nach«, sagte Kati. »Er kennt sich hier aus.«

Vor dem mit einer weiteren Kette gesicherten Seiteneingang blieb er stehen und stieß mit der Schnauze dagegen, als wollte er anklopfen. Kati öffnete das Vorhängeschloss und die knarzende Tür. Drinnen legte sie einen Schalter um, und eine Neonleuchte sprang über ihnen flackernd an.

»Hier hat mein Vater, also, als er jung war, ein Teenager, meine Mutter immer umsonst reingeschmuggelt. Damit ließen sich Mädchen wohl enorm beeindrucken.« Sie öffnete eine schmucklose Tür, auf deren anderer Seite es überhaupt nicht schmucklos aussah, mehr wie in einem Märchenschloss, mit Gold und rotem Samt an den Wänden. Vier große Kristalllüster erwachten zum Leben, beschienen Stehtische, Barhocker und eine große Theke mit Registrierkasse. Alles war mit durchsichtigen Plastikplanen abgedeckt. Auf ihnen und dem Parkett im Fischgrätmuster hatte sich Staub angesammelt wie frisch gefallener Schnee.

Kati legte den Tresen frei, holte einen großen Papiereimer aus einem Regalfach und füllte ihn mit einer Tüte salzigem Popcorn für Harald. Der alte Elch drehte sich währenddessen vor lauter Vorfreude um die eigene Achse. »Das ist noch Jahre haltbar«, erklärte Kati, als sie es ihm hinstellte.

»Ich bin überrascht, dass es hier noch Strom gibt«, sagte Severin und hinterließ beim Gehen eine Fußspur.

»Wegen der Alarmanlage. Nachdem eingebrochen worden war, hat meine Mutter sie installieren lassen. Damit nicht alles verwüstet wird, bis sich ein Käufer findet.«

»Dann ist das hier jetzt dein Kino?«

»Fühlt sich aber nicht so an. Es ist das Kino meines Vaters. Wird es immer bleiben.« Kati drehte sich zu Severin, während sie in Richtung des einzigen Saals ging. »Es war sein Ein und Alles. Sein Leben. Sein Schicksal. Daran hat er fest geglaubt.« Sie stieß die zweiflügelige Schwingtür auf. »Willkommen an dem Ort, wo meine Eltern sich das erste Mal küssten, während auf der Leinwand Rhett Butler und Scarlett O'Hara leidenschaftlich knutschten.« Kati wies auf zwei Plätze in der letzten Reihe. »Es passierte genau da. Eine Information, um die ich wirklich nicht gebeten hatte!«

Der Saal war noch prunkvoller als das Foyer, die Sitze waren dick gepolstert, vor jedem davon befand sich eine polierte kleine Holzablage, auf der Getränke und kleine Speisen Platz fanden, die früher vom Personal serviert worden waren. Die Wände waren mit gerafftem Samt verkleidet, darauf unzählige Glühbirnen wie Sterne, der Boden war mit einem dicken Teppich ausgelegt, der jedes Schrittgeräusch schluckte.

»Ich finde, es ist ein großartiges Schicksal, Besitzer eines so wunderschönen Kinos zu sein.« Severin ließ sich in einen der Sitze fallen. »Und hier auch noch seine zukünftige Frau kennenzulernen.«

»Ja, klingt so, oder?« Kati ließ ihre Fingerspitzen über die Polsterlehnen gleiten, während sie zur Leinwand ging. »Mein Vater war hier Mädchen für alles: Filmvorführer, Hausmeister, Putzfrau, Kartenabreißer, Eisverkäufer mit Bauchladen. Nur manchmal hat Martin geholfen, bei großen Premieren. Es gab sogar zwei, drei Anlässe, wo richtige Stars hierherkamen, dann war mein Papa so richtig stolz – und ich war richtig stolz auf ihn.« Kati fuhr sich über die Stirn, als hätte sie Fieber. »Ich habe das hier sehr geliebt.«

Harald hatte das Popcorn aufgefressen, stakste nun in den Saal und senkte hungrig die Schnauze auf der Suche nach zu Boden gefallenem Popcorn, seine Nüstern aufgeregt geweitet.

Kati blieb stehen. »Irgendwann bauten sie in der Stadt ein großes, modernes Kino mit zwölf Sälen. Es hatte die neueste Licht- und Tontechnik und zwei Restaurants mit angesagtem Essen.«

»Das klingt nicht gut.«

»Dann stiegen auch noch die Strom- und Gaspreise. Mein Papa hätte aufhören müssen, aber er konnte nicht, da das Kino ja sein Schicksal war. Von seinem Vater erbaut und von ihm fortgeführt. Das hier war sein Platz in der Welt. Das Wort ›Schicksal‹ passte zu diesem Zeitpunkt allerdings längst nicht mehr, es war ein Fluch. Mein Papa, der immer schon gern einen getrunken hatte, trank noch mehr, um die ganzen Sorgen runterzuspülen. Irgendwann ließ sich das nicht mehr verbergen, und es kamen noch weniger Zuschauer.«

»Das muss schlimm für dich gewesen sein, und für deine Mutter.«

»Wir wurden sehr gut darin, uns etwas vorzumachen.«

Kati hatte den Saal schon lange nicht mehr betreten. Es fühlte sich an, als säßen ihre Eltern auf allen Plätzen. Als frisch verliebte Teenager, bei der Hochzeit in Frack und Rüschenkleid, bei Katis Geburt mit Kind auf dem Arm, aber auch in ihren späteren Jahren, als der Glanz in den Augen immer mehr einer Mattheit gewichen war. Sie alle blickten Kati an.

»Ich hätte deinen Vater gerne in der guten alten Zeit erlebt und hier einen Film gesehen.«

Kati zeigte auf die Leinwand. »Möchtest du den letzten Film angucken, der hier gelaufen ist?«

»Der Projektor funktioniert noch?«

»Müsste er eigentlich. Das Ding ist nahezu unzerstörbar.«

Sie ging zurück ins Foyer und durch eine versteckte Tür hoch in den Projektorraum, wo immer noch das schwere Parfum ihres Vaters in der Luft hing – und der Geruch billigen Schnapses. Kati hätte nicht beschreiben können, wie man den Projektor zum Laufen bekam, aber ihre Hände hatten nichts vergessen. Das Surren, als die Filmrolle sich drehte, das Flackern des Lichts auf der großen Leinwand, das sie durch das kleine Fenster sehen konnte, all das hatte ihr unglaublich gefehlt.

Als sie in den Saal zurückkam und sich neben Severin setzte, lief noch der Vorspann von *Ist das Leben nicht schön?*. Die gepolsterten Sitze waren genauso bequem wie in ihrer Erinnerung. Es fühlte sich an, als würden sie einen umarmen, als wäre man geborgen, egal, was auf der Leinwand passierte.

»Irgendwann war klar, dass es so nicht weitergehen konnte«, sagte Kati. »Mein Vater setzte die letzte Vorführung für den zweiten Weihnachtsfeiertag an. Er hatte überall im Ort groß plakatiert, dass es die Abschiedsvorstellung sein würde. Der Winter damals war sehr frostig, richtig eisig, deshalb sah es großartig aus, dass Martin vor dem Kino mit Harald stand, der damals noch deutlich jünger war.« Als hätte der Elch mitbekommen, dass über ihn gesprochen wurde, schaute er kurz auf, setzte dann aber seine Suche nach vergessenem Popcorn zwischen den Reihen fort. »Ein großes Finale!«, sagte Kati. »Eine wunderbare Möglichkeit für alle, sich von ihrem Kino zu verabschieden, in dem sie so viele schöne Stunden verlebt hatten. Mein Papa trug wie bei den großen Premieren eine schwarze Anzughose, ein frisch gebügeltes weißes Hemd mit Manschettenknöpfen, goldene Hosenträger und eine rote Fliege.« Kati sah ihn vor sich und lächelte ihm zu. »Gute Wahl, der Film, oder?«, fragte sie Severin.

»Ich mochte *Ist das Leben nicht schön?* schon immer. Wie alle Filme mit James Stewart.«

»Mein Vater auch.« Kati senkte den Kopf. »Aber damals kam … niemand.«

»*Niemand?*«

»Vielleicht ein Dutzend Besucher. Das war alles. Es hat meinem Vater das Herz gebrochen. Also hat er das getan, was er immer tat, wenn etwas schmerzte: trinken. Er ist mit drei Flaschen Wodka nach draußen gegangen und hat sich auf den Boden gesetzt, mit dem Rücken an der Wand seines Kinos. Dann hat er getrunken und noch mehr getrunken, bis er eingeschlafen ist. Papa hatte keine Jacke an, keinen Schal, keine Handschuhe.« Sie wurde still, blickte auf ihre Hände, die sie knetete wie störrischen Teig. Nach einem tiefen Einatmen fuhr Kati fort: »Die erste Rolle endete, und die Leinwand wurde strahlend hell. Zuerst haben wir uns nichts dabei gedacht, denn das war meinem Vater in den Monaten davor häufiger passiert. Wir blieben einfach sitzen und warteten. Aber auch nach etlichen Minuten passierte nichts. Meine Mutter hat mich dann in den Projektorraum geschickt. Es war ihr schrecklich peinlich vor den anderen Zuschauern, obwohl es nur so wenige waren. Mein Vater war ihr damals immer peinlich, deshalb lebten sie auch zwei unterschiedliche Leben. Er im Kino, sie zu Hause. Wenn er nach Hause kam, schlief sie schon. Wenn er aufstand, war sie schon zur Arbeit.

Ihre Ehe war keine Liebesbeziehung mehr, sondern eine Schicksalsgemeinschaft.« Kati blickte über ihre Schulter zu dem kleinen Fenster, hinter dem der Projektor stand. »Ich habe dann schnell die nächste Rolle eingelegt und meinen Vater gesucht. Im Foyer, auf den Toiletten, im Vorratsraum, im Büro, er war nirgendwo zu finden.«

Blitzlichtartig sah Kati das Büro vor sich. Einen fensterlosen kleinen Raum, vollgestopft mit gesammelten Dingen. Werbeflyer für Filme, Kugelschreiber, Bierdeckel, alte Schrauben und Nägel, Tapeten- und Teppichreste. Hier hatte ihr Vater auch die Butterbrotpapiere für sie gesammelt. In einer großen hölzernen Kiste, die vorher Wein enthalten hatte, der an einem südlichen Meer gereift war. Katis Name hatte groß darauf gestanden. Die Kiste war wie ein Schatz gewesen, den sie irgendwann hatte heben dürfen.

»Ich bin dann raus und hab vor dem Kino nachgeschaut, aber da war er auch nicht. Als ich schon wieder reinwollte, sind mir Spuren im Schnee aufgefallen, die um die Ecke des Kinos führten …«

»Du musst das nicht weitererzählen.«

»Er lag zusammengekrümmt auf dem Boden und hatte eine leere Flasche mit beiden Händen an sich gedrückt, als wäre sie ein geliebtes Kind. Als ich seinen Kopf berührte, war er ganz kalt.« Sie strich langsam über den Samt des Sitzes neben sich, all die feinen Härchen in eine Richtung, sodass sie glänzten. »Aber war das sein *Schicksal*? Nein. Es war eine Verkettung falscher Entscheidungen. Schicksal ist etwas, das unveränderbar ist. Unsere Gene, die sind Schicksal, das Land und der Ort, wo wir geboren werden, die Familie. Das alles ist uns in die Wiege gelegt. Daneben gibt es nur noch ein unvermeidbares Schicksal, und das ist der Tod.« Kati sah hoch zum Film. »Habe ihn nie zu Ende gesehen. Wenn er im Fernsehen läuft, schaue ich ihn nur bis zum Schluss der ersten Rolle. Denn so lang lebte mein Papa noch.« In diesen wertvollen Minuten fühlte sie sich ihrem Vater so nah wie niemals sonst.

Severin nahm ihre Hand und drückte sie sachte. »Du solltest deinem Vater einen deiner Briefe schreiben.«

Kati rieb sich die Augen. »Genau wie meiner Mutter, meint zumindest Martin. Aber nützen die Briefe etwas, die nie ankommen?«

»Manche Briefe müssen nicht verschickt, aber trotzdem geschrieben werden.«

Sie ging nicht darauf ein. »Gleich ist die erste Rolle durch.«

»Ich würde gerne wissen, wie der Film zu Ende geht.«

»Du hast doch eben gesagt, dass du ihn klasse findest. Das sagt man nicht, wenn man einen Film noch nicht zu Ende gesehen hat.«

»Da habe ich mich … falsch ausgedrückt.«

Kati stand auf. »Du bist ein miserabler Lügner.«

»Vielleicht wäre heute ein guter Tag, um den Film weiterzugucken«, sagte Severin behutsam. »Ich steh dir bei.«

»Nein. Harald muss dringend nach Hause. Sonst gibt es Schelte von Bettina.« Sie ging zu dem Elch.

»Du bist auch eine miserable Lügnerin«, sagte Severin.

Kati drehte sich zu Severin um, ihre Miene ernst, Trauer in ihren Augen und all der Schmerz, den sie seit vielen Jahren mit aller Kraft in sich verschloss und nicht hinausließ.

»Ich möchte nichts von Schicksal hören. Und ich möchte ganz bestimmt niemandes Schicksal sein.«

Kapitel 4

Der Palast wird gestürmt

Manche Menschen sehen auch dann den Elefanten im Raum nicht, wenn sie ihn selbst dort hingeführt haben.

Severin war einer davon.

Noch komplett angezogen lag er auf der Matratze und gestand sich nur zaghaft ein, dass Kati, die so ganz anders war als er, ihn faszinierte, er sich ihr verbunden, mehr noch, zu ihr hingezogen fühlte.

Aber für Severin war es unvorstellbar, dass sich jemand für ihn interessieren, geschweige denn ihn lieben könnte. Was daran lag, dass er selbst gerade erst wieder damit angefangen hatte. Und gleichzeitig schämte er sich dafür wegen des Unglücks, für das er verantwortlich und das aus seiner übergroßen Liebe zur Musik erwachsen war.

Da es anstrengend war, so viel zu denken und zu fühlen, fiel er irgendwann doch in den Schlaf.

Severin war froh, dass er beim Aufwachen nicht als Erstes Lukas' Gesicht erblickte. Durch das auf Kipp stehende Dachflächenfenster fiel warmes Sonnenlicht hinein, und die im Garten singenden Vögel waren zu hören. War dies noch ein Zeichen des Schicksals?

Erwachen heiterer Empfindungen bei der Ankunft auf dem Lande hieß schließlich der erste Satz in Beethovens »Pastorale«.

Als Severin nach Morgenwäsche und Frühstück vor das Haus trat, fand er zu seiner Überraschung ein Schild an der Eingangstür, dem zufolge das Museum heute außerplanmäßig geschlossen sei. Martin fand sich an der Außenseite des Hauses, wo er mit Lukas etwas zu basteln schien.

»Guten Morgen zusammen!«

»Ah, unser Nordkap-Reisender ist wach!«

»Warum ist das Museum heute geschlossen?«

»Musste sein. Ich habe manchmal Menschen über und brauche meine Ruhe. Aber es geht schon wieder.«

»Dadurch haben wir endlich Zeit, mit der Installation des neuen Exponats zu beginnen, welches zusätzliche Besucherinnen und Besucher anlocken wird«, dozierte Lukas. »Auch aus dem Umland.«

»Hier kommt ein Zombiefeuer hin«, erklärte Martin. »Der reißerische Name wird uns sicher in die Presse bringen. Er bezeichnet Feuer, die im Winter in der Arktis unter der Eisdecke brennen und dann im Sommer wieder an die Oberfläche kommen.«

Severin nickte anerkennend. »Wenn du danach etwas Zeit hast, würde ich dich gerne etwas fragen.« Sie waren gestern Abend bei einem gemeinsamen Schlummertrunk – finnischer Wodka mit Dill – zum Du übergegangen.

Martin reichte den Kreuzschraubenzieher an Lukas weiter. »Er macht das sowieso besser als ich.« Beim Reingehen zeigte er auf Harald. »Ist heute noch keinen Meter aus dem Stall gekommen, obwohl ich Spitzbergen neu bepflanzt habe. Hat wohl Muskelkater, der arme Bursche.«

Zurück im Museum, setzte Martin eine neue Kanne Kaffee auf.

»Also, wie kann ich dir helfen?«

»Die lange oder die kurze Version?«

»Die angemessene.«

»Das ist die lange.«

»Ist es eigentlich immer. Wir setzen uns am besten in die Walfängerhütte, da ist es am gemütlichsten.«

Severin erzählte Martin alles, von seiner Ankunft an der Flussbiegung bis zum gestrigen Abend.

»Und jetzt willst du …?«, fragte Martin.

»Mehr über Kati wissen. Um zu begreifen, warum das Schicksal sie mir geschickt hat.«

»So, wie du das sagst, klingt es fast schon religiös, und mit Religion habe ich es nicht so. Aber ich helfe dir trotzdem.« Martin schüttete zuerst Severin und dann sich selbst Kaffee nach.

»Du überraschst mich genauso sehr, wie Kati mich überrascht.«

»Weil mein Kaffee so verdammt gut schmeckt?« Martin nahm einen Schluck aus der dampfenden Tasse.

»Weil du mir so hilfst. Einem Penner, über dessen Vergangenheit du nichts weißt.«

»Also, erstens bevorzugst du den Begriff ›Landstreicher‹. Und zweitens: Du bist kein Penner. Katis Ex-Mann, der ist ein Penner. In der Arktis beurteilen wir Menschen nicht danach, was sie getan haben, sondern was sie jetzt tun.«

Severin lächelte – wegen Martins warmherziger Worte und weil er es wieder einmal geschafft hatte, die Arktis zu erwähnen.

»Und drittens habe ich eine super Idee, wie du mehr über Kati erfahren kannst. Ihr Vater hat Super-8-Filme gedreht, um ihre Kindheit festzuhalten. Mittlerweile sind die alle digitalisiert. Du kannst sie nebenan auf dem großen Monitor gucken, der über dem Wikinger-Bootsgrab hängt. Ich finde, da kann man alles sehen, was Kati ausmacht. Es heißt ja immer, Menschen ändern sich, aber wenn du mich fragst, bleibt das Innere gleich. Nur drumherum bildet sich immer mehr Hornhaut.«

»Appetitliche Vergleiche sind nicht deine Sache, oder?«

Martin zuckte mit den Schultern, stand auf und ging, gefolgt von Severin, in den Nebenraum. »Ich habe die Bänder ein bisschen zusammengeschnitten.« Er holte eine DVD aus dem Schrank und legte sie in den Player.

Über den Bildschirm sauste der Schriftzug »Kati – Jugendjahre einer Kaiserin«, danach tauchte – zuerst als kleines Herz, dann immer größer werdend – das erste Video auf. Kati saß mit Kapitänsmütze in einer Schaukel, die einem kleinen Boot glich. Ein Mann, wohl ihr Vater, kroch auf dem Rasen in ihre Richtung, einen Plüschdelfin so in der Hand, dass es aussah, als schwämme dieser auf Kati zu. Schließlich attackierte der Meeressäuger sie, Kati schrie laut auf und konnte sich dann vor Lachen nicht mehr halten. Die Worte »Der weiße Hai« erschienen auf dem Bildschirm. Die nächste Szene zeigte Kati in einem dunklen Raum, der aufgrund einer weißen Waschmaschine verdächtig nach Keller aussah. Sie war in einen Schwertkampf mit ihrem Vater verwickelt – wobei die Schwerter zwei neonfarben angesprayte Küchenrollen waren. *Star Wars*. Kati in Trenchcoat und Hut neben einem Spielzeugflugzeug, das aussah wie ein echtes, weil es so nah vor die Kamera gehalten wurde. *Casablanca*. Auf einem Elch vor einer Horde aufblasbarer Dinosaurier fliehend. (Konnte das der junge Harald sein? »Nein«, antwortete Martin. »Elche werden nur rund zwanzig Jahre alt, das ist Haralds Vorgänger Erik der Rote.«) *Jurassic Park*. Kati in einem Manta, als führe sie ein wildes Rennen. *Manta Manta*.

Kati kicherte, giggelte, johlte, prustete, gluckste. Sie war solch ein Sonnenschein. Das spiegelte sich auch im Gesicht ihres Vaters wider – aber nicht in dem ihrer Mutter, die ab und an im Bild war, immer perfekt gekleidet, nie lächelnd.

Jetzt erschien Kati mit einem roten Regenschirm, in einer Pfütze tanzend und singend. *Singin' in the Rain*.

Sie war perfekt im Rhythmus, voll unbändiger Freude. Sie badete geradezu in der Musik.

Und ihre Augen waren geschlossen!

Was sie wohl gesehen hatte?

Martin saß die ganze Zeit neben Severin und schniefte ein paarmal vor Rührung. »Hab ich lange nicht mehr gesehen. Zu lange.«

»Ihre Mutter scheint ein sehr ernster Mensch gewesen zu sein.«

»Wegen ihrer merkwürdigen Auftritte in den Videos? Helga konnte auch fröhlich sein.« Er wies auf ein sepiafarbenes Foto an der Wand, das neben Fotografien von berühmten Polarforschern hing. »Ist nicht so alt, wie man zuerst denkt. Ich hab mir da einen Spaß gemacht.«

Severin stand auf und schaute es sich genauer an. Katis Mutter strahlte darauf tatsächlich. Sie stand neben Martin und einem Mann, den die Bildunterschrift als Reinhold Messner auswies.

»Der Messner hat damals im Pfarrheim einen Vortrag über seine gescheiterte Arktisdurchquerung gehalten.«

»Wo sind Kati und ihr Vater?«

»Kati war da noch nicht geboren, die kam erst ein knappes Jahr später auf die Welt, und mein Bruder musste wie immer in seinem Kino arbeiten. Er hat da echt was verpasst, der Messner hatte sogar Wodka vom Polarkreis dabei, ein Teufelszeug, sag ich dir!«

Erst auf diesem Bild mit Katis lachender Mutter erkannte Severin Züge ihrer Tochter in dem Gesicht, als wären sie aus einem trüben Wasser an die Oberfläche getreten.

»Was hat sie eigentlich beruflich gemacht?«

»War bei der Stadtverwaltung, hat da viele Fäden gezogen. Deshalb hat sie auch dafür sorgen können, dass Kati einen Ausbildungsplatz erhielt. Vetternwirtschaft kommt einfach nie aus der Mode.«

»Bist du dir sicher, dass die Stelle ein Glück für Kati war?«

Martin ging kopfschüttelnd in den Nebenraum, um sich den letzten Rest des jetzt nur noch lauwarmen Kaffees einzuschenken. »Leider nicht.«

Severins Blick haftete weiter an dem Foto. »Heutzutage fällt vielen Menschen auf, dass sie im falschen Körper stecken. Ich glaube allerdings, dass viel mehr Menschen im falschen Beruf stecken. Und zwar ohne es zu merken. Für sie ist der Beruf wie ein Kleidungsstück, das ihnen jemand gereicht hat und das sie nun täglich auftragen. Es zwickt an etlichen Stellen, an anderen ist es zu kurz, und sie frieren. Aber nach einigen Jahren denken sie: Das gehört so. Aber das gehört *nicht* so.«

Martin kehrte mit gefüllter Kaffeetasse zurück. »Bist viel zum Nachdenken gekommen beim Landstreichen.«

»Viel anderes kann man mit seiner Zeit nicht anfangen. Und viel Besseres eigentlich auch nicht.«

Mit einem Mal stand Lukas im Zimmer.

»Wir haben ein Problem, Herr Waldstein«, verkündete er, kerzengerade dastehend, als machte er eine Meldung beim Militär. Es fehlte nur noch, dass er salutierte.

»Klappt die Installation mit dem Zombiefeuer nicht?«

»Nein, es ist etwas Tierisches.«

Martin riss die Augen auf. »Haben wir etwa Ratten? Verdammt, das hab ich befürchtet wegen des ganzen Heus und Strohs.«

»Nein. Wir haben …«, Lukas stockte und blickte auf seine Füße, »… Liebe.«

Nun riss auch Severin überrascht die Augen auf. »Liebe ist für gewöhnlich kein Problem.«

Lukas schluckte. »Wenn sich ein alter Elch in eine junge Rentierdame verliebt, dann schon. Denn Elche und Rentiere können keine Nachkommen zeugen, im Gegensatz zu Pferd und Esel, da heißen diese Maultier oder Maulesel, je nachdem, welcher Art Mutter und Vater angehören, bei Schaf und Ziegen sind es Schiegen, bei Kamel und Lama die Camas, bei Königspudel und Wolf ist es der Pudelwolf, und auch in den Meeren gibt es Hybriden, wie von Großem Tümmler und Kleinem Schwertwal, den Wolphin. Sogar bei Insekten …«

»Danke, wir haben es verstanden«, ging Martin dazwischen, bevor Lukas die ganze Tierwelt durchexerzierte. »Ich muss wohl mal ein ernstes Wörtchen mit Harald reden.«

»Ich glaube nicht, dass das reichen wird. Er fordert das Schicksal gerade immer wieder heraus.«

Martin grinste breit. »Lukas, ich schätze deine blumige Sprache. Du solltest Politiker werden.«

»Auf gar keinen Fall, Herr Waldstein.« Lukas verschränkte die Arme und senkte das Kinn. »Ich bin ein Mann des Museums!«

***

Als Kati die Stadtverwaltung am Nachmittag verließ, erinnerte ihr Rücken sie schmerzhaft daran, dass sie die Nacht auf dem Wohnzimmersofa verbracht hatte, weil sie beim Lesen von Severins Buch eingeschlafen war. Kati hatte immer noch eine letzte Seite und dann noch eine letzte Seite gelesen, bis das Buch gnädigerweise seinen Deckel hatte zufallen lassen – im selben Moment, in dem auch Katis Augen zugefallen waren.

Jeden Abend, seit sie es unter dem Scheibenwischer gefunden hatte, las Kati darin. Es lenkte sie davon ab, dass es nur noch wenige Briefe zu schreiben und vorzulesen gab.

Die schwersten.

Die, vor denen sie sich lange gedrückt hatte.

Mit zitternder Hand hatte sie gestern den Brief an Madame Catherine geschrieben. Und noch mal neu in Schön. Und dann erneut, weil das Zittern bei einigen Worten wiedergekommen war. Sie hatte ihren Vater mehrmals gefragt, wie sie Sätze formulieren solle. Aber von Trenchcoat und breitkrempigem Fedora-Hut war wenig Hilfreiches gekommen. Bloß Erinnerungen an den Film *Der Mann der Friseuse*. Die Welt ihres Vaters hatte aus Zelluloid bestanden, eine Welt aus Haaren verstand er nicht.

Mit weichen Knien blieb Kati vor dem Salon stehen. Tief Luft holen. Keine Sekunde nachdenken. Keine Sekunde zögern. Und sie durfte Madame Catherine während des Lesens auf gar keinen Fall anschauen! Ihr zu Ehren hatte sie sich die Haare aufwendig geföhnt und mit großen Wellen versehen, deren gekonnter Schwung Madame Catherine hoffentlich glücklich machen würde.

Kati öffnete die Tür und ging schnell hinein.

Brief aus dem Umschlag ziehen, auseinanderfal…

»Alles halt!«, rief Madame Catherine. Jeder im Salon erstarrte mitten in der Bewegung. Sie trat zu Kati und hob beschwichtigend die Hände. »Tu es nicht, Mädchen! Bitte!«

Nicht hochschauen. Lesen. Atmen nicht vergessen.

Katis Blick fiel auf einen Kamm, der neben ihr vor einem Spiegel lag. Es war ein altes Modell mit rotbraunem Schildpattmuster. Auf die Zinken genau solch eines Exemplars hatte sie vor vielen Jahren ein gefaltetes Blatt Butterbrotpapier gelegt und dann den Mund daran gedrückt und gesummt. Uuuh. Aaah. Schön lang gezogen. Der erklingende Ton war leicht verzerrt gewesen, ein wenig verrückt. Und es hatte so schön gekribbelt und gekitzelt. Kati hatte lachen müssen und Madame Catherine damals auch.

Heute würde leider keine von ihnen beiden lachen.

Liebe Madame Catherine,
manche Zeilen fallen mir schwerer als andere. Und diese hier wiegen Tonnen. Weil ich keinen Abschied von Ihnen nehmen will. Ich würde Sie gerne in einen Koffer packen und überall mit hinnehmen. Aber so funktioniert ein Neuanfang nicht. Ein Neuanfang heißt entwurzeln. Sich selbst.
Sie waren immer meine Wurzeln, Sie haben mir Halt gegeben und mir Nährstoffe zugeführt. Wie oft bin ich nach der Schule in Ihren Salon gekommen und durfte zusehen, zuhören und manchmal sogar helfen. Der Salon war mein Zuhause. Wenn ich eine schlechte Note in der Schule bekam und mich nicht zu meinen Eltern traute, kam ich hierhin. Sie machten mir einen heißen Kakao mit Sprühsahne, und irgendwann hatte ich mir dann genug schokoladigen Mut angetrunken. Wenn ich Liebeskummer hatte und dachte, niemals würde mich ein Junge hübsch

finden und küssen, dann bin ich zu Ihnen in den Salon gerannt, und Sie haben mir eine Unterrichtsstunde im Fach »Männer« gegeben. Und auch all die Kundinnen unter den Trockenhauben, ja sogar die beim Haarewaschen teilten ihr Wissen über diese merkwürdige Spezies mit mir. Lebensweise und gut frisierte Frauen, die mir sagten, wo es langging. Und klarmachten, dass überhaupt nichts verloren war.

Kati hörte, wie Madame Catherine laut schniefte. Aber sie blickte nicht vom Brief auf. Sie musste es bis zur letzten Zeile schaffen. Wenn sie Madame Catherine jetzt ansah, würde sie ihr heulend um den Hals fallen. Katis Herz schlug heftig in der Brust, als würde es dort nicht mehr lange aushalten.

Wenn es mir besonders schlimm ging, gab es immer eins von den flachen, wie Geschenke eingepackten Zitronenbonbons für mich. Sobald ich den Geschmack im Mund hatte, kam es mir vor, als würden meine Muskeln kräftiger werden und ich gerader stehen. Ich konnte es wieder mit der Welt aufnehmen.
Aber das Wunderbarste von allem, das größte Geschenk, Madame Catherine, war, dass Sie mir das Haareschneiden beigebracht haben. Sie haben mir von Anfang an zugetraut, dass ich es kann, da war niemals ein Zweifel. Sie können sich gar nicht vorstellen, wie unglaublich gut das getan hat. Dass jemand an mich glaubt, unerschütterlich. Das hat nämlich außer Ihnen

niemand getan. Sie haben sogar so sehr an mich geglaubt, dass ich nach den Übungen an den Perücken als Allererstes an Ihre Frisur durfte.
Meine Hände haben gezittert, alle im Salon haben versucht, nicht zu mir zu schauen – was sie natürlich trotzdem gemacht haben, aus den Augenwinkeln oder in den Spiegeln. Ich habe Ihre Spitzen geschnitten, und es sah hübsch aus. Alle haben applaudiert, und ich war so unglaublich stolz. Trotz allem, was in meinem Leben danach noch passierte, vor allem mit dem anderen Geschlecht, trotz Herzklopfen, Küssen, Liebe und Hochzeit, war dies der schönste Moment in meinem Leben.
Ihr Salon, Madame Catherine, war mein wirkliches Zuhause. Und ein viel glücklicheres als bei meiner Mutter.

Katis Lungen wurden eng, als wäre alle Luft aus ihnen herausgesaugt worden. In ihrem Kopf flog ein aufgescheuchter Bienenschwarm.

Aber die nächsten Worte, so nah an ihrem Herzen, so lange ungesagt, mussten endlich in die Welt.

Mussten endlich zu Madame Catherine.

Wenn eine Mutter für Geborgenheit und Sicherheit steht, dafür, so angenommen zu werden, wie man ist, dann waren Sie mehr Mutter für mich als meine leibliche Mutter.
Danke, Maman Catherine.
Und leben Sie wohlstenst.

Das Wort gab es natürlich nicht, aber für Madame Catherine hatte Kati eine Steigerung gewollt.

Als sie sich endlich traute aufzuschauen, erwartete sie, eine in Tränen aufgelöste Madame Catherine zu sehen, die ihre Arme weit öffnete, um sie an sich zu drücken. Tränen rannen ihr tatsächlich über die Wangen, aber Madame Catherine hielt jetzt ebenfalls einen Brief in zitternden Händen.

Und blickte nicht auf.

Kati schnappte nach Luft.

Liebe Kati,
oder wie wir auch gesagt haben: Katilinchen, Katinka, Liebelein, kleine Maus und ganz, ganz oft Süße. Du hast viele Namen bekommen über die Jahre, denn es war ja so eine lange, wundervolle Zeit!

Madame Catherine schluchzte laut auf. Neben ihr gab es noch zwei fest angestellte Friseurinnen, Dörthe und Martina, beide ebenfalls seit Jahrzehnten im Salon. Sie nahmen Madame Catherine nun in ihre Mitte und richteten sie wieder auf.

Du bist für uns wie Familie. Wir haben Dich ja aufwachsen sehen! Wenn Du durch unsere Eingangstür kamst, mit Deinem viel zu schweren Ranzen auf dem Rücken, was haben wir uns dann immer alle gefreut. Was war ich glücklich, dass Du Dich mir anvertraut hast und ich durch Dich noch mal eine Kindheit und eine Jugend erleben durfte. Ich musste immer lächeln, wenn Du ein

paar von den Zitronenbonbons für zu Hause stibitzt hast, obwohl Du wusstest, dass es immer nur eines pro Tag gab.
Was waren wir stolz, als Du angefangen hast, Haare zu schneiden. So wie sich alle Eltern freuen, wenn die Kinder in ihre Fußstapfen treten. Es war mein schönster Haarschnitt, als Du mir zum ersten Mal die Frisur gemacht hast. Obwohl Du sie doll verschnitten hast. Aber Du hast es mit viel Schwung und Enthusiasmus getan!
Ich habe selbst keine Kinder, das weißt Du ja, aber ich habe Dich, und das ist mehr als genug. Für Dich bin ich dem Leben so dankbar. Ich habe mir immer gewünscht, dass Du die Ausbildung zur Friseurin machst und meinen Salon übernimmst. Bei Dir wären das Geschäft und die Haare meiner Kundinnen in allerbesten Händen. Alle hier wollten, dass Du die nächste Madame wirst. Deshalb war der traurigste Moment meines Lebens, als Deine Mutter sagte, ich dürfe Dir keinen Ausbildungsplatz anbieten, sonst würde sie überall herumerzählen, dass ich mit dem Mahmoud vom Anatolien-Grill eine Affäre hätte, was gar nicht stimmte. Ich habe dem Mahmoud nur manchmal die Haare geschnitten, abends, wenn sein Laden zu war. Aber es niemandem gesagt, weil es dann Gerede gegeben hätte. Das hätte uns beiden das Leben schwer gemacht. Es waren schwierige Zeiten damals. Deine Mutter wollte unbedingt, dass Du »etwas Richtiges« lernst, bei ihr in der Verwaltung. Als wäre Friseurin nichts Richtiges. Es ist sogar das Richtigste!

Immer wieder schwankte und torkelte Madame Catherines Stimme wie ein Schiff im Sturm. Immer wieder musste sie kurze Pausen einlegen und sich sammeln, sich selbst wieder auf Kurs bringen. Kati konnte kaum mitansehen, wie sie um jedes Wort kämpfte und wie erschüttert sie war. Aber Kati wusste nur zu gut, dass man einen Brief zu Ende lesen musste. Jedes Wort, egal, wie sehr es schmerzte.

Obwohl es also mein Herzenswunsch war, habe ich Dir die Ausbildungsstelle nicht angeboten. Aber jetzt will ich das nachholen: Mach die Ausbildung, und übernimm meinen Salon!
Bitte geh nicht, Süße! Bleib hier, Katilinchen!
Bleib bei uns, kleine Maus!
Denn wenn Du Deinen Plan wirklich wahr machst, wird das der neue traurigste Moment meines Lebens werden.
Ich will nicht, dass Du weggehst.
Wir wollen nicht, dass Du gehst.
Wir werden Dir kein Lebewohl schicken, sondern ein: Bleib bitte hier!

Madame Catherine holte tief Luft und nickte Dörthe und Martina zu. »Seid ihr bereit?«

Die beiden nickten auch.

Kati, deren Wangen ebenfalls nass waren von vielen Tränen, dämmerte, was sie vorhatten. »Nicht singen, bitte nicht singen! Das halte ich nicht aus!«

Aber sie wusste, dass sie es nicht verhindern konnte.

Es war ein Lied der Beatles.

You say goodbye
And I say hello
Hello, hello
I don't know why you say goodbye I say hello
Hello, hello
I don't know why you say goodbye I say hello.

Die drei Damen des Salons hatten eine kleine Choreografie einstudiert, extra für sie. Bei »goodbye« schüttelten sie alle den Kopf, bei »hello« winkten sie freudig. Am meisten berührte Kati, dass sie gar nicht richtig singen konnten und es trotzdem für sie taten. Jeder schiefe Ton ein zärtlicher Stich ins Herz. Kati weinte und lachte während des ganzen Lieds, und danach musste sie Martina, Dörthe und Madame Catherine alle zusammen umarmen, ein großer Knubbel Herzlichkeit, das tat so gut.

Aber dann spürte sie die Wunde, die Madame Catherines Worte über die Lehrstelle offengelegt hatten. Eine weitere tiefe Wunde, für die ihre Mutter Verantwortung trug.

Wut und Trauer waren in ihr, aber auch Glück und Dankbarkeit über das Ständchen.

So viel von allem. Zu viel für Kati.

Als sie schnellen Schrittes den Salon verließ, griff sie tief in das Glas mit den Zitronenbonbons.

Sie würde sehr viele davon brauchen.

***

Für manche ist das eigene Haus eine Festung, für Helga Waldstein war es ein Palast gewesen.

Doch für jeden Palast kommt irgendwann der Punkt, an dem er gestürmt wird.

Seit dem Tod ihrer Mutter hatte Kati den Palast nicht mehr betreten. Martin hatte dafür gesorgt, dass der Garten gewässert wurde und nichts im Kühlschrank oder im Vorratsraum verschimmelte.

Wie sich nun zeigte, konnten auch Erinnerungen Schimmel ansetzen.

Die cremefarbene Gründerzeitvilla stand inmitten eines kleinen Parks mit alten Bäumen. Mit Flügeltüren, Kastenfenstern, schönen alten Parkettböden, Stuckdecken und vier Metern Raumhöhe besaß sie alles, was ihre Mutter sich gewünscht hatte.

Eine prachtvolle Lüge.

Eine Lüge darüber, wie es finanziell um die Familie Waldstein und ihr Kino stand, eine Lüge darüber, dass man zur besseren Gesellschaft des Ortes gehörte, eine Lüge über eine lange zurückreichende Familiengeschichte.

Eine kostspielige Lüge.

Die Miete und die Inneneinrichtung hatten zu Hypothek auf Hypothek geführt, bis das Kino gerade noch zur Hälfte der Familie gehört hatte.

Nachdem Kati die große Flügeltür mit dem Eisengitter geöffnet hatte, strömte ihr der Geruch unbelebter Räume entgegen. Sie war froh, am Gaumen noch den Geschmack der Zitronenbonbons zu haben, deren besänftigende Süße, die erfrischende Säure, die wohlige Gelbfruchtigkeit.

Kati ging durch den langen Flur zum Wohnzimmer und steuerte dort auf die große Vitrine zu, in der sich die Sammlung von Porzellanfiguren befand. »Meine lustigen Männchen«, hatte ihre Mutter sie genannt. Bunte Clowns mit zu großen Schuhen, Schlabberhosen und roten Nasen. Kati hatte nie damit spielen dürfen, obwohl sie es sich so gewünscht hatte. »Das ist nichts für Kinder! Du würdest sie nur kaputt machen! Wehe, du rührst einen an!«

Später hatte Kati sich vor den stets grinsenden Gesichtern gefürchtet. Was verbargen sie hinter der dicken Schminke?

Wenn Besuch kam, wurde ihm die Armee der Clowns stets als Erstes präsentiert. Und der Wert der einmaligen Sammlung betont, zu der einige besonders alte Stücke gehörten.

Andere Eltern sprachen stolz über ihre Kinder. Ihre Mutter hatte von starren Clowns aus Porzellan geschwärmt.

»›Der Bocksprung‹: Zwei Clowns beim Bocksprung.«

Kati genoss das klirrende Geräusch, als die Porzellanfigur auf dem Boden zersprang. Sie hatte nicht gewusst, dass damals eine Ausbildung bei Madame Catherine möglich gewesen wäre.

»›Hoch hinaus‹: Ein Clown mit bunten Luftballons, die ihn fast abheben ließen.«

Ihre Mutter hatte alle ihre Träume zum Platzen gebracht, wie die Luftballons, die der lustige Clown in Händen hielt.

»›Junge im Korb‹: Clownbaby im Weidenkorb.«

Ihr ganzes Leben war von ihrer Mutter gesteuert worden. Und sie selbst war so dumm und blind gewesen, es nicht zu bemerken.

Kati griff nach der nächsten Figur. Diese kannte sie sehr gut.

Denn ein einziges Mal, mit zwölf Jahren, hatte sie eine für ihre Mutter gekauft, vom mühsam über viele Monate in einem Sparschwein gesammelten Geld, im Antiquitätenladen des Ortes. Wie überglücklich war sie gewesen, als sie die Figur dort im Schaufenster entdeckt hatte, wie hatte sie sich auf den Augenblick gefreut, wenn ihre Mutter das Geschenk auspackte. Wie sie strahlen, was sie als Dank sagen würde!

»Den Clown habe ich schon«, hatte ihre Mutter gesagt. »Außerdem hat er eine Macke. Der ist nichts wert. Der ist Schrott. Schmeiß ihn weg.«

Kati wog die makellose Figur in ihrer Hand.

»›Salute‹: Ein Clown mit goldener Doppelmagnumflasche Champagner.«

Er zerschellte makellos.

Wie wäre ihr Leben ohne die Eingriffe ihrer Mutter verlaufen? Ihr wirkliches Leben? Wo wäre sie heute? Was wäre sie heute?

Wer wäre sie heute?

Den nächsten Clown warf Kati gegen die Wand, sodass die Scherben weit spritzten.

»›Der Hinterhalt‹: Ein Clown wird von einem Rottweiler in den Hintern gebissen.«

Kati konnte es sich eigentlich nicht leisten, diese hässlichen Figuren zu zerstören. Der Palast verschlang jeden Monat viel Geld.

Geld, das sie nicht hatte. Sie hatte es trotzdem nicht übers Herz gebracht, sich von ihrem Elternhaus zu trennen.

Nun stand ihr Herz nicht mehr im Weg.

Kati packte das letzte Zitronenkaubonbon aus, steckte es sich in den Mund und verließ den Palast.

Scherben bringen Glück, oder?

Vielleicht bringen teure Scherben ja besonders wertvolles Glück.

***

Die Blicke hatten sich geändert.

Severin war derselbe Mann wie vor einigen Tagen, aber die Blicke der Menschen nicht. Nur weil er eine andere Frisur trug, keinen Bart mehr hatte, dafür Kleidung ohne Risse und Löcher, saubere Schuhe.

Dadurch *wartete* er nun vor einem Haus statt *herumzulungern*.

Warten hatte er in den letzten Jahren gelernt. Auf der Straße lernte jeder Geduld.

Gerade wurde sie allerdings arg strapaziert.

Endlich tauchte der orangefarbene Beetle auf. Als Kati ausstieg, knallte sie die Fahrertür so wütend zu, als hätte der Wagen sich ihr unsittlich genähert.

Severin schenkte ihr ein Lächeln. Auch das hatte er auf der Straße gelernt: Lächeln half. Bei allem. Es machte die Welt ein paar Gramm leichter.

Kati blieb vor ihm stehen. »Kannst du mich irgendwie ablenken? Es wäre wirklich gut, wenn ich jetzt an etwas anderes denken könnte.«

»Da habe ich ganz viel.«

»Ja? Das ist gut. Nur keine Clowns. Auf gar keinen Fall Clowns!«

»Wieso keine Clowns?«

»Frag nicht. Starte einfach das Projekt Ablenkung.«

»Dafür müssten wir allerdings in die Stadt.«

»Jetzt?«

»Ja. Wir haben einen Termin.«

»Einen … was?«

»Funktioniert schon gut mit dem Auf-andere-Gedanken-Bringen, oder?«

»Kann man so sagen.«

»Ist von langer Hand vorbereitet.«

»Dann ab ins Auto.«

»Mit der Straßenbahn. Geht schneller.«

Das tat es nicht, aber von der Endhaltestelle war es nicht weit bis zum Konzerthaus. Eine ältere Dame mit kurzen silbergrauen Haaren, im perfekt sitzenden burgunderroten Kostüm, ließ sie durch das Hauptportal ins hell erleuchtete Foyer, dessen größte Wand das Foto einer Ballerina beim Sprung schmückte. Severin hatte sie immer für ihre Schwerelosigkeit bewundert, obwohl er wusste, mit wie viel Schmerzen sie für diesen kurzen Moment des Fliegens bezahlt haben musste.

»Es ist so schön, dich zu sehen«, sagte die Frau und schloss Severin in die Arme. »Alle haben sich große Sorgen um dich gemacht! Viele dachten, du seist …«

»Ich freue mich auch sehr, dich zu sehen, Hille. Das ist Kati, von der ich dir erzählt habe.«

Hille reichte Kati die Hand. »Wie schön, Sie kennenzulernen. Ich hoffe, es klappt!«

»Was soll klappen?«, fragte Kati.

»Können wir gleich loslegen?« Severin blickte fragend zu Hille, die eigentlich Dr. Hiltrud Michaelsen hieß und musikalische Leiterin des Konzerthauses war.

»Es ist alles genau so vorbereitet, wie du es wolltest. Das haben wir sehr gern für dich gemacht.« Sie ging vor, elegant einen Fuß vor den anderen setzend. »Hast du eigentlich mitbekommen, dass dein alter Lehrmeister verstorben ist?«

»Nein«, sagte Severin, der es auch jetzt lieber nicht mitbekommen hätte. Einer der wenigen Vorteile des Lebens auf der Straße war, dass man nichts mehr von dem Leid jenseits der Straße mitbekam.

»Er wird uns fehlen. Nicht nur menschlich. Bei uns in der Stadt gibt es jetzt keinen mehr, der Flügel so stimmen kann wie er.«

»Er hat jedes Instrument geliebt«, sagte Severin leise und dachte daran zurück, wie diese Liebe zu Flügeln und Klavieren an ihn weitergegeben worden war.

Die Frau öffnete eine der gepolsterten Türen zum Saal. Severin und Kati wurden von ihr zur Reihe 5 und den Plätzen 33 und 34 geführt.

»Dann lasse ich euch mal allein. Die Technik sitzt oben, ihr könnt in normaler Lautstärke mit ihr reden.« Sie ballte die Fäuste. »Toi, toi, toi!«

Akustisch ausgelegt war der Saal für Orchester im Graben oder auf der Bühne. Für Liveübertragungen aus berühmten Opernhäusern, wie der Mailänder Scala, der Grand Opéra in Paris oder dem Covent Garden in London, war nicht nur eine große Leinwand, sondern auch eine teure Soundanlage angeschafft worden.

»Okay«, sagte Kati, als sie unter sich waren. »Was hast du Geheimniskrämer bitte vor? Springt da gleich wer über die Bühne und dreht Pirouetten?«

Severin schüttelte den Kopf. »Mir ist klar geworden, dass der Fluss dich irritiert hat, als ich dir die *Pastorale* vorgespielt habe. Hier ist der perfekte Platz, um ungestört Musik zu hören.« Er zeigte auf seine Augen. »Und Musik zu sehen.«

»Du lässt echt nicht locker.« Kati musste lächeln.

»Augen zu?«

»Meine ganz eigene schwarze Leinwand, ich weiß.«

Severin hob die Hand und gab damit der Technik das Zeichen für das erste Musikstück.

Es war der zweite Satz der *Pastorale*.

Hier im Saal klang Beethovens Meisterwerk ungleich voller und imposanter. Severin musste die Augen nicht schließen, um die Biegung des Flusses zu sehen, die Bäume und Sträucher. Kati stand in der Szenerie und blickte auf das gemächlich plätschernde Wasser.

Dann war die Musik vorbei.

»Und?«, fragte Severin.

»Ich habe versucht, mir eine Flussbiegung vorzustellen, aber hab es nicht so richtig hinbekommen.«

»Kein Problem, nächster Versuch, Augen wieder zu.« Severin hob die Hand, die *Morgenstimmung* aus der *Peer-Gynt-Suite* Nr. 1 von Edvard Grieg erklang. Die Sonne ging so prachtvoll darin auf, dass man ihre Strahlen förmlich auf dem Gesicht spüren konnte.

»Und jetzt?«, fragte Severin, als der letzte Ton verklungen war.

»Schönes Stück, mochte ich gern, aber leider kein Film auf meiner Leinwand.«

»Vielleicht brauchst du etwas mit Stimme?«

»Keine Ahnung, könnte sein.«

Nach einem Zeichen sang Luciano Pavarotti mit seinem wohltönenden Tenor *La donna è mobile* aus Verdis *Rigoletto*.

»Auf gar keinen Fall«, sagte Kati und öffnete die Augen. »Da will ich direkt mitsingen!«

»Beim nächsten Lied willst du wahrscheinlich auch mittanzen. Aber stell es dir stattdessen einfach vor!«

»Ich gebe mein Bestes.« Kati hob die Hand wie zum Schwur.

Night Fever von den Bee Gees sprang schwungvoll aus den Boxen.

Severin sah, dass Katis Füße mitwippten. »Jetzt stell dir vor, wie die Bee Gees mit Föhnfrisuren und in Schlaghosen singen und auf ihren Plateausohlen tanzen. Siehst du die sich drehende glitzernde Discokugel über ihnen? Bemerkst du die bunten Lichter, die den ganzen Raum zum Funkeln bringen?«

»Ich sehe nur ein Standbild…«

Severin fuhr sich enttäuscht über die Stirn. Halbherzig gab er das nächste Signal. Diesmal war Henry Valentino zu hören: *Im Wagen vor mir fährt ein junges Mädchen/Sie fährt allein, und sie scheint hübsch zu sein.* Es war quasi eine Bastelanleitung für das Kopfkino.

Kati seufzte. »Ich sehe was, aber keinen Film oder so. Eher etwas wie Schemen. Tut mir leid.«

Beruhigend legte Severin seine Hand auf ihre Schulter. »Du musst dich nicht entschuldigen. Das muss ich, weil ich dich hierhergeschleppt habe wegen einer fixen Idee.«

»Ich finde es total schön, dass du dir so viel Mühe gibst. Noch nie war ich Teil eines Experiments.«

»Letzter Versuch?«

»Schon?«

»Ja.«

»Schade, das macht nämlich echt Spaß.«

Severin bereitete es keinen mehr. Er hatte sich verrannt in der Idee, dass Kati Musik sehen musste. Weil er sich wünschte, dass es eine Ähnlichkeit, eine Verbindung zwischen ihnen gäbe.

Zum letzten Mal gab er das Zeichen.

Der Techniker ließ das Lied laufen, zu dem Kati als Kind voller Freude getanzt hatte. *Singin' in the Rain*, gesungen von Gene Kelly.

Als Severin sah, wie sich Katis Wangen und Mundwinkel mit einem Mal hoben, ein Lächeln ihre Lippen umspielte und immer breiter wurde, sie dann mit geschlossenen Augen »Ja« sagte, verliebte er sich in sie.

Liebe auf den ersten Blick gibt es nicht. Verliebtsein, Schwärmerei, Schmachten, all das ist nach einer Millisekunde möglich, aber Liebe braucht deutlich länger. Liebe ist wie eine Welle, die sich einem Ufer nähert, das steil in die Tiefen des Meeres hinabführt. Von Ferne ist sie nur eine leichte Erhebung im Blau, kaum zu unterscheiden von all den anderen, dabei besitzt sie schon große Kraft. Erst auf den letzten Metern zum Ufer hebt sie sich mit einem Mal in voller Größe aus dem Meer und erfasst einen mit voller Wucht.

»Ja, ich sehe etwas«, fuhr Kati flüsternd fort, als hätte sie Angst, das Bild in ihrem Kopf durch laut ausgesprochene Worte zu zerstören. »Meinen Vater im Garten, und wir tanzen, obwohl wir es gar nicht können. Ich kann sein Gesicht berühren … er ist so glücklich.«

Nach viel zu kurzen vier Minuten und vierundfünfzig Sekunden endete das Lied. Kati öffnete die Augen trotzdem nicht.

»Der Film läuft weiter!«, sagte sie. »Lässt du es noch mal spielen?«

»Noch mal das Gleiche!«, rief Severin in Richtung Technik, und Gene Kelly sang wieder.

Viermal wollte Kati das Lied hören.

»Danke«, sagte sie danach. »Das hat so gutgetan. Ich wusste nicht, dass Musik so etwas kann.«

Severin sah in Katis Augen, die noch nie so glücklich geglänzt hatten. Und Augen sind nie schöner, als wenn sie vor Glück strahlen. Auch in Severins Augen lag Glück.

»Weißt du, Kati«, sagte er, weil es ein Moment war, in dem man einander Dinge anvertrauen konnte, die einem etwas bedeuteten, »für mich ist Musik, also solche, die wirklich zu mir spricht, wie eine Freundschaft über Generationen hinweg. Von mir zu dem Komponisten, der anscheinend das Gleiche gefühlt, gedacht hat wie ich heute, obwohl er vor Ewigkeiten gelebt hat! Ist das nicht absoluter Wahnsinn? Kunst schafft eine Brücke über Epochen hinweg. Das passiert mir auch bei Malerei, bei Büchern, diese ganz besondere Verbundenheit. Diese ganz besondere Magie. Dieses ganz besondere Glück.«

Kati lehnte sich zu ihm, kam immer näher und legte ihre Lippen für einen Kuss sanft auf seine Wange.

»Ich mag es, wenn du so redest.« Sie wischte die Stelle auf Severins Wange mit dem Daumen trocken. »Jetzt alle noch mal!« Kati schloss die Augen und lehnte sich zurück. »Ich glaube, ich habe den Bogen langsam raus.«

***

Am nächsten Morgen riss *Singin' in the Rain* Kati aus dem Schlaf, denn sie hatte es gestern Abend als Klingelton ihres Handys eingestellt.

Sie blickte auf die digital erleuchteten Zahlen des Displays. 6:03 Uhr.

Ebenso schlaftrunken wie hektisch nahm sie den Anruf an. »Hallo?«

»Kannst du zum Haus deiner Mutter kommen?«

»Martin?«

»Wir sollten reden.«

»Ist was passiert? Ist eingebrochen worden?«

»Ich glaube, du weißt, was passiert ist. Komm bitte vorbei, bevor du zur Arbeit gehst.« Er legte auf.

Kati brachte ihre Haare halbwegs in Ordnung, schlüpfte in eine Jeans, streifte sich einen Pullover über den Kopf und fuhr los.

Es war noch dunkel, als sie beim Haus ihrer Mutter eintraf. Dadurch, dass Bettina gerade die Blumenrabatten fraß, wirkte es nicht mehr so einschüchternd wie gestern Nachmittag. Kati strich dem Rentier zur Begrüßung über die Flanke, woraufhin Bettina sie mit dem Kopf anstieß und sich dadurch noch ein paar Streicheleinheiten abholte.

Die große Flügeltür der Gründerzeitvilla stand offen, das Licht brannte in Flur und Wohnzimmer.

Kati wusste, wo sie Martin finden würde.

Er musste heute Morgen kontrolliert haben, ob im Haus alles in Ordnung war. Krankenbesuche für einen dahinsiechenden Palast.

Sie fand ihn mit dem Besen neben den Clownscherben, die er zu vier Buchstaben zusammengekehrt hatte: STOP.

»Bist du unter die bildenden Künstler gegangen?«

»Ich will, dass sich das bei dir einbrennt!«

»In Ordnung, ich werde keine weiteren Clowns ermorden.«

»Das ist nicht lustig! Gewalt ist keine Lösung. Nicht gegen Gegenstände und erst recht nicht gegen Menschen. Diese Gewalt verletzt einen schlussendlich immer selbst. Deshalb musst du mit solchen Aktionen aufhören, Kati. Wirklich.«

Sie entdeckte Handfeger, Kehrschaufel und einen Eimer vor der Vitrine. Kati kniete sich hin und begann, das Wort zu entfernen. »Scherben bringen Glück. Wie beim Polterabend. Etwas endet, etwas Neues beginnt.«

»Nein, das hier bringt kein Glück, Kati. Was kommt als Nächstes? Fackelst du das ganze Haus ab?«

»Die Wut musste raus. Ich bin nicht stolz drauf, aber Massenmord an Porzellanclowns ist nicht strafbar.«

Martin kniete sich zu Kati und ergriff ihre Handgelenke. »Diese Fokussierung auf deine Mutter ist nicht gut für dich. Helga ist tot, lass sie in Frieden ruhen, lass das alles ruhen, und lass es hinter dir.«

Kati bereute jetzt, dass sie nach der Rückkehr aus dem Konzerthaus noch lange mit Martin über alles gesprochen hatte. Sie befreite sich aus seinem Griff. »Kannst du nicht verstehen, dass mich die Sache nicht loslässt? Dass ich wissen will, warum sie so gehandelt, warum sie all die Weichen in meinem Leben so gestellt hat? Obwohl ich in ganz andere Richtungen wollte?«

»Doch, das kann ich, aber du wirst es nie erfahren. Deshalb musst du ja loslassen, je früher, desto besser. Das Leben ist sowieso ein einziges Loslassen. Bis du am Ende sogar alles loslassen musst.«

Kati kehrte das S fort. »Ich brauche gerade keine philosophischen Ratschläge, ich brauche Antworten.«

Martin stand wieder auf. »Du klingst, als hätten wir ein Anrecht auf Antworten und würden diese deshalb irgendwann bekommen. Aber auf die meisten wichtigen Fragen bekommen wir nie eine Antwort, und das müssen wir ertragen.« Er stellte den Besen gegen die Schrankwand. »Du fragst dich, wie dein Leben gewesen wäre, wenn deine Mutter nicht an vielen Fäden gezogen hätte. Aber dieses Leben hat nicht stattgefunden, wie auch so viele andere nicht stattgefunden haben. Je länger wir leben, desto mehr Ungelebtes sammelt sich an, desto mehr Leben haben wir nicht geführt. Wir müssen gut aufpassen, dass uns all das Ungelebte nicht die Luft zum wirklichen Leben abdrückt. Am besten gelingt dies, wenn wir ein glückliches Leben führen, denn dann vergessen wir all das Ungelebte. All das ›Was wäre, wenn?‹ wird zu dem, was es ist, zu einem Schatten, den das Licht verdrängt.«

Das T verschwand vom Boden. »Du musst es ja wissen. Herr Niemals-jenseits-des-Polarkreises.«

»Ich habe viel über die Dinge nachgedacht, die ich nicht getan habe. Jahrzehntelang.« Martin blickte hinaus in den Garten, von wo aus ihn Bettina anblickte. »Aber wer in der Arktis zu sehr an der Vergangenheit hängt, hat keine Zukunft.«

»Martin, du warst nie in der Arktis!«

»Trotzdem.«

»Nein, nicht trotzdem! Ich kann das gerade nicht mehr hören. Aber sag ich dir das und mische mich damit in dein Leben ein? Nein. Ich lasse dich so sein, wie du bist. Also lass mich auch so sein, wie ich bin. Wenn das bedeutet, dass ich in der Vergangenheit wühle, dann ist es allein meine Sache.« Das O landete scheppernd im Eimer.

»Ich meine es doch nur gut mit dir!«

»Nicht diesen Satz!« Noch lauter beförderte Kati das P zu den anderen Scherben und stand auf.

»Aber er ist wahr.«

»Den Satz hat Mama auch immer gesagt. Und er war *nicht* wahr, oder? Sie hat es nicht gut gemeint. Es sei denn, sie war völlig verblödet. Aber soweit ich mich erinnere, war sie das nicht.«

»Sie ist tot, es ist zu spät. Mach dich frei.«

»Ich werde nicht aufhören, bis ich meine Antworten habe!« Kati warf Handfeger und Kehrschaufel zu den zerstörten Clowns in den Eimer, zu den zersplitterten roten Nasen, den zersprungenen, lächelnden Mündern. »Wenn du das falsch findest, muss ich damit leben. Wenn du mir nicht helfen willst, auch.«

Martin sah aus, als hätte sie ihn zerbrochen und nicht die Porzellanfiguren. »Du wirst dich selbst damit kaputt machen. Dabei helfe ich dir bestimmt nicht!«

Martin hatte ihr immer geholfen, bei all ihren Problemen, war immer Schulter und Ohr gewesen. Dass er sich nun von ihr abwandte, fühlte sich für Kati an, als würde sich ein Teil ihres eigenen Körpers gegen sie wenden. Darum funktionierte dieser nun auch nicht mehr richtig, das Atmen fiel ihr schwer, der Kopf rauschte. Sie musste fort von hier.

Im Flur fiel Kati ein Brief auf, den jemand durch den Türschlitz geworfen haben musste.

Sie hob ihn auf und sah, dass er vom Nachlassverwalter stammte.

Schlimmer konnte es jetzt nicht mehr werden, dachte Kati und riss ihn auf.

Zahlen sind weder gut noch schlecht, ihr Wesen ist es, völlig sachlich und unemotional zu sein. Doch die Zahl in dem Schreiben war das genaue Gegenteil davon: Ihre Mutter hatte fast zweihunderttausend Euro Schulden angehäuft.

Es gab nur eine Möglichkeit, an so viel Geld zu kommen.

Kati versuchte, tief Luft zu holen.

Versuchte, den nächsten Gedanken zuzulassen, ohne den Schmerz so sehr zu fühlen, dass der Boden unter ihr nachgab.

Sie musste Papas Kino verkaufen.

Um jeden Preis.

Und so schnell wie irgend möglich.

Kapitel 5

Früher, als die Tiger rauchten

Die SMS erreichte Kati zwischen einem Bissen Döner und einer Pommes mit Mayo und Ketchup beim Anatolien-Grill, der inoffiziellen Kantine der Stadtverwaltung. Vom Bürgermeister bis zur Putzfrau bestellte sich hier jeder etwas, vor Mahmoud waren alle Menschen gleich. Kati hatte sich den Döner heute erstmals »mit scharf« bestellt, denn sie wollte endlich wieder etwas anderes spüren als die Last einer Zahl wie zweihunderttausend, die so groß war, dass sich dahinter viel Angst und Wut und Hilflosigkeit verbergen konnte. Das Brennen im Mund, die Tränen wegen der Schärfe lenkten sie für ein paar Happen davon ab.

Die SMS stammte von Martina aus dem Salon und enthielt neun Ausrufezeichen. Dabei war sie keine Frau, die leicht in Panik geriet. Wäre Weltuntergang, die barocke Matrone würde sich in Ruhe noch ein Leberwurstbrot mit Gürkchen machen.

Dörthe ist krank! Und jetzt auch noch die Madame!!! Hier brennt die Hütte! Du musst kommen und helfen! Bittebittebitte!!!

Kati meldete sich bei ihrer Chefin krank und fuhr zum Salon.

Drei Stammkundinnen standen vor der Tür, beschwerten sich über die lange Wartezeit und darüber, dass ihnen nicht mal ein Käffchen angeboten worden war: Frau Barberi (die heute Abend ein Treffen mit dem Förderverein hatte, dessen Erste Beisitzerin sie war), Frau Köchner (deren Dauerwelle heute weniger wie die stürmische Nordsee und mehr wie die gelassenere Ostsee wirkte) und Frau Schultze-Jüst (die es, frisch verliebt in den neuen Personaler, mit einer neuen, ja durchaus kecken Frisur versuchen wollte).

Kati lächelte den Damen zu. »Geht gleich weiter!«

»Wird die Madame denn bald wieder gesund?«, fragte Frau Barberi, die sich zur Sprecherin der Wartenden berufen fühlte.

»Ganz bestimmt«, antwortete Kati.

»Was hat sie denn genau?«, verlangte Frau Köchner zu wissen.

»Nichts Ernstes«, erwiderte Kati und spürte, wie ihr Herz sich verkrampfte.

Im Laden griff sie schnell in die Schale mit den Zitronenbonbons und reichte den perplexen Damen vor der Tür eine Handvoll. »Nervennahrung!«

Als sie wieder reinkam, schloss Martina sie in die Arme. »Gott sei Dank bist du da!« Sie schlug drei Kreuze.

Geruch und Geräuschkulisse des Salons umfingen Kati wie eine warme Decke. Hier war alles gut, selbst wenn es nicht gut war.

»Was hat Madame Catherine denn?«, fragte sie leise.

»Magen-Darm«, antwortete Martina ebenso leise. »Genau wie Dörthe. Du willst keine Details wissen, glaub mir.« Sie klatschte in die Hände und wandte sich an die Kundinnen im Raum. »Meine Damen, wir haben Verstärkung bekommen: Madame Kati…rine.«

Lachen, Klatschen, ja sogar Johlen (von Frau Clausen, der Pfarrreferentin, die wie alle anderen einen Piccolo aufs Haus bekommen hatte).

Kati nahm Martina zur Seite. »Ich kann manches nicht so gut, wie du denkst. Haarewaschen, das bekomme ich hin, Kassieren, Bodenfegen und Trockenföhnen auch.«

»Alles hilft!« Martina trat zu einer Kundin, deren Trockenhaube fertig war. »Aber Dauerwelle kannst du doch auch super.«

»Also …«

»Wir schauen einfach, wie es läuft.« Martina zeigte auf den Frisierstuhl nahe dem Empfangstresen. »Dann mach der Gitte doch schon mal die Dauerwelle.«

»Wir zwei Hübschen bekommen das schon hin!«, kam es von Gitte.

Nach kürzester Zeit schnitt Kati auch Haare, färbte Strähnchen und machte sogar Balayage. Vor lauter Arbeit verlor sie jegliches Zeitgefühl, stetig kamen neue Kundinnen.

Plötzlich stand Severin im Laden. »Ich hab dich gesucht«, sagte er atemlos zu Kati.

»Schaut mal, die Kati hat einen neuen Verehrer!«, rief Martina und pfiff anerkennend.

»Martin hat mir alles erzählt«, fuhr Severin an Kati gewandt fort. »Ich dachte, du würdest vielleicht reden wollen.«

»Nicht reden, sondern helfen«, mischte Martina sich ein. »Kannst du fegen?«

»Ja, schon.«

»Kassieren? Heute nur bar.«

»Ähm …«

»Prima!« Martina breitete die Arme aus. »Der Salon hat nun auch erstmals einen Monsieur. Und zwar Monsieur …?« Sie sah Severin fragend an.

»… Maurice?«

»Jetzt wisst ihr Bescheid!« Martina klatschte wieder in die Hände. Und schien Gefallen daran zu finden. Nachdem sie Severin einen Besen in die Hand gedrückt hatte, klatschte sie gleich noch mal.

Kati schenkte Severin ein Lächeln und unterdrückte ein Lachen.

Es dauerte ein wenig, aber dann spielte sich das Trio ein.

Eine Kundin mit langen dunklen Haaren trat ein, die von Martina direkt auf einen freien Stuhl gelotst wurde.

»Judith, wie immer?«

Sie nickte. »Also, ich muss dir unbedingt etwas erzählen. Mein Klavier …«

»Was ist damit? Gestohlen?«

»Nu lass mich doch mal ausreden. Eines Nachts stand ein fremder Mann in meinem Garten!«

»Nackt?«

»Nein, nicht nackt! Wie kommst du denn darauf, dass der nackt gewesen wäre? Stehen bei dir regelmäßig nackte Männer im Garten?«

»Nicht so oft, wie ich es mir wünschen würde …«

»Also, der hatte auf jeden Fall einen schäbigen blauen Anzug an. Gott sei Dank war mein Sohn da, wer weiß, was sonst passiert wäre.«

»Der Mann stand einfach in deinem Garten?«

»Das war ein Obdachloser, aber der merkwürdigste, den ich je erlebt habe. Er wollte mein Klavier stimmen!«

»Weil du so falsch gespielt hast?«

»Quatsch, ich habe sehr gut gespielt! Aber er hat herausgehört, dass da etwas nicht stimmte. Ich war dann so nett, ihn reinzulassen. Und was soll ich sagen? Mein Klavier klingt jetzt besser als damals bei der Anschaffung. Der Mann hat magische Hände, ich sag es euch!«

»Also, Judith!« Martina stupste sie neckisch an der Schulter.

»Ich habe ihn nur an mein Klavier gelassen!«

»So nennt man das also heute.«

Der ganze Salon lachte. Nur Severin nicht, der eine Ecke gefegt hatte und nun verlegen auf seine Hände blickte. Und Kati nicht, die verlegen zu Severin schaute.

Die ganze Zeit über fehlte Madame Catherine, obwohl es wirkte, als wäre sie nur kurz raus, eine rauchen, und würde jeden Augenblick wieder hereinkommen. Vielleicht, weil der Salon ohne sie undenkbar war.

Kati war so glücklich wie seit Langem nicht mehr, denn das Arbeiten, Reden und Lachen füllte sie völlig aus. Das Haarspray ließ jeden Gedanken an ihre Mutter verschwinden, der Duft des Shampoos die Angst vor den nächsten schweren Briefen. Für ein paar Stunden lebte Kati ihren Traum, hier zu frisieren, als gäbe es nichts anderes im Leben. Sie ertappte sich sogar dabei, wie sie *Somewhere over the Rainbow* aus *Der Zauberer von Oz* sang.

Kurz vor Feierabend trat eine junge Frau mit ihrer Tochter an der Hand in den Salon. Das Mädchen hatte lange blonde Locken und mochte um die drei Jahre alt sein, sie drückte einen großen Plüschelefanten an ihr Herz.

»Erster Haarschnitt?«, fragte Martina.

Die Mutter nickte. »Sonst habe ich das immer gemacht, aber sie wollte unbedingt mal in den Salon. Jetzt hat sie allerdings doll Angst.«

»Musst du nicht haben!«, sagte Martina und ging vor dem Mädchen in die Knie, das ihren Elefanten noch fester an sich presste. »Erst mal bekommst du ein superleckeres Zitronenbonbon, dann hole ich einen Sitz mit Sternchen drauf, den nur ganz besondere Kinder bei uns bekommen, und danach machen wir dich so hübsch wie eine Prinzessin, in Ordnung?«

Das Mädchen nickte langsam.

»Ich bin die Martina, und du bist …?«

»Die Vanessa von der Mama.«

»Soll deine Mama sich neben dich setzen, oder darf sie dahinten bei der Garderobe einen Kaffee trinken?«

»Bei mir bleiben! Hand halten!«

»Genauso machen wir das.«

Kati verfolgte die Szene aus dem Augenwinkel, während sie einer Kundin die Haare wusch. (»Kopf noch ein bisschen nach hinten.« – »Bequem so?« – »Ist die

Temperatur angenehm?«) Plötzlich fiel ihr auf, dass Severin mitten im Fegen innegehalten hatte und zu den Neuankömmlingen blickte. Nein, dachte Kati, als sie genauer hinsah, nur zu dem Mädchen. Jetzt wich er zurück, als hätte es eine ansteckende Krankheit.

Schließlich ging er sogar vor die Tür.

Als Severin zurückkam, war er sehr still, arbeitete mit einem Mal ungelenk wie ein Roboter, hielt sich fern von dem Mädchen und blickte kein einziges Mal mehr in dessen Richtung.

Erst als es weinend, mit einer praktischen Kurzhaarfrisur (die von der Mutter so gewünscht gewesen war, weil sie wenig Mühe bei Läusen machen würde) und einem geballten Fäustchen voller Zitronenbonbons den Salon verließ, erholte er sich langsam, aber wurde bis zum Ladenschluss nicht mehr der Alte.

Als Martina nach der letzten Kundin die Tür abschloss, klatschte sie wieder in die Hände, aber diesmal nicht zackig, um das kleine Team anzutreiben, sondern um zu applaudieren. »Ihr wart großartig, beide!« Sie ging zum Tresen und bückte sich, um kurz danach mit einer Flasche Eierlikör wieder aufzutauchen. »Den haben wir uns jetzt so was von verdient!« Sie holte drei Gläser und stellte sie neben die Kasse.

»Hab so etwas noch nie getrunken«, sagte Severin.

»Heute solltest du, siehst blass aus.« Kati ging zum Tresen und füllte ein Glas. »Soll auch dabei helfen, wenn man Gefühle an die Oberfläche bringen will, die man ganz tief unten in sich versteckt hat. Hier.«

Severin nahm das Glas. Viele Menschen versteckten negative Gefühle in abgelegenen Kammern ihres

Herzens. In manchen lag Scham, andere verbargen Trauer oder Wut hinter schweren Türen. Doch all das drängte hinaus, verbog die Scharniere, verkantete die Zargen, bis es schließlich nicht nur die Kammern verformte, sondern das ganze Herz und irgendwann den ganzen Menschen.

Severin wusste das.

Martina reichte Kati ein Glas und hob ihr eigenes – bis zum Rand gefülltes – hoch. »Auf den Salon! Nich lang schnacken, Kopp in Nacken.«

Severin trank sein Glas leer, als wäre es Medizin.

Martina trank, als wäre es flüssiger Feierabend.

Und Kati trank, weil sie dadurch noch etwas länger im Salon verweilen konnte.

Es blieb nicht beim ersten Glas. Es war Severin, der zuerst müde wurde und unter einer Trockenhaube einnickte.

Zusammen mit Martina führte Kati den halb Schlafenden zu ihrem Beetle und schnallte ihn auf dem Beifahrersitz fest. Erst an der frischen Luft fiel ihr auf, dass sie vielleicht, aber auch nur ganz vielleicht, ein winziges Schlückchen zu viel getrunken haben und ein klein wenig betrunken sein könnte. Weshalb sie beschloss, doch nicht mehr zu fahren, sondern nach Hause zu torkeln, sich dabei an allem festzuhalten, was netterweise genau auf ihrem Weg platziert worden war, und Severin einfach friedlich schlafen zu lassen.

***

Katis Heimatort war kein Frühaufsteher. Er erwachte stets träge und drehte sich immer noch mal kurz auf die andere Seite. Zeitungsverteiler, Bus- und Bahnfahrer, Bäcker und Jogger waren die Ersten, die aus ihren Häusern traten. Aber erst als die Zeit für alle Pendler gekommen war, in die nahe Stadt auszuschwärmen, füllten sich die Ortsausgangsstraßen, wie Blutbahnen, die Sauerstoff zum Herzen pumpten.

Katis Wagen stand auf einem Straßenabschnitt, wo Parken von sieben bis zwölf Uhr verboten war – wobei niemand verstand, wieso. Es gab keine Schule in der Nähe, keinen Kindergarten, nicht mal einen Spielplatz. Die Aufgabe des örtlichen Straßenverkehrsamtes schien darin zu bestehen, den Menschen die Sinnlosigkeit des Seins mit Parkschildern, Geschwindigkeitsbegrenzungen und allerlei Verboten vor Augen zu führen, die wahllos über den Ort verteilt worden waren.

Sabrina Küpper, dreiundzwanzig Jahre, seit Kurzem Politesse und daher ebenso engagiert wie überkorrekt, entdeckte den falsch parkenden Beetle schon von Weitem. Sämtliche Fenster waren von innen beschlagen, was nur eines bedeuten konnte: Es befand sich jemand darin. Hoffentlich kein Hund! Sie rannte die letzten Meter und klopfte gegen das Fenster, auf ein Lebenszeichen hoffend, auf ein Bellen, ein Knurren, ein Kratzen, irgendetwas.

Das Klopfen schreckte Severin aus seinem Schlaf. Er wusste weder, wo, noch, warum er war – wo auch immer er war.

»Hallo?«, rief eine unbekannte Stimme.

Wieder Klopfen, lauter, über ihm diesmal, scheppernd.

»Ist da wer? Hallo?«

Severin öffnete die Augen, sah zuerst die beschlagene Seitenscheibe, einen dunklen Schemen dahinter. Dann das Armaturenbrett.

Er saß in einem Auto …

Raus! Er musste sofort raus!

Severin wollte aufstehen, aber der Sicherheitsgurt hielt ihn zurück. Panisch versuchte er, ihn zu öffnen, fand erst die Schnalle nicht, drückte dann auf die falsche Stelle.

Abermals Klopfen. »Ich schlage gleich die Scheibe ein!«

Endlich fand Severin den Knopf, es klickte, und er war frei. Hastig packte er den Griff der Beifahrertür. Aber sie öffnete sich nicht. Der Wagen ließ ihn nicht entkommen.

Das Klopfen wurde zu einem Wummern. »Ich kann sehen, dass Sie sich bewegen! Was machen Sie da drin?«

Severin schrie. Er würde hier nie wieder rauskommen! Er rüttelte an der Tür, wand sich, als wäre er im Netz einer Spinne gefangen. Schweiß trat ihm aus allen Poren. Schließlich warf er sich auf den Fahrersitz, tastete wild nach dem Griff, schlug ihn herunter und stieß die Tür auf.

Bremsenquietschen. Hupen. Das Geräusch eines Fensters, das heruntergefahren wurde. »Vollidiot! Pass gefälligst besser auf! Fast hätte es gekracht!«

Severin fiel auf den Asphalt der Straße, rappelte sich auf. Luft! Weg von dem Wagen!

»Sie müssen Ihr Auto wegfahren! Das darf hier nicht parken. Wo wollen Sie denn hin?«

»Arktis«, brachte Severin hervor und begann zu rennen.

Madame Catherine blickte aus ihrem Salon, erkannte Katis Wagen und wählte die dazu passende Telefonnummer. »Kati? Ich bin es, Madame Catherine. Komm ganz schnell zum Salon, sonst schleppen sie dein Auto ab!« Dann ging sie hinaus und überzeugte Sabrina Küpper davon, noch keinen Abschleppwagen zu rufen. Die Besitzerin des Beetle komme auch umgehend. Von einem Knöllchen ließ sich Sabrina Küpper allerdings nicht abhalten.

Kurze Zeit später erschien eine atemlose Kati auf ihrem klapprigen Hollandrad am Salon, vor dem eine Politesse mit verschränkten Armen neben Madame Catherine stand, die anscheinend erfolglos versuchte, ihr ein Gläschen Piccolo in die Hand zu drücken.

»Und da ist sie schon!«, rief Madame Catherine. »Genau wie ich gesagt habe. Jetzt einen Schluck Prickelwasser für die Nerven?«

»Ich bin immer noch im Dienst! Genau wie vor fünf Minuten«, erwiderte Sabrina Küpper.

Kati stellte schnell ihr Rad ab und umarmte Madame Catherine. »Geht es Ihnen schon wieder besser?«

»Unkraut vergeht halt nicht!« Nach der Umarmung trank Madame Catherine den Schluck Prosecco einfach selbst. Würde ja sonst ratzfatz schal!

»Sie waren gar nicht krank, oder? Das war ein abgekartetes Spiel, um mich …«

»Fahren Sie bitte umgehend den Wagen fort«, kam es von Sabrina Küpper. Aus dem Laden winkte Dörthe ihnen zu. »Ich rufe sonst den Abschleppwagen! Und wenn er einmal gerufen ist, muss er auch bezahlt werden.« Sabrina Küpper zog ihr Handy hervor.

Kati blickte in ihren Beetle. »Wo steckt Severin denn?«

»Der Mann im Wagen? Der war nicht bei Sinnen«, sagte Sabrina Küpper, die bereits drei Ziffern auf ihrem Handy eingetippt hatte. »Völlig plemplem.«

»Wieso sagen Sie so was?«

»Als ich klopfte, ist er im Wagen ausgeflippt. Beim Aussteigen ist er fast überfahren worden. Und dann wollte er in die Arktis!« Sabrina Küpper tippte weiter.

Kati ging schnell zur Fahrertür. »Dann fahre ich da jetzt sofort hin.«

Das Knöllchen steckte noch unter dem Scheibenwischerblatt, als Kati vor dem Museum anhielt. Sie winkte Lukas zu, der schon wieder am Zombiefeuer arbeitete, das nun vollständig sein Projekt geworden war. Lukas winkte zurück, aber Winken zählte nicht zu seinen Kernkompetenzen. Es wirkte immer, als wollte er den Verkehr umleiten.

»Ist Severin bei euch?«

»Er befindet sich zurzeit in unserer samischen Jurte. Der Museumsdirektor hat mir aufgetragen, ihn nicht zu stören. Allerdings hat sich Bettina nicht an diese Anweisung gehalten, obwohl ich sie mehrmals darauf hingewiesen habe.«

Auf dem Weg zur Jurte kam Kati an Harald vorbei, der die neue Bepflanzung Spitzbergens eingehend auf ihren Geschmack prüfte. Mit einem Mal hörte sie kehlige Laute über sich und sah, dass ein kleiner Trupp Kraniche nach Süden flog – ihre Formation zeigte wie ein Pfeil auf die Jurte.

Es gibt kein Schicksal, dachte Kati, aber das wissen die Vögel ja nicht.

An der Jurte angekommen, schlug sie die dicke Plane am Eingang auf und trat ein. Der Boden war mit Fellen ausgelegt, in der Mitte befand sich eine mit Steinen gesicherte Feuerstelle. Severin saß im Schneidersitz davor und starrte in das Schwarz und Grau der kalten Asche. Neben ihm schlief Bettina, eingerollt wie eine Katze.

»Alles gut?«, fragte Kati und setzte sich zu ihm.

Severin brachte das Kunststück fertig zu nicken, aber eigentlich den Kopf zu schütteln.

»Willst du drüber reden?«

»Ja.« Er atmete schwer. »Aber ich schaffe es einfach nicht. Die Dinge, über die ich am dringendsten reden müsste, sind am unmöglichsten auszusprechen.«

Auch Kati atmete jetzt schwer. »Manchmal wünsche ich mir, wir Menschen wären wie Mayonnaisetuben, auf denen man nur fest genug rumdrücken muss, damit etwas rauskommt.«

Severin musste lächeln. »Aber wir sind eher wie Einmachgläser. Bombenfest verschraubt.«

»Wenn ich als Teenager Probleme hatte und zu Madame Catherine in den Salon kam, hat sie immer gefragt: ›Brauchst du einen Rat oder eine Umarmung?‹ Sie hat sich mittlerweile zwar als intrigantes

Luder entpuppt, aber das hat sie damals richtig gut gemacht.« Kati nahm Severins Gesicht in ihre Hände und blickte in seine waldgrünen Augen. »Rat oder Umarmung?«

»Umarmung«, sagte Severin. »Lange Umarmung.«

»Du bekommst sogar noch etwas extra.« Sie beugte sich näher zu ihm.

Severins Augen weiteten sich, sein Atem stoppte.

Dann berührte Kati seine Lippen sanft mit ihren, küsste ihn zärtlich. Ihr Kuss dauerte so lange, dass beiden bewusst wurde, wie sehr sie ihn sich gewünscht hatten.

»Und jetzt die Umarmung?«, fragte Severin danach in die Stille.

»Jetzt die Umarmung«, bestätigte Kati und umarmte ihn, mehr noch, sie hielt ihn ganz fest, um ihn spüren zu lassen, dass keine Gefahr bestand, ins Bodenlose zu fallen.

»Danke«, sagte er, als Kati die Umarmung wieder löste.

»Für den Kuss oder für die Umarmung?«

»Für beides. Aber eins war sogar noch besser als das andere.«

Kati lehnte ihren Kopf an seine Schulter und kraulte Bettina das Kinn, die daraufhin einen genießerischen Laut von sich gab. Erst nach einiger Zeit sprach Kati wieder: »Ich brauche deine Hilfe.«

»Ein neuer Brief?«

»Ja. Etwas, das ich jemandem dringend sagen muss. Nichts Erfreuliches.«

»Müsstest du nicht auf der Arbeit sein?«

»Ich geh da nicht mehr hin.«

»Lässt du dich krankschreiben?«

»Nein, ich geh einfach nicht mehr hin. Hab ich mit der Ulrike im Personalamt schon besprochen. Wir machen einen Auflösungsvertrag, außerdem hab ich noch den kompletten Urlaub für dieses Jahr. Die müssen eh Personal reduzieren und sind heilfroh.« Sie stand auf und reichte Severin eine Hand. »Kommst du?«

Vorsichtig erhob er sich, um Bettina nicht aufzuscheuchen, die den Kopf an ihn gelehnt hatte. Das Rentier sah ihn irritiert an.

»Ich komme ja bald wieder, meine Kleine«, beruhigte er sie.

Vor der Jurte zeigte Kati auf ihren Wagen. »Ich schätze mal, du willst nicht einsteigen?«

»Nein, will ich nicht.«

»Was ist das mit dir und Autos? Lange Geschichte?«

»Nein, eine kurze. Aber das macht es nicht einfacher, sie zu erzählen. Wie ich vorhin sagte: Manche Dinge müssten dringend raus, aber ich schaffe es nicht.«

»Wie weit liegt die Geschichte denn zurück?«

»Über drei Jahre.« Er räusperte sich. »Wo geht es denn hin für uns?«

Kati nickte, den abrupten Themenwechsel akzeptierend. »Zum Lichtspielhaus. Zu meinem Papa. Wenn Seelen nach dem Tod tatsächlich noch mit der Welt der Lebenden verbunden sind, dann befindet sich seine ganz sicher nicht auf dem Friedhof, sondern dort.«

»Sollen wir Harald wieder mitnehmen?«

»Heute nur wir zwei.«

Kati und Severin redeten wenig auf dem Weg, denn jeder hatte mehr als genug Gedanken in seinem Kopf, die sich unentwegt drehten.

Sie gingen wieder durch den Nebeneingang hinein und durch das Foyer in den großen, menschenleeren Saal.

»Such dir einen Platz, ich muss hoch zur Leinwand. Da hat mein Papa am häufigsten hingeschaut.«

Severin setzte sich in die erste Reihe. »Falls du mich brauchst.«

Kati ging die vier Stufen hoch auf die schmale Bühne und stellte sich in die Mitte.

»Eigentlich sollte es ja leicht sein, weil keiner da ist, dem ich vorlese.« Sie zog den Umschlag aus der Hosentasche. »Aber das ist es nicht. So überhaupt gar nicht.«

»Es wird leichter, sobald du angefangen hast zu lesen.«

»Nein, wird es nicht. Aber das ist eine gute Lüge. Die schafft was weg.« Kurz lächelte sie, aber mit jeder Bewegung der Hände, die den Butterbrotbrief für ihren Vater weiter auseinanderfalteten, wurde ihr Lächeln schmaler, bis es ganz erstarb.

Sie hatte den Brief in ihrer schönsten Handschrift verfasst, mehr gemalt als geschrieben. Schließlich hatte ihr Vater immer viel Wert auf eine schöne Handschrift gelegt, so wie sie manchmal in den Vorspännen alter Hollywoodfilme zu sehen war, lauter elegante Schnörkel.

Hallo, lieber Papa,
ich bin es, Dein kleiner Leinwandstar, Deine

Grace Kelly, Deine Audrey Hepburn, Deine Vivien Leigh.
Deine Tochter.
»Früher, als die Tiger rauchten«, mit diesen Worten beginnen Märchen in Korea. Als ich das vor Kurzem gelesen habe, musste ich an meine Kindheit denken, weil Du Dich für unseren Dschungelbuchclip mal als Tiger, als Shir Khan, verkleidet und in der Drehpause geraucht hast. Das sah verwegen aus.
Und im Rückblick war es auch wie im Märchen. Damals schien alles möglich. Mit unseren kleinen Filmen haben wir uns die Welt so gemacht, wie sie nie war.
Und wir waren uns so nah. Du warst mein Held, mein Vorbild, mein bester Freund und mein Beschützer. Du warst all das, was man sich von einem Vater wünschen kann. Nur nicht oft genug zu Hause. Aber ich wusste ja, dass Du in diesem magischen, prachtvollen Haus warst und Geschichten aus Licht zeigtest. Ich wusste, dass ganz viele Menschen jeden Abend zu Dir strömten und Du Maschinen bedientest, die niemand anderes verstand. Nur ein einziger Mann im ganzen Ort konnte das, mein Papa.

All das hatte Kati bereits dem breitkrempigen Fedora-Hut und dem alten Trenchcoat auf dem Kleiderständer in ihrem Schreibzimmer erzählt. Stockend und zögernd hatte sie es getan. Aber es war nur eine Probe gewesen. Dies hier im Lichtspielhaus war die Premiere, die erste und einzige Aufführung. Es kam ihr vor, als ginge sie über einen gerade erst zugefrorenen See, dessen Eisdecke bei jedem Schritt gefährlich knackte.

An meinem achten Geburtstag hat sich dann alles geändert, und ich weiß bis heute nicht, wieso. Von einem Tag auf den anderen hast Du keine Filme mehr mit mir gedreht, hast mich nicht mehr im Kino helfen lassen. Du hast mich auch kaum noch angesehen, nicht mehr mit mir gelacht, es war Dir egal, ob ich in der Schule gut war oder ob ich einen Freund hatte.
Ab meinem achten Geburtstag hast Du mich nicht mehr geliebt.
Aber ich habe Dich weitergeliebt.
Obwohl Du die meiste Zeit nicht mehr da warst.
Oder vielleicht: Weil Du die meiste Zeit nicht da warst. Vielleicht dachte ich, Du kommst zu mir zurück, wenn ich Dich nur genug liebe.
Gesehen habe ich Dich ab diesem Zeitpunkt eigentlich nur noch im Kino, und da auch nur kurz. Irgendwann war es so, als wären Du und das Kino ein und dasselbe. Deshalb fällt es mir so schwer, Dir jetzt Folgendes zu sagen.

Kati blickte zur Decke des Saals, dessen Stuckornamente in Gold gestrichen waren. Alles hier ist Illusion, dachte sie. Der Marmor ist Gips, das Gold nur billige Farbe.

Wir müssen Dein geliebtes Kino verkaufen.
Also, ich muss es verkaufen, weil Mama so viele

Schulden gemacht hat. Es muss verkauft werden. So schnell wie möglich. Und was dann damit wird, wer weiß? Wahrscheinlich wird es abgerissen und ist dann einfach verschwunden.
Ich wollte nie, dass das passiert. Wenn jemand Mama ein Angebot gemacht hat, habe ich ihr immer gesagt, dass es nicht genug Geld sei und der Käufer sie über den Tisch ziehen wolle.
Denn ich wusste: Wenn ich das Kino verliere, verliere ich auch das letzte bisschen von Dir.
Aber vielleicht ist jetzt die Zeit dafür gekommen.
Weil Du mich auch verloren gegeben hast.
Vor so vielen Jahren schon.

Kati blickte zu dem kleinen quadratischen Fenster neben der Öffnung für den Projektor und meinte, einen Schemen auszumachen, die Umrisse eines Kopfes, der sich senkte, um in den Zuschauerraum zu schauen.

Ich muss Dich etwas fragen, Papa. Es ist wichtig. Wusstest Du, welche Fäden Mama in meinem Leben gezogen hat? Warst Du ein Mitplaner, ein Mittäter? Oder einfach nur ignorant? Hast Du bewusst weggeschaut oder es wirklich nicht gesehen? Als Vater hättest Du es aber sehen müssen, es war Deine Aufgabe, auf Deine kleine Tochter aufzupassen!
Ich rede mir ein, dass Du ein Träumer warst. Weil das am wenigsten wehtut.
Träumer sind gut als Maler, als Bildhauer, als Musiker, aber als Vater muss man Realist sein. Denn der eigene Nachwuchs lebt in der Realität.

Als ich Dich damals gefunden habe, draußen im Schnee, das war sehr viel Realität. Viel zu viel davon. Ich sehe Dich immer noch vor mir, nur Dein Gesicht, das kann ich nicht mehr erkennen. Ist wahrscheinlich besser so. Selbstschutz, weißt Du.

Das Eis brach, und Katis Stimme brach, ein Schluchzen ließ ihren ganzen Körper erzittern. Severin schnellte aus dem Sitz empor, um zu ihr auf die Bühne zu laufen, aber Kati wies ihn mit einer Handbewegung an, sich wieder zu setzen. Sie musste das hier durchstehen, musste es ordentlich beenden. Es waren doch nur noch ein paar Sätze, oder? Marilyn Monroe hatte in einer Komödie gespielt, gesungen und gelächelt, obwohl sie gerade ihr ungeborenes Kind verloren hatte. Dies hier war nichts dagegen.

Warum war es dann so furchtbar schwer? Kati rang nach Luft, als drohte sie zu ertrinken.

Dann las sie mit zitternder Stimme weiter.

Danke für acht gute Jahre, Papa.
Danke für die vielen Filme.
Es tut mir sehr leid, dass ich die Familientradition nicht weiterführen kann. Ich hätte Dich gerne stolz gemacht. Ich war nämlich immer so stolz auf Dich. Auf meinen Papa, den König des prachtvollen Lichtspielhauses. Kein anderes Mädchen hatte einen Papa wie ich.
Aber jetzt ist es endgültig Zeit, Abschied zu nehmen.

Hier in Deinem Lichtspielhaus konnte ich mir immer vorstellen, dass Du noch lebst.
Das hat mich getröstet, aber es war nur eine weitere Lüge.
Es muss jetzt vorbei sein mit den Lügen.
Leb wohl.
PS: Danke für das Butterbrotpapier. Ich konnte es gut gebrauchen.

Kati senkte den Brief. Bei keinem anderen hatte sie beim Vorlesen das dünne Butterbrotpapier zwischen ihren Fingerspitzen so sehr gespürt.

Severin kam schnell zu ihr hoch. *Rat oder Umarmung?*, musste er nicht fragen. Er schloss Kati in seine Arme und sprach ihr sanft ins Ohr: »Er hat sicher alles gehört.«

Kati drückte ihn stärker an sich. Und hielt ihn fest. Erst nach einem langen Schniefen löste sie sich wieder.

»Meinst du, es ist ihm aufgefallen, dass ich meine Haare extra so frisiert habe, dass sie Ingrid Bergmans in *Casablanca* gleichen?«

»Er weiß es ganz sicher zu schätzen.«

Sie nickte, faltete den Brief zusammen und steckte ihn mit klammen Fingern in den Umschlag.

»Ich muss ihn noch abliefern. Kommst du mit?«

Sie gingen in das kleine, fensterlose, vollgestellte Büro. Die Regale waren über und über gefüllt mit Ordnern, Kartons, Tüten und Stapeln. Einzig ein großer rechteckiger Platz war leer, ein Fremdkörper des Nichts in dieser bedrückenden Enge. Kati bemerkte Severins Blick dorthin.

»Da stand die große Holzkiste mit dem Butterbrotpapier.«

Sie trat vor den Schreibtisch, auf dem ein Briefablagefach aus durchsichtigem Plastik stand.

»Und hier kamen immer die Briefe rein.« Kati legte ihren vorsichtig in die Mitte. Es dauerte, bis sie es schaffte, die Finger davon zu lösen. Dann blickte sie zu Severin, der im Türrahmen stand. »Hast du noch etwas Zeit?«

»Mein Terminkalender ist leer. Was hast du denn vor?«

Kati schluckte hart. Dann räusperte sie sich und lächelte. Aber nur mit dem Mund, die Augen wollten weinen.

»Ich würde mir jetzt gerne *Ist das Leben nicht schön?* zu Ende anschauen.«

Immer wieder fühlte es sich für Kati an, als stünde ihr Vater hinter dem Projektor, wäre es der letzte Abend des Lichtspielhauses Waldstein und er würde nicht hinaus in die Kälte treten. Es war wunderschön und grausam zugleich. Severin hielt die ganze Zeit ihre Hand und drückte sie an den richtigen Stellen sanft.

Nachdem Kati das Kino abgeschlossen hatte, drückte sie ihn, nicht nur seine Hand, sondern den ganzen Severin. »Ohne dich hätte ich das nie geschafft«, sagte sie. »Danke!«

Dann verabschiedeten sie sich, denn Kati brauchte jetzt etwas Zeit für sich allein, einen langen Spaziergang, damit all die Gefühle und Gedanken in ihr sich in Ruhe einen Platz zum Bleiben suchen konnten.

Und Severin musste zu »Svenssons Polarwelt«, um dort einer vierten Klasse über das Nordkap zu erzählen – er war als Schluss- und Höhepunkt einer Führung eingeplant. Weil Martin als erfahrener Museumsdirektor wusste, dass Severin allein nicht reichen würde, um die Aufmerksamkeit der Grundschulkinder zu fesseln, bat er ihn bei seinem Eintreffen, das aus dem Kino mitgebrachte salzige Popcorn erst während des Vortrags an Harald zu verfüttern.

»Und das ist Severin«, stellte Martin ihn mit großer Geste den Kindern vor. »Er ist ein Nordkap-Reisender, der euch nun Spannendes von dort erzählen wird!«

»Hei!«, begrüßte Severin die Kinder auf Norwegisch und blickte in Gesichter, von denen etliche irgendetwas kauten und deren Augen nur auf Harald gerichtet waren.

»Zuerst müsst ihr wissen: Das berühmte Nordkap ist gar nicht der nördlichste Punkt Europas. Das ist nämlich Kap Fligely auf der Rudolf-Insel, die zum Franz-Josef-Land gehört.« Klang wie aus einem Buch von Michael Ende, war aber tatsächlich so. »Ist das Nordkap denn wenigstens der nördlichste Punkt des europäischen Festlands? Nein, das ist die Landzunge Kinnarodden, denn das Nordkap ist, streng genommen, eine Insel. Was das Nordkap aber ist: der nördlichste Punkt Europas, der vom Festland aus auf dem Straßenweg erreichbar ist.«

»Öde«, sagte ein Junge und biss einer weißen Gummimaus den Schwanz ab.

Severin beugte sich zu ihm. »Immer zuerst den Kopf abbeißen! Sonst muss das Tier unnötig leiden. Ist Tradition in der Arktis. Frag Harald!«

Dem Jungen stand der Mund offen.

»Am Nordkap steht man auf einem Felsplateau, das dreihundertundsieben Meter steil ins Meer abfällt«, wandte sich Severin wieder an die Gruppe. »Wenn man Richtung Norden blickt, ist da nur noch das Meer, und es fühlt sich an, als stünde man am Ende der Welt.« Dann erzählte er davon, was sich alles im Besucherzentrum des Nordkaps befand, von der Kapelle, dem kleinen Museum, der Lichtshow, erzählte auch von der Busfahrt dorthin über lange Serpentinen, an denen Rentiere wie Bettina standen und grasten.

Schließlich war es vorbei, und die neunzehn Kinder schlurften maulend hinter ihrer Lehrerin zum Museumsshop, wo Martin seit einigen Tagen stolz Lakritzeis anbot, das aber auch heute niemand kaufen würde.

Ein Mädchen, das Severin vorher nicht aufgefallen war, weil es verdeckt hinter vielen anderen Kindern gestanden hatte, und das nun als einziges geblieben war, betrachtete ihn skeptisch. Sie hatte lange blonde Locken – wie das Mädchen vor Kurzem im Salon. Ihre Augen waren waldgrün, genau wie seine. Sie trug ein weißes Kleid mit rosa Schleife, als ginge sie zu einem Familienfest.

Severin kam es vor, als schlüge sein Herz nicht mehr, dabei raste es: Dieses Mädchen war das Zentrum seines Universums.

Sie zeigte auf ihn und blickte sich zu ihrer Mutter um, die Augenbrauen fragend hochgezogen.

»Ja, das ist er, Marie.«

Das Mädchen trat näher zu Severin und stupste ihn mit dem Zeigefinger an, als wollte sie prüfen, ob er echt war.

»Bist du mein Papa?«, fragte sie.

Severin hatte sich so nach diesem Moment gesehnt, so danach, Marie wiederzusehen. Er hatte sich auch danach gesehnt, ihr wieder ein Vater sein zu können und ihr unzählige Dinge beizubringen: Fahrrad fahren (ohne Stützräder), Schwimmen (ohne Flügelchen), Klavierspielen (ohne Noten). Aber er verdiente Marie nicht mehr. Er verdiente ihre Liebe nicht. Er verdiente nicht, sie lieben zu dürfen. Er hatte sein Recht darauf verwirkt, sie auf seine Schultern zu setzen und ihr die weite Welt zu zeigen.

Severin spürte seinen trockenen Mund, seinen rauen Hals, seine zusammengepresste Lunge.

Er wollte ihr so viel sagen. Aber wenn es viele Worte zu sagen gilt, bekommt man meist kein einziges heraus.

Als Antwort nickte er deshalb nur langsam.

Marie legte den Kopf schief. »Siehst anders aus als auf dem Foto mit der schwarzen Ecke. Viel älter.«

Maries Mutter musterte Severin. »Was drei Jahre ausmachen können. Ich erkenne dich kaum wieder.«

Auch sie hatte sich verändert, trug ihre Haare jetzt kurz, und ihr Gesicht war traurig. Sie hatte eine verwaschene Jeans an und einen alten Pullover. Sosehr sie Marie herausgeputzt hatte, so schlicht war sie selbst gekleidet.

»Anja ...« Es war kein Wort, das aus Severins Mund kam, es war ein Ton, wie ihn ein verwundetes Tier von sich gab.

»Mama, darf ich zu dem komischen Hirsch?«, fragte Marie und sprang aufgeregt auf und ab.

»Das ist ein Rentier, Spätzchen. Geh ruhig hin.«

Severin blickte ihr nach. »Sie ist groß geworden.«

»Wundert dich das? Drei Jahre sind eine lange Zeit. Drei Jahre, in denen wir nicht wussten, ob du lebst, was dir passiert ist, ob wir dich je wiedersehen würden. Drei Jahre voller Sorgen, Angst, Trauer, Wut. Drei Jahre, in denen ich nicht wusste, welches Gefühl überhaupt angebracht war.«

»Ich …«

Anja hob die Hand, für einen Augenblick sah es so aus, als wollte sie ihn ohrfeigen. »Du bist noch nicht dran, noch lange nicht! Ist dir klar, was man alles nicht machen kann, wenn der Ehemann verschwunden, aber nicht tot ist? Ich meine rechtlich? Was Banken und Versicherungen betrifft? Und wie es ist, von einem Tag auf den anderen alleinerziehende Mutter zu sein? Wenn man das Geld plötzlich allein verdienen muss? Wie konntest du mir das nur antun? Womit haben wir das verdient?!«

Anja war laut geworden, und Severin fand, dass sie jedes Recht dazu hatte. Sie hätte den ganzen Ort zusammenbrüllen können, und es wäre angemessen gewesen. Martin schaute aus dem Fenster des Kassenhäuschens zu ihnen, Lukas unterbrach die Arbeit am Zombiefeuer und blickte ebenfalls herüber.

»Lass uns ein paar Schritte gehen«, sagte Severin. »Bitte!«

Weit über Norwegen fand sich Spitzbergen und noch weiter in Richtung Nordpol das ewige Eis, welches in letzter Zeit den Beweis antrat, dass auch Dinge, die als ewig galten, es nicht waren. Martin hatte den Eisschild mit weißen Kieselsteinen nachgebildet, durchzogen von Linien aus schwarzen Basaltsteinen, die berühmte Expeditionen darstellen sollten.

Da alle Entfernungen maßstabsgerecht waren, machte sich kaum ein Museumsbesucher auf den weiten Weg zum Nordpol, und einige Gräser wuchsen jetzt dort, wo in Wirklichkeit Eisbären durch Schneestürme zogen.

Severin blieb nahe dem kleinen Fähnchen stehen, das den Nordpol anzeigte. Erst dort schaffte er es wieder, Anja anzuschauen.

»Du bist einfach weggegangen«, sagte sie, und jedes Wort bestand aus Enttäuschung. »Hast uns alleingelassen!«

»Du hast gesagt, dass du es nicht mehr erträgst, mich um dich zu haben. Dass ich mich fortscheren soll. Dass ich kein Recht mehr habe, Teil dieser Familie zu sein.« Als Severin damals versucht hatte, mit ihr zu reden, hatte Anja ihn angeschrien. Er solle sie beide endlich von sich befreien. Sie wolle ihn nie wiedersehen. Und ihre Tochter komme viel besser ohne ihn klar.

Jeder Satz von Anja, jedes Wort war ein Wirkungstreffer.

»Und dann gehst du einfach weg und meldest dich nicht mehr? Weil ich etwas aus Wut und Verzweiflung gesagt habe?« Sie blickte Severin in die Augen, als wollte sie ihm Wunden zufügen. »Es gab mehr als einen Moment, in dem ich mir gewünscht hätte, sie würden dich tot auffinden. So weit hast du mich gebracht! Geschämt habe ich mich dafür, mich sogar dafür gehasst.« Anja wandte sich von ihm ab, blickte zu Marie, die Bettina mit Grasbüscheln fütterte. »Ich stand kurz davor, dich für tot erklären zu lassen, aber dann erfahre ich, dass du bei Hille Michaelsen im Konzerthaus warst, anscheinend guter Laune, um einer Frau Musik vorzuspielen! In dem Moment musste ich nicht mehr überlegen, ob ich traurig, ängstlich oder wütend sein sollte, das kann ich dir sagen!«

»Es tut mir so …«

Anja hob wieder die Hand. »Nein, das sagst du nicht! Nicht nach so einer langen Zeit! Du hattest Wochen, Monate, Jahre, in denen es dir hätte leidtun und du mich hättest anrufen können. Aber das hast du nicht getan. Was hast du dir nur dabei gedacht?«

Severin war sich zuerst nicht sicher, ob sie wirklich eine Antwort hören wollte. Aber als sie nicht weitersprach, tat er es.

»Ich habe mich so geschämt. Und ich war mir sicher, dass ihr ohne mich tatsächlich besser dran seid. Denn was für ein Vater bin ich gewesen? Ein Versager. Untauglich.«

Mit dem Leben auf der Straße, mit all den Entbehrungen, den Gefahren, hatte er sich auch selbst bestraft. Das Leben bestrafte einen, andere Menschen bestraften einen, aber niemand bestrafte einen Menschen so oft, so ausdauernd, so perfide wie er selbst. Erst als Severin nun zu seiner Tochter hinübersah, wurde ihm klar, dass es das Recht der Opfer war, das Strafmaß festzulegen, nicht das der Täter.

Marie drückte ihr Gesicht gerade an Bettinas Hals – es war die rechte Hälfte, auf der sie nichts mehr hörte. In diesem Moment erinnerte er sich an Maries kleines Gesicht, damals, als es so hochrot angelaufen war.

Es war ein heißer Augusttag, und er hatte seine Tochter mit dem Wagen vom Kindergarten abgeholt. Auf der Fahrt hatten sie »Gelbes Auto« gespielt, bei dem der zuerst rufen musste, der eines sah – was erstaunlich selten passierte (und wenn, ließ er Marie immer etwas schneller sein). Dann klingelte das Handy. Severin nahm den Anruf an. Er müsse sofort kommen, eine berühmte französische Pianistin sei überraschend für ein Benefizkonzert eingetroffen. Sie bestehe darauf, dass Severin den Flügel stimme. Er lehnte ab, denn es war sein fester Marie-Nachmittag, der Spielplatz mit Elefantenrutsche wartete, danach die Eisdiele mit Schlumpf-Eis und Sahne.

Es handele sich um einen Sphinx-Flügel, sagte die Stimme am Telefon. Den einzigen im ganzen Land. Eine Million war das Instrument wert, kein Flügel kostete mehr.

Severin hatte immer schon einen solchen stimmen wollen.

Also fuhr er mit Marie auf dem Rücksitz zur Philharmonie und parkte vor dem Eingang im Schatten. Als er sich umdrehte, sah er, dass seine Tochter eingenickt war, ihr Köpfchen zur Seite gesunken, der kleine Mund halb geöffnet, ganz friedlich atmend. Severin ließ das Seitenfenster ein wenig herunter, aber nicht zu viel, damit niemand Marie etwas antun konnte. Er gab ihr einen sanften Kuss auf die Stirn und legte ein Bilderbuch zum Thema Eiswaffeln neben sie auf den Sitz, das er ihr eigentlich erst hatte schenken wollen, nachdem sie ihren Eisbecher mit Schirmchen verputzt hatte. Dann flüsterte er: »Dauert nicht lang, mein kleiner Schatz!« Leise schloss er den Wagen ab und ging durchs Foyer zur Bühne, wo das Instrument schon auf ihn wartete.

Der Anblick verschlug Severin den Atem.

Im wahrsten Sinne des Wortes: Für einen Moment vergaß er, Luft zu holen.

Der Sphinx-Flügel war die Replik eines 1886 gebauten Instruments, eine Hommage an die große Epoche des Empire-Stils zu Zeiten Napoleon Bonapartes. Er stand allein auf der großen Bühne des perfekt klimatisierten Konzertsaals, glänzte wie ein Spiegel und schimmerte golden wie aus Tausendundeiner Nacht. Andächtig trat Severin näher und berührte das in verschiedenen Rottönen changierende Mahagoniholz, die mythischen Sphinxen links und rechts, die üppigen Blumenranken, die zierenden Lorbeer- und Eichenblätter, all das überzogen mit vierundzwanzigkarätigem Gold. Entsprechend waren auch die prächtigen Löwenpranken veredelt, auf denen der Flügel ruhte.

Es war ein Instrument, das einen alles vergessen ließ. Bei dessen Stimmung höchste Konzentration herrschen musste. Keine Hetze! Dieses Kunstwerk war alle Zeit der Welt wert.

Erst als Severin den letzten Ton in Perfektion gestimmt hatte und sein Werkzeug sorgsam einpackte, wurde er sich der Welt um ihn herum wieder bewusst.

Er sah auf die Armbanduhr und erkannte, wie viel Zeit vergangen war. Viel zu viel Zeit. Er spürte plötzlich die Wärme im Saal, die Sonne war weit gewandert.

Severin dachte an seine kleine Marie. Dachte an den Wagen, dessen Seitenfenster nur einen kleinen Spaltbreit offen stand.

Er rannte.

Rutschte auf dem glatten Holzparkett aus und fiel, stand wieder auf und rannte weiter.

Atemlos kam er beim Wagen an, der nun voll in der sengenden Sonne stand. Maries Kopf war leblos nach vorne gesunken, die Augen geschlossen, das Gesicht ganz rot. Ihre kleine Brust hob und senkte sich nicht.

Wo waren die Schlüssel? Nicht in seinen Taschen. Und auch sonst nirgends zu finden!

Severin versuchte, mit dem Ellbogen die Scheibe einzuschlagen. Es gelang ihm nicht.

Er rannte zurück zum Eingang der Philharmonie, um den Autoschlüssel zu suchen. Dabei spürte er ihn in der einzigen Hosentasche, in der er nicht gesucht hatte.

Als er den Wagen endlich aufgeschlossen und sie herausgeholt hatte, schlug Maries Puls noch, schwach, langsam, unregelmäßig. Er raste mit ihr zum Krankenhaus, über rote Ampeln, gegen die Fahrtrichtung in Einbahnstraßen. Presste sie nach dem Aussteigen an sich und stürmte in die Notfall-Ambulanz.

Sie überlebte.

Öffnete ihre waldgrünen Augen.

Und lächelte kraftlos.

Aber die Ärztin teilte ihm mit, dass Marie nichts mehr auf dem rechten Ohr hörte.

Er hatte Anja angerufen, ihr alles erzählt. Gebeichtet. Natürlich gab es keine Absolution. Sondern Vorwürfe. Gebrüll. Dann Fassungslosigkeit. Stille.

In den Wochen danach waren sie von einem Spezialisten zum nächsten gefahren, nur um immer dieselbe Antwort zu hören: Der Schaden an Maries Hörsinn sei irreparabel. Severin suchte verzweifelt nach einer Möglichkeit, dies zu ändern, aber diesmal fehlten ihm die passenden Werkzeuge.

Die Ehe mit Anja war zuvor schon rissig gewesen, nun löste sie sich an etlichen Stellen auf, das Zusammenleben wurde unerträglich. Severins Schuld füllte das Haus. Ob Anja sie aussprach oder nicht. Severin selbst benannte sie in seinem Kopf ständig. Wie ein böses Mantra. Er versuchte, sich gegenüber Marie nichts anmerken zu lassen, verbarg Tränen und Verzweiflung vor ihr. Aber die Schuld zerbrach ihn immer mehr.

Als Anja ihn aus dem Haus warf, packte er das Nötigste und ging zu Marie. Severin sagte ihr, dass er sie immer lieben werde und dass sie dies niemals vergessen dürfe. Marie nickte und antwortete: »Ist gut, Papa. Mach ich.« Dann spielte sie weiter mit ihrem Knetgummi und formte sich die Welt so, wie sie wollte.

Severin wusste nicht, wohin er danach ging, er wusste nicht, für wie lang.

Er wusste nur, dass der Weg fort von seiner Schuld führte.

Aber sie wurde mit jedem Tag, den er sich von ihr entfernte, größer, denn nun hatte er seine Tochter nicht nur im heißen Wagen vergessen, sondern sie auch noch verlassen. Also ging er weiter, denn das war der einzige Weg, der möglich schien. Er ging eine Woche, einen Monat, ein Jahr. Die hinter ihm liegende Schuld wurde zu einem Berg, der sich nicht mehr überqueren ließ. Es hätte nur einen Weg gegeben: sich mit den Händen hindurchzugraben und die ganze Last auf den Schultern zu spüren. Aber dafür war er zu feige gewesen.

Manchmal führten ihn seine Füße zurück, denn er selbst hätte es sich nicht getraut. Dann ging er zu Maries Kindergarten und sah sich aus der Ferne seine wunderschöne Tochter an, wie sie lachend Hüpfekästchen spielte, wie sie sich drehte, wenn aus dem CD-Player *Anne Kaffeekanne* dudelte, wie sie mäkelig die Erbsen von ihrem Mittagessen aß und wie sie sich hinter dem Flieder versteckte, während ein anderes Kind bis zehn zählte. »Komme!«

Jedes Mal hatte er zu ihr gehen wollen, aber jedes Mal hatte er gewusst, dass er dieses Glück nicht verdiente, weil es etwas gab, das er zerstört hatte und nie würde reparieren könnte. Ein Ton, der für immer verstimmt bliebe.

»Ich will nicht wissen, was du die ganze Zeit über gemacht hast und warum«, riss ihn Anja aus seinen Erinnerungen. »Über diesen Punkt bin ich längst hinaus. Dass du Marie damals im Wagen gelassen hast, hätte ich dir vergeben können. Aber nicht, dass du einfach verschwunden bist. Jetzt brauche ich dich nicht mehr. Und ich will dich auch nicht mehr. Ich brauche nur noch die Scheidung.« Sie zeigte auf Marie. »Aber deine Tochter braucht dich. Marie fragt sich, was mit ihr nicht stimmt, weil alle anderen Kinder einen Vater haben, aber ihrer nicht da ist. Bring das in Ordnung! Reiß dich, verdammt noch mal, zusammen, und sei ihr ein Vater, so gut du kannst! Und wehe, du verschwindest wieder! Wehe dir! Wenn ich dich dann finde …!«

Severin blickte zu Marie, die Bettina jetzt mit einem kleinen rosa Kamm striegelte.

»Habe ich denn überhaupt eine Chance bei ihr nach dem, was ich …?«

»Sie erinnert sich nicht mehr daran, was du getan hast. Ich habe ihr nichts davon erzählt, und so soll es auch bleiben. Haben wir eine Vereinbarung?« Anja presste ihre Augenlider fest zusammen, aber die Tränen drangen trotzdem hervor. Und aus ihrer Kehle war das Schluchzen zu hören, das sie bis jetzt zurückgehalten hatte.

Marie kam herbeigerannt, gefolgt von Bettina. »Mama, weinst du?«

»Nein, Schatz.« Anja drehte sich von ihr weg. »Ich lache.«

»Dann lache ich auch.« Marie lachte und tanzte dabei. Bettina lief aufgeregt um sie herum. »Kommt der Papa denn jetzt wieder zu uns?«

»Nein, Marie«, sagte Anja, ohne sich ihr wieder zuzuwenden.

»Er könnte ja in der Garage wohnen. Dann würde er auch nicht hören, wenn du über ihn schimpfst.«

Anja blickte Severin mit tränenfeuchten Augen durchdringend an. »Du könntest Papa aber ab jetzt besuchen, wenn du magst.«

»Ja«, antwortete Severin. »Das würde mich sogar sehr freuen. Du kannst mich hier im Ort besuchen, wann immer du magst.«

»Ist dann auch Hirschie da?«

»Es ist ein Rentier«, antwortete Anja und musste ein wenig lächeln. »Aber ja, Papa wird ganz sicher dafür sorgen, dass du es immer streicheln kannst.«

»So machen wir das«, sagte Severin.

»Papa wird sich dann die ganze Zeit um dich kümmern, weil er dich so lieb hat und du ihm wichtig bist.«

Severin kniete sich hin und schaute zu Marie. »Das werde ich. Versprochen.«

Marie baute sich vor ihm auf, die Hände in die Hüften gestützt. »Wieso kommst du denn nicht wieder nach Hause zu Mama und mir?«

»Weil ich jetzt ein neues Zuhause habe. Und weil du meine Tochter bist, ist es auch dein Zuhause.«

Marie sah fragend zu ihrer Mutter. »Dann hab ich jetzt zwei Zuhause?«

Anja nickte.

Langsam trat Marie zu Severin, zögerlich streckte sie ihm die Hand aus. »Indianer-Ehrenwort?«

»Indianer-Ehrenwort«, sagte Severin und schüttelte Maries Händchen vorsichtig. »Das habe ich alles gar nicht verdient.«

Marie sah ihn stirnrunzelnd an. »Ich schmuse jetzt wieder mit dem Hirsch!« Sie rannte jauchzend zu Bettina und dann mit dem Rentier zusammen Richtung Museum.

Severin und Anja sahen ihr nach.

»Ich weiß, dass eine Entschuldigung nicht ausreicht für das, was ich getan habe. Und keine Erklärung es erklären kann.«

»Dann lass es.«

Severin trat vor sie. Anja blickte fort von ihm, aber sie konnte nicht verhindern, seinen Kummer zu spüren, so wie man die Wärme eines Ofens wahrnahm.

»Ich möchte dir etwas anderes sagen. Von ganzem Herzen. *Danke*, dass du gekommen bist. *Danke*, dass ich Marie sehen darf. *Danke*, dass du ihr nichts erzählt hast. Eines Tages werde ich ihr alles sagen, damit sie weiß, was für ein Mann ihr Vater ist.«

Anja legte den Kopf in den Nacken. »Wenn du dich ab jetzt um sie kümmerst, gut um sie kümmerst, mit allem, was du hast, um sie kümmerst, dann wird sie wissen, was ihr Vater für ein Mann ist, wenn du es ihr irgendwann erzählst.«

Marie sprang um Bettina herum, die jetzt ihrerseits kleine Bocksprünge vollführte.

»Sie ist großartig«, sagte Severin. »Und so fröhlich. Was für ein Glück, dass sie dich als Mutter hat.« Er meinte es ehrlich und sagte es nicht, um sich einzuschmeicheln. Aber manchmal sagt man das Richtige, und es ist trotzdem falsch.

Anja presste die Lippen aufeinander. »Ich werde dir niemals vergeben können.«

Severin nickte. »Ich mir auch nicht.«

Nachdem Anja und Marie fort waren, ging Severin mit zitternden Beinen hoch auf den umgebauten Speicher, wo im Abstellraum seine Matratze lag, und verriegelte die Tür, bis der Schlüssel sich nicht mehr weiterdrehen ließ.

Eine halbe Stunde später tauchte Kati im Museum auf. Sie hatte ihr Alleinsein in den Straßen des Ortes praktiziert, aber nun genug davon. Sie wollte Severin nicht stören, aber wissen, warum er sich einschloss. Deshalb fragte sie Martin, der den Grund aber nicht kannte. Lukas schon. Er erzählte Kati Teile des Gesprächs, die er mitgehört hatte, während er die Verankerung der Jurte kontrollierte, so wie es der Zeitplan vorschrieb.

Von alldem bekam Severin nichts mit, obwohl sein Kopf nur wenige Meter entfernt auf einem Kissen lag. Er fragte sich gerade, ob er vielleicht auch Briefe schreiben sollte. Einen an Anja und einen an Marie, den sie später öffnen könnte, mit achtzehn oder einundzwanzig Jahren. Ein Brief war ein Gespräch, bei dem der Lesende die Geschwindigkeit bestimmte. Er konnte deshalb, falls gewünscht, die langsamste Form eines Gesprächs sein. Oder die schnellste. Man konnte jeden Satz mehrmals lesen, ihn von allen Seiten betrachten und in aller Ruhe nach dem suchen, was zwischen den Zeilen verborgen lag. Auch mit einer Antwort konnte man sich Zeit lassen, anstatt direkt etwas erwidern zu müssen. Man konnte seine Worte mit so viel Bedacht wählen, dass sie den Empfänger mit Glück erfüllen würden, er sich jedes Mal umarmt fühlte, wenn er sie las. Natürlich konnte die Zeit auch dazu genutzt werden, sich möglichst kunstvolle Beschimpfungen für den Empfänger auszudenken. Briefe waren wie alle Dinge, die wahre Macht besaßen: Sie konnten Gutes wie Schlechtes bewirken.

Severin blickte an die Decke, als wäre sie ein leeres Blatt. Vielleicht gab Kati ihm etwas von ihrem Butterbrotpapier ab. Es schien eine besondere Magie zu besitzen.

Die konnte er gut gebrauchen.

Als er die steilen Treppenstufen wieder hinunterging, war es bereits Abend, und der Himmel, unter dem das Arktis-Museum lag, sah aus wie mit ockergelben und rosafarbenen Pinselstrichen bemalt. Martin hatte einen kleinen Tisch vor die Eingangstür gestellt und saß auf einem Klappstuhl daneben, ein Glas mit Dill-Wodka in der einen Hand, eine Zigarre in der anderen.

»Setz dich zu mir«, sagte er zu Severin, als dieser nach draußen trat. »Du weißt ja, wo die Stühle stehen.«

Severin holte einen aus dem kleinen Schuppen, der ans Haus gebaut war. Als er zurückkehrte, hatte Martin bereits ein zweites Glas mit Wodka gefüllt. *»Raja se on raittiudellakin!«* Er hob sein Glas und stieß mit Severin an. »Das war Finnisch. Übersetzt heißt es: Auch Enthaltsamkeit hat ihre Grenzen.«

»Die haben ja Humor, die Finnen.«

»Ich sag es dir!«

Martins Handy tutete, denn er hatte als Klingelton das Schiffshorn eines norwegischen Postschiffs eingestellt, welches zwischen Bergen und Kirkenes verkehrte. Er nahm das Gespräch an und sagte nach wenigen Sekunden: »Ich geb ihn dir.« Damit reichte er das Handy weiter. »Für dich.«

Severin zog die Augenbrauen fragend hoch, hielt es sich aber ans Ohr. »Hallo?«

»Ich bin's.« Es war Kati. »Können wir reden?«

»Natürlich, warte.« Er hielt die Hand über das Mikrofon. »Ich komm gleich wieder.«

Martin sog genüsslich an seiner Zigarre. »Lass dir Zeit. In der Arktis kann Hektik tödlich enden.«

Mit dem Handy in der Hand ging Severin fort vom Haus. Der Fluss war in der Ferne zu sehen, und er schlug den Weg dorthin ein.

»So, jetzt können wir reden.«

»Ich war heute Nachmittag im Museum und wollte dir sagen, dass ich mir noch mal die *Pastorale* anhöre. Ganz intensiv.«

»Das ist eine großartige Idee!«

»Aber das lasse ich jetzt bleiben.«

»Ich verstehe nicht …«

Der Herbst riss den Bäumen vor Severin die Blätter von den Ästen und Zweigen. Die Blumen hatte er schon so verängstigt, dass sie sich in den Boden zurückgezogen hatten. Jeden Tag wurde es ein wenig kälter, und es waren nur noch selten Kraniche unterwegs.

»Mir ist klar geworden«, fuhr Kati mit kühler Stimme fort, »dass ich dich gar nicht kenne und du nicht der Mann bist, für den ich dich gehalten habe.«

»Ich verstehe immer noch nicht. Sollen wir uns nicht lieber treffen? Dann lässt sich besser reden. Ich kann sofort zu dir kommen.«

Kati atmete schwer. »Ich hatte überlegt, dir einen Brief zu schreiben. Aber du bist keinen wert. Nicht mal einen maschinengeschriebenen.«

Severins Hand krampfte sich um das Handy. »Eben war doch noch alles …«

»Du hast deine Frau und Tochter verlassen! Mit einem Mann, der so etwas macht, will ich nichts zu tun haben. So ein Mann ist unberechenbar, in so einen kann und darf man keine Gefühle investieren. Denn er kann jederzeit ohne ein Wort gehen.«

»Woher …?«

»Das ist doch völlig unerheblich. Stimmt es, oder stimmt es nicht?«

Severin nickte zögerlich. Dann begriff er, dass Kati das nicht sehen konnte. »Ja, es stimmt.«

»Wir haben stundenlang miteinander gesprochen! Ich habe dir mein Herz geöffnet! Und du hast weder deine Familie erwähnt, noch dass du sie verlassen hast. Ich kann dir jetzt nichts mehr glauben, ich kann dir nicht mehr vertrauen.«

Severin erreichte den Fluss, dessen Ufer an dieser Stelle einbetoniert waren. Diese Biegung war nicht die *Pastorale*, sie ähnelte keiner Musik, die er kannte.

»Alles, was ich für dich fühle, ist echt!« Severin betonte jedes Wort des Satzes, denn er war ihm so wichtig. »Alles, was ich dir gesagt habe, ist die Wahrheit.«

Stille am anderen Ende. Dann wieder Katis Stimme. »Das reicht nicht. Meine Mutter hatte Geheimnisse vor mir, mein Ex-Mann hatte Geheimnisse vor mir, ich will niemanden mit Geheimnissen mehr in meinem Leben. Das führt nie zu etwas Gutem.«

»Ich konnte nicht mal mit mir selbst über alles reden! Aber jetzt bin ich bereit.«

Eine lange Pause entstand, in der Severin meinte, Katis Herzschlag hören zu können. Aber es war nur sein eigener, der in den Ohren widerhallte.

»Jetzt ist es zu spät.«

Sie legte auf.

Kapitel 6

Das Schicksal küsst

Traditionen gehören zu den Säulen, die unsere Welt tragen. Kati brach an diesem Morgen trotzdem mit zweien, indem sie weder ein ausgiebiges Frühstück zu sich nahm noch bei »Damen Coiffeur Rose« vorbeifuhr, um die Frisiertasche abzuholen, mit der sie sonst samstags zum Münsterplatz fuhr. Die Welt konnte ihr heute gestohlen bleiben.

Ein Klackern ertönte am Fenster ihres Schlafzimmers. War ein Zweig von einem Baum dagegengefallen?

Es dauerte einige Sekunden, dann wieder ein Klackern. Vielleicht ein Vogel?

Kati wandte den Kopf zum Fenster und sah, wie ein Steinchen dagegenknallte. Sie drückte die Stirn fest in die Matratze und das Kissen auf ihren Hinterkopf, um nichts mehr zu hören. Es nützte nichts. Weitere Steinchen. Wer immer sie warf, wollte sicher jedes Mal das Fenster treffen, aber traf stattdessen auch Dachziegel, Regenrohre und die Hauswand.

»Geh weg!«, rief Kati. »Lass mich in Ruhe!«

»Deine Klingel ist abgestellt«, kam es von Madame Catherine von draußen zurück. »Und dein Telefon auch!«

Kati nahm das Kissen vom Kopf. »Das habe ich extra gemacht, damit mich keiner stört.«

»Deshalb muss ich jetzt Steinchen werfen! Und ich war noch nie gut im Werfen.«

»Beim nächsten Mal entferne ich auch alle Steinchen aus dem Vorgarten!«

»Machst du bitte die Tür auf?«

Madame Catherine war der einzige Mensch, dem Kati diesen Wunsch nicht abschlagen konnte. Als sie im schnell übergeworfenen Bademantel die Haustür öffnete, bot Kati ihr erst mal einen Kaffee an.

»Ausgesprochen gerne«, antwortete Madame Catherine, bewegte sich allerdings keinen Zentimeter über die Fußmatte aus Kokosfaser hinweg ins Haus. »Aber ich möchte ihn auf dem Münsterplatz trinken! Da soll es ein großartiges Café geben, bei dem man auch draußen sitzen kann, und heute ist vielleicht der letzte schöne Herbsttag.«

»Es soll doch noch die ganze Woche ...«

»Wettervorhersagen ist ja nicht zu trauen! Kommst du?«

»Ich werde heute nicht ...«

»Die Frisiertasche mit allem Pipapo habe ich bereits gepackt. Ach, ich freu mich riesig. Danke, dass du mich zu dem Café mitnimmst. Das habe ich mir so sehr zu meinem Geburtstag gewünscht!«

Kati legte den Kopf schief. »Sie haben heute doch gar nicht Geburtstag.«

»Der ist natürlich schon ein paar Wochen her. Aber damals habe ich mir das gewünscht, mich hat nur keiner eingeladen.«

Kati kam sich urplötzlich vor, als wäre sie beim Schach matt gesetzt worden. Sie stöhnte auf. »Jetzt kann ich unmöglich Nein sagen!«

»Du kannst alles, Liebes.«

»Ja, aber dann wäre ich ein Miststück.«

»Also fahren wir zwei? Du bist ein Engel!« Sie zwinkerte Kati mit ihren langen falschen Wimpern zu.

»Und Sie ein Teufelchen.« Kati zeigte auf Madame Catherines azurblaues Kleid, das mit glitzernden Goldfäden durchzogen war. »Aber ein verdammt schickes.«

Es war tatsächlich ein herrlicher Herbsttag und der Münsterplatz voller Menschen. An Katis angestammtem Platz warteten schon ein gutes Dutzend Obdachloser auf einen Haarschnitt. Einer davon war Scholle, der ihr freudig zuwinkte.

»Ich habe den anderen gesagt, dass du ganz sicher noch kommst!«, rief er ihr schon von Weitem zu. »Sie haben nämlich gezweifelt, aber ich wusste, du würdest unsere Frisuren nie und nimmer im Stich lassen.« Er gab den Wartenden ein Zeichen, woraufhin diese klatschten und pfiffen, sogar ein paar Hurrarufe waren zu hören.

Kati wandte sich zu Madame Catherine, die ihr beim Tragen half. »Danke Ihnen, dass Sie mich hierhergeschleppt haben. Sie sind ganz schön schlau.«

»Dank mir lieber nicht zu früh …«

Kati kam nicht dazu nachzufragen, denn schon stand Scholle vor ihr. Er senkte die Stimme. »Alles gut? Oder bist du ein bisschen krank? Ich hab Medizin dabei. Mit viel Umdrehungen!«

»Du bist alle Medizin, die ich brauche!«

Scholle zwinkerte ihr verführerisch zu. »Lass bloß nicht meine unzähligen Verehrerinnen hören, dass du mit mir flirtest, sonst kratzen sie dir die Augen aus!«

»Dann werde ich meine Finger schweren Herzens von dir lassen.«

»Außer beim Frisieren! Da darfst du ruhig zärtlich sein!« Scholle lachte so laut, dass es auch noch an der anderen Ecke des Münsterplatzes zu hören war.

Nachdem alles aufgebaut war, wandte Kati sich wieder an Scholle und wies mit einladender Geste auf den Stuhl.

Doch Scholle schüttelte den Kopf und pfiff auf zwei Fingern.

Ein Mann löste sich daraufhin von der Treppe des Münsters, auf der er gesessen hatte. Die wartende Gruppe hatte ihn bis jetzt verdeckt.

Es war Severin. Seine Schultern hingen tief, seine Augen waren verquollen. Die Nacht musste schlaflos und unruhig für ihn gewesen sein.

Er hatte ein Buch in der Hand, um das eine große rote Schleife gebunden war.

»Der Bursche will sich bei dir bedanken«, erläuterte Scholle. »Das finde ich gut, es zeigt Manieren! Deshalb ist er heute ausnahmsweise dein erster Kunde. Er hat auch ein Geschenk für dich.«

Kati blickte vorwurfsvoll zu Madame Catherine, die mit den Schultern zuckte, als hätte sie keinen blassen Schimmer, was hier gespielt wurde. »Ich muss jetzt dringend einen Kaffee trinken gehen. Wegen meines Kreislaufs.«

Und schon stand Severin vor ihr.

»Hier, ist für dich.« Er reichte Kati das Buch mit einem Lächeln, das sich nicht ganz an die frische Luft traute. »Ein neuer Wortschatz. Ich hab ihn aus dem alten Trafohäuschen, dem öffentlichen Bücherschrank neben der Kirche.«

Kati nahm das Geschenk widerwillig an und spürte dabei, dass die Blicke aller auf ihr lagen.

»Severin, ich …«

»Hab das Buch letzte Nacht komplett gelesen und Notizen an die Ränder geschrieben. Ganz viele.«

Kati klappte widerwillig den Deckel auf und blickte auf die Seiten. Da waren sie wieder, die wunderschön geschwungene Handschrift, der sie sich auf Anhieb so verbunden, die Worte, von denen sie sich so verstanden gefühlt hatte. Aber etwas war anders. Überall sah sie ihren Namen stehen. Diesmal waren all die Anmerkungen nicht für einen unbekannten Leser. Sie waren nur für sie.

Ihr Herz bockte wie ein widerspenstiges Pferd.

»Das ist eine schöne Idee, aber sie macht nichts wieder gut. Kein Geschenk könnte das.«

Severin nahm auf dem Frisierstuhl Platz.

»Du brauchst noch keinen Schnitt«, sagte Kati. »Warst ja erst letzten Samstag da.«

»Ich möchte sie gern kürzer tragen.«

»Sie sehen aber gerade gut aus.«

»Finde ich nicht.«

Kati beugte sich zu Severin und flüsterte in sein Ohr. »Das sagst du doch nur, weil ich dir zuhören muss, solange ich dir die Haare schneide.«

»Die Ohren bitte frei«, sagte Severin.

Kati seufzte und legte ihm den Frisierumhang an. Es war anscheinend ein Tag, an dem gleich zwei Personen eine Partie Schach gegen sie gewannen.

Severin fing an zu erzählen. Als er beschrieb, wie er seine Tochter bewusstlos im Auto gefunden hatte, schaffte es Kati nicht weiterzuschneiden und fing erst wieder damit an, als er die Worte der Ärztin im Krankenhaus wiederholte, dass Marie überleben würde. Severin berichtete von seinen drei Wanderjahren, die sich viel länger angefühlt hatten, von harten Wintern und harten Menschen, von Elend und Gewalt. Aber auch von kleinen Freuden und wärmenden Sonnenaufgängen. Er berichtete auch nochmals von dem unglaublichen Moment, als er Kati am Fluss gesehen hatte.

Und dem im Konzerthaus, als er begriffen hatte, dass es Liebe war.

Dann erst machte er eine Pause und ließ Zeit in sein Gespräch mit Kati wie andere Menschen Luft in ein stickiges Zimmer.

»Severin«, sagte Kati nach einer Weile, und es klang, als wöge schon dieses eine Wort schwer.

»Ja?«, fragte Severin und versuchte, seines zum Ausgleich leicht erscheinen zu lassen.

»Du denkst vielleicht, Liebe wäre die Grundlage einer Beziehung, aber das stimmt nicht. Vertrauen ist es. Nur auf Vertrauen kann Liebe wachsen, andersherum funktioniert es nicht.«

Kati verschwieg, dass ihr diese Wahrheit in einer Teenager-Komödie aus den Achtzigern offenbart worden war. Noch dazu vom Antagonisten des Films. Aber Wahrheit war Wahrheit, egal, aus welchem Mund sie kam.

Severin wandte sich zu ihr. »Aber auch Vertrauen muss erst mal wachsen! Man muss lernen, einander zu vertrauen. Wir können das jetzt wegen dem, was passiert ist. Es gibt keine Geheimnisse mehr zwischen uns. Zumindest keine großen.« Er wollte ihre Hände nehmen, aber eine hielt eine Schere und die andere einen Kamm. »Und – ich weiß, du hörst das nicht gerne – das mit uns ist Schicksal. Ich habe dich mein ganzes Leben lang gesucht, ohne es zu wissen.«

»Ich habe nachgedacht.« Kati drehte Severins Kopf nach vorne und ließ die Schere klappern. Aber sie schnitt nur die Luft um seine Haare.

»Warum klingt das, als wäre es für mich kein Grund zur Freude?«

»Weißt du, warum du an das Schicksal glaubst?« Sie wartete keine Antwort ab. »Wenn es das wirklich gibt, hat man an nichts Schuld. Alles kommt genauso, wie es kommen muss. Dann war es auch Schicksal, was mit deiner Tochter passiert ist, und du warst nur eine Marionette. Das ist befreiend, ich verstehe das. Schicksal ist eine Gnade. Aber leider existiert es in Wirklichkeit nicht, und wir müssen mit unseren Fehlern leben. Dafür ist dann aber auch alles, was wir im Leben richtig machen, unser Verdienst.« Kati legte die Schere beiseite. »Severin, du musst lernen, mit deiner Schuld zu leben.« Sie nahm ihm den Frisierumhang ab. »Aber du hast recht mit dem, was du über Vertrauen gesagt hast: Es muss wachsen. Das braucht Zeit. Also gib mir Zeit. Ich kann dir nicht versprechen, ob etwas wächst. Aber ohne Zeit wächst auf jeden Fall nichts.«

Severin stand auf, beugte sich zu Kati und gab ihr einen zärtlichen Kuss auf die Wange. »Es tut mir sehr leid, dass ich dir nichts gesagt habe. Ich wünschte, ich könnte die Zeit zurückdrehen.«

Dann ging er, ohne ein weiteres Wort.

Bevor Kati sich darüber klar wurde, was sie antworten wollte, nahm Scholle vor ihr Platz.

»So, jetzt bin ich dran! Heute darfst du mir endlich einen Minipli machen!«

Der Palast funkelte im warmen Licht der Herbstsonne, als wollte er Kati davon überzeugen, ihn nicht aufzugeben. Er versuchte, sie an die glücklichen Stunden im sommerlichen Garten zu erinnern, an denen sie durch die Fontänen des Rasensprengers gesprungen war, an das Zusammenkehren des Herbstlaubs mit dem großen Rechen und das Hineinfallenlassen in den knisternden Berg, an die Schneeengel im Winter. Ja, es hatte Gutes gegeben. Aber gab es das nicht immer? Und aus Selbstschutz erinnerte man sich mehr daran als an all das Schlechte. Glitzernde Sterne, über die man all das Schwarz vergaß. Aber blickte man nüchtern in den Himmel, musste man feststellen: Das Licht durchbrach nur an winzigen Stellen, klein wie Nadelstiche, den dicken, dunklen Stoff.

»Wir müssen jetzt anfangen«, sagte Lukas ungeduldig und tippte auf seine digitale Armbanduhr. »Sie hatten festgelegt, dass wir um Punkt beginnen, und es ist schon drei nach.«

Kati strich ihm über den Kopf. Es fiel ihr zu spät ein, dass er das überhaupt nicht mochte.

»Ja, lass es uns zu Ende bringen.«

Eigentlich brauchte Kati gerade Zeit zum Nachdenken. Über Severin, über sich selbst, über sie beide. Aber wenn sie mit den letzten Kranichen fortfliegen wollte, musste sie den Palast schnell ausräumen.

Kati ließ Lukas die Bücher aus dem Wohnzimmerregal in Umzugskartons packen und fing selbst mit den Porzellanclowns an, die sie noch heil gelassen hatte, wickelte sie einzeln in Zeitungspapier und legte sie vorsichtig in eine Kiste – die Sammlung würde verkauft werden. Jedes breit grinsende Gesicht verspottete sie, machte ihr feixend klar, dass ihre Mutter und sie nichts gemeinsam gehabt hatten, dass der ihr am nächsten stehende Mensch der fremdeste von allen gewesen war.

Als sie an der Schrankwand mit den verstaubten LPs weitermachte, die seit Jahrzehnten niemand mehr abgespielt hatte, stand Lukas plötzlich hinter ihr.

»Soll ich diese hier korrekt adressieren und ausreichend frankieren?«

Kati drehte sich um. In seinen Händen hielt Lukas einen Stapel Briefe.

»Sie waren mit einem Stück Kordel zusammengebunden«, erklärte er. »Aber der Knoten war nicht fachmännisch.« Er hielt Kati den Stapel hin. »Es ist auch einer für Sie dabei. Soll ich den auch adressieren und frankieren, oder wollen Sie ihn jetzt sofort von mir zugestellt bekommen? Obwohl ich dazu nicht offiziell befugt wäre.«

Es war ein halbes Dutzend Umschläge.

Kati blätterte sie durch.

Die Schrift erkannte sie sofort. Der Schwung der Worte ähnelte ihrem eigenen, war nur einen Hauch kantiger.

Die Briefe stammten von ihrer Mutter …

Der erste war für eine ehemalige Nachbarin, die den Grill immer so nah an die Grundstücksgrenze gestellt hatte, dass er in den Garten des Palastes rauchte.

Der nächste ging an Irene Klemmroth, die ihrer Mutter in einer Kampfabstimmung den Vorsitz bei den Landfrauen entrissen hatte.

Nummer drei an ihren damaligen Vorgesetzten bei der Stadtverwaltung, der sie bei einer Beförderung übergangen hatte.

Kati überflog jedes Mal kurz den Inhalt.

Ihre Mutter beschimpfte die Adressaten. Das Schriftbild war von der ganzen Wut verzerrt. Was Kati zuerst für Tintenkleckse hielt, waren Tränen, die Worte und ganze Zeilen verschwimmen ließen.

Die letzten drei Briefe waren an Katis Vater adressiert, an ihren Onkel Martin und an sie.

Kati wog sie in den Händen, sie schienen federleicht. Nicht viel mehr als Luft und ein paar Worte. Trotzdem konnten sie so viel Schweres beinhalten.

Mit klammen Fingern öffnete sie den Brief an ihren Vater.

Die Tinte war verblasst, dadurch wirkte die Schrift ganz sanft, als hätte sich ihre Mutter nicht getraut, die Wörter zu Papier zu bringen.

Lieber Paul,
nein, das passt nicht.

Wir sind nicht mehr lieb zueinander, wir sind auch keine Liebsten mehr. Wir sind ein Ehepaar, und das ist im Kern nichts als eine rechtliche Definition.
Ich weiß, wie es dazu gekommen ist, auch wenn wir nie darüber geredet haben. Das Schweigen stand zwischen uns. Was ich mittlerweile begriffen habe: Schweigen breitet sich aus. Es ist wie eine Wüste, die alles Grüne und Gesunde an ihren Rändern abtötet und in Lebloses verwandelt. Mehrfach habe ich Anläufe gemacht, das auszusprechen, was zwischen uns steht, aber Du wolltest es nie hören. Du willst eine Lüge leben, auch wenn das bedeutet, ein Leben ohne Deine Familie zu führen.
Dass Du mich nicht mehr an Dich heranlässt, ist eine Sache. Aber Kati? Sie liebt Dich so sehr.
Sei wieder der Vater, der Du einmal warst.
Bevor Kati die acht Kerzen auf der Eissplittertorte ausgeblasen hat und nichts mehr war wie zuvor. Bis dahin warst Du ganz vernarrt in sie.
Und noch etwas: Blamiere mich nie wieder vor unseren Freunden! Weil Du betrunken bist, abwesend, herablassend.
Hör auf mit dem verdammten Saufen!
Du bist die größte Enttäuschung meines Lebens. Und ich wohl Deine. Das ist alles, was wir noch gemeinsam haben.
So war es auch bei meinen Eltern. Nur die Verachtung füreinander und dass man den anderen jeden Tag spüren lassen konnte, wie sehr er einem das Leben verdorben hatte, hielt sie zusammen.

Keine Familientradition, die ich weiterführen wollte.
Aber jetzt ist es so.

Unter dieser Zeile war viel Freiraum, bis sich wieder Worte fanden. Sie standen viel ordentlicher in Reih und Glied als die anderen. Wie eine Armee beim Marschieren.

Vergiss, was ich geschrieben habe. Kümmere Dich nicht um Kati. Lass sie mir. Lebe Dein Leben. Verkriech Dich in Deinem Kino. Und trink, so viel und so schnell Du kannst.

Unterzeichnet war der Brief mit:

Die Frau, die an Deinem Namen trägt

Kati sah auf das Datum. Es lag nur wenige Monate vor dem Todestag ihres Vaters. Sie ließ den Brief in ihren Schoß sinken.

Es war Teil ihrer Magie, dass Briefe nicht alterten. Wenn man sie las, erschienen sie wie gerade erst verfasst. Wie gerade erst gefühlt. Auch deshalb schmerzte es Kati so sehr, diese Worte ihrer Mutter zu lesen. Sie waren wie Gift.

»Soll ich die Briefe jetzt adressieren und frankieren oder nicht?«

Kati erschrak. Sie hatte vergessen, dass Lukas immer noch neben ihr stand.

»Briefe müssen abgeschickt werden«, fuhr er fort. »Damit sie ihr Ziel erreichen.«

»So einfach ist es nicht.«

»Doch. Genau so einfach ist es.«

»Diese hier werden nicht mehr verschickt.«

»Das ist nicht in Ordnung.«

»Sie sollten niemals ankommen. Sie sollten nur geschrieben werden.«

»Das ergibt keinen Sinn. Wenn noch mehr in diesem Haus keinen Sinn ergibt, werde ich nicht weiterarbeiten.«

»Du hast den Brief an mich zugestellt. Den an meinen Vater werde ich zustellen, obwohl er tot ist. Den an meinen Onkel auch. Reicht das?«

»Nein.« Lukas verschränkte die Arme.

»Und wenn die anderen drei einem Brand zum Opfer fallen würden?«

Lukas blickte die Briefe an, als könnten sie jeden Moment in Flammen aufgehen. »Das wäre akzeptabel. Ein Feuer ist höhere Gewalt.«

»Dann verbrenn die drei hier.«

»Jetzt sofort?«

»Im Garten ist ein Grill. Wäre das für dich akzeptabel?«

Lukas überlegte kurz, nickte dann und verschwand mit den Umschlägen.

Kati wartete, bis sie ihn im Garten sah, nahm dann den Brief an Martin zur Hand und faltete das alte Papier raschelnd auseinander.

Lieber Martin,
denkst Du auch so oft daran zurück wie ich? Es war die schönste Nacht meines Lebens, aber gleichzeitig die schlimmste.

Sie hat mein Leben zerstört.
Als es damals passierte, wusste ich, dass es falsch war. Trotzdem wollte ich in dem Moment nichts anderes. Nie habe ich etwas so sehr gewollt, wie mich damals der Lust hinzugeben. Koste es, was es wolle.
Und es kostete.
Oft habe ich mich gefragt, wie es dazu kam. An welchem Punkt ich noch eine Chance gehabt hätte, einen anderen Weg einzuschlagen. Aber was bringen solche Fragen? Doch nur Kummer. Ich war in dieser Nacht bitter enttäuscht, dass Paul wieder einmal sein Kino mir vorzog. Wie immer war ich nur seine Nummer zwei. Später, als Kati geboren wurde, rückte ich dann noch einen Platz nach hinten.
Bei Dir war ich in dieser Nacht die erste Wahl. Auch deshalb war sie so magisch.

Kati starrte auf das Papier, und vor ihrem inneren Auge sah sie ihre Mutter und Martin, wie sie höflich-distanziert nebeneinanderstanden. Essig und Öl schienen sie füreinander zu sein, von völlig unterschiedlicher Beschaffenheit. Nie herrschte auch nur die geringste Zärtlichkeit zwischen ihnen, nicht einmal Nähe. Es war keine Abneigung gewesen, wie sie jetzt wusste, sondern die Angst von zwei Menschen, die dem Feuer einmal zu nahe gekommen waren und sich daran verbrannt hatten. Einem Feuer, das trotzdem, oder gerade deshalb, eine große Anziehungskraft besaß.

Der Vortrag vom Mesner im Pfarrheim über seine gescheiterte Arktis-Durchquerung war allerdings nicht sehr magisch. Magischer war da schon der Wodka vom Polarkreis, den er dabeihatte.
Es war ein verrückter Abend, oder?
Ich war verrückt an diesem Abend.
Ich hatte noch nie mit einem Mann in einem Auto geschlafen. Das machte man als anständige Frau nicht. Außerdem hätten wir gesehen werden können. Aber das war natürlich der besondere Reiz daran. Allerdings waren die Fensterscheiben so beschlagen, dass ohnehin niemand etwas erkannt hätte.
Nur eine gemeinsame Nacht.
Nicht mal.
Nur ein paar Stunden. Unter einem wolkenverhangenen Himmel.
Ich wollte nie ein Kind, ich wollte meine Freiheit.
Aber das war wohl zu viel vom Schicksal verlangt.

Ihre Mutter hatte diese Briefe so geschrieben, wie sie gesprochen hatte. Deshalb hörte Kati ihre Stimme, während sie die Zeilen las. Und zwar so, als würden sie in diesem Moment ausgesprochen.

Das vermochten alle Briefe, die wahrhaftig waren. Der Brief der ersten Liebe verlor seinen Zauber nie ganz, ebenso wenig die Postkarte eines Kindes, das zum ersten Mal sein Zuhause verließ und allein am Meer war. Wer noch einmal die Stimme eines längst verstorbenen Menschen hören wollte, sollte einen Brief von ihm lesen. Kati wünschte verzweifelt, es wäre anders.

Sie blickte vom Papier empor. Das Wohnzimmer ihres Elternhauses sah für sie mit einem Mal ganz anders aus. Wie ein Bühnenbild, auf dem immer nur ein Stück gegeben worden war, von dem sie jetzt erfuhr, dass es das völlig falsche gewesen war.

Kati faltete den Brief zusammen, steckte ihn hektisch in ihre Hosentasche, ohne darauf zu achten, ob er zerknitterte. Sie stand auf. Strich den Staub penibel von ihren Knien. Und ging in die Küche, um dort Geschirr einzupacken. Sie zog die Besteckschublade komplett heraus und kippte den Inhalt in einen Umzugskarton. Scheppernd fielen Küchenutensilien wie Pfannenheber, Messer, Schneebesen, Schaschlikspieße, Handrühraufsätze und Eierstecher übereinander. Kati warf den orangefarbenen Toaster hinterher. Den chromfarbenen Wasserkocher. Nachdem sie den Rührstab in den Karton geworfen hatte, hielt Kati inne und starrte auf das Chaos. Zog dann den Brief aus ihrer Hosentasche und las schnell weiter, bevor sie es sich anders überlegte.

Dabei hatte mir das Schicksal schon genug angetan.
Von Anfang an. Meine Eltern wollten einen Jungen und haben mich das immer spüren lassen. So früh es ging, bin ich vor ihnen in eine von Beginn an unglückliche Ehe geflüchtet. Aber eigentlich wollte ich die gar nicht. Ich wollte zur Abendschule, mein Abitur machen, denn schlau genug war ich! Reisen wollte ich, die ganze Welt sehen und in einer Stadt leben, am Puls der Zeit.
Als Kati kam, war all das nicht mehr möglich.

Eine Scheidung war mit Kind undenkbar. Aber das muss ich Dir ja nicht erklären.
Ein Verhältnis mit Dir wäre zu riskant gewesen.
Und warum auch? Ich habe Dich nicht geliebt.
Ich wollte in dieser Nacht nur geliebt werden.
Ein einziges Mal habe ich mir erlaubt, etwas zu tun, das nicht erlaubt war, und sofort wurde ich schwanger.
Natürlich habe ich dir nichts gesagt. Oder Paul. Kati sowieso nicht.
Aber dann kam ihr achter Geburtstag, und von einem Tag auf den anderen konnte man die Ähnlichkeit nicht mehr übersehen. Ab diesem Tag war Paul nicht mehr Katis Vater, obwohl er es sein durfte. Und Du warst ihr Vater, aber durftest es nicht sein.
An diesem Tag zerstörte Kati, was von meiner Ehe noch übrig war.
Paul zog sich zurück, von mir, von Dir, von Kati. Du hast Dich auch nicht mehr blicken lassen, kannst es mir bis heute nicht verzeihen, dass ich die demütigende Wahrheit verschweige.
Wieso musste dieses Kind geboren werden?
Sie hat nur Schmerz über uns alle gebracht.
Ich kann nicht verstehen, wieso Du sie trotz allem liebst. Dieses Unglückskind hat auf Erden kein Glück verdient.
Ich möchte Dich um einen letzten Gefallen bitten, Martin: Zieh fort. Genau wie Kati erinnerst Du mich immer an den größten Fehler meines Lebens.
Deine Schwägerin Helga

Kati ließ sich auf den kalten Fliesenboden der Küche sinken und rollte sich dort zusammen wie ein Igel. Sie schloss die Augen und hielt sich die Ohren zu, obwohl es ganz still war. Die Herbstsonne schien durch das Küchenfenster und deckte sie mit warmen Strahlen zu. Aber ihr Körper war wie taub, und er schien Kati fremd, am liebsten hätte sie sich aus ihm herausgeschält wie aus einem zu engen Kleid.

Sie hörte Worte, als spräche ihre Mutter mit ihr, Satzfetzen aus dem Brief, so zerrissen wie sie selbst. Sie umklammerte ihre Knie und drückte sie fest an sich, bis ihr die Luft wegblieb. Sie konnte sich nicht bewegen, wollte, dass auch die Erde sich nicht weiterdrehte, der ganze Globus sollte stillstehen, bis sie wieder bereit war, weiterzumachen mit ihrem Leben. Wann immer das sein mochte.

»Bin fertig!«, verkündete Lukas beim Eintritt in die Küche. »Ist jetzt alles nur noch Asche. Sind Sie gefallen?« Als keine Antwort kam, beugte er sich zu ihr. »Frau Waldstein? Ist alles in Ordnung mit Ihnen?« Er schüttelte sie an der Schulter. »Soll ich den Notarzt rufen?«

»Nein«, brachte Kati hervor. »Geht schon.« Ihre Stimme schien von weit her zu kommen.

»Soll ich Ihnen aufhelfen?«

Kati schüttelte den Kopf.

»Was soll ich dann tun?«

Sie musste sich konzentrieren und wieder denken, denn ohne eine Antwort würde Lukas einfach stehen bleiben. »Pack alles im Badezimmer in blaue Säcke. Das kann komplett weg.«

»Wird erledigt. Soll ich irgendetwas davon verbrennen?«

Alles, dachte Kati. Aber sie sagte: »Nein.«

Als Lukas fort war und sie wieder allein auf dem Küchenboden lag, spürte Kati, dass in ihrer Hosentasche noch ein Brief steckte. Eine seiner Kanten bohrte sich durch den Stoff in ihre Haut.

Sie zog ihn heraus und blickte auf den Umschlag. »Kati«, stand darauf. Nicht »An meine Tochter«.

Er war im Gegensatz zu den anderen nicht zugeklebt. Trotzdem riss sie ihn auf, schnitt sich dabei mit dem Zeigefinger am scharfen Papier.

Sie ließ es bluten und las.

Hallo Kati,
Ich

Mehr stand dort nicht.

Aber damit war auch alles gesagt.

***

Das hellste Licht im Kleinen Bären war der Polarstern. Er beschien in dieser trüben Nacht das Arktis-Museum.

Kurz nach eins zog Kati den Haustürschlüssel unter der Keramikrobbe neben dem Fußabstreifer hervor und schloss auf. Die ausgestopften Tiere schienen mitten in der Bewegung erstarrt. Wie viel Leben ein Museum doch mitten in der Nacht besaß.

Kati brauchte kein Licht einzuschalten, sie kannte den Weg und nahm die steile Holztreppe zum Speicher, wo sich nicht nur die Abstellkammer befand, in der Severin seit seiner Ankunft untergebracht war, sondern auch der kleine Raum, in dem Martin schlief. Sie hörte sein Schnarchen durch die dünne Holzwand.

Mehr noch als bei all den Briefen, die sie in den letzten Wochen geschrieben hatte, war Kati in diesem Moment dankbar, dass es Briefe gab. Nie würde sie es im Angesicht von Martin schaffen, all die Gedanken so auszusprechen, wie sie es verdient hatten, mit den richtigen Worten an den richtigen Stellen, wenn sie diese nicht über die letzten Stunden niedergeschrieben und ausformuliert hätte. Ein Brief hetzt einen nie, er macht sich nicht über Formulierungen lustig, er nimmt geduldig und ohne Urteil jeden Gedanken an. Was für ein Geschenk!

Kati öffnete die Tür zum Schlafzimmer, die nur mit einem grob geschnitzten Keil gesichert war, und stieß sie weit auf. Dann zog sie an der Schnur der von der Decke hängenden Glühbirne. Grell wurde der winzige fensterlose Raum ausgeleuchtet. Martin lag schlafverrenkt auf der Matratze, nur zur Hälfte vom Plumeau bedeckt. Als er nicht aufwachte, zog Kati ihm auch die andere Hälfte vom Leib. Ächzend drehte Martin sich zu ihr um und öffnete die Augen, beschirmt von einem Arm.

»Kati, bist du das? Ist was passiert?« Er griff nach dem kleinen Radiowecker. »Es ist doch …«

Kati zog das Butterbrotpapier aus dem Umschlag und faltete es auseinander.

Martin kniff die Augen zusammen. Mit einem Mal setzte er sich ruckartig auf und hob abwehrend die Hände, als richtete Kati eine Waffe auf ihn.

»Tu es nicht! Bitte. Lass mich erklären!«

Katis erste Worte waren wenig mehr als krächzende Laute.

Lieber Onkel Martin,
Lieber …,

Kati konnte es nicht aussprechen. Doch durch ihr Schweigen war das Wort nur umso lauter zu hören.

Den Brief an Dich hatte ich am meisten gefürchtet, weil der Abschied so schwerfallen würde, aber mich auch am meisten gefreut, weil es so vieles gibt, für das ich Dir endlich mal Danke sagen wollte. Du bist kein Mensch, der gern über seine Gefühle redet. Wenn es emotional wird, hast Du plötzlich dringend irgendwo eine Schraube anzuziehen oder musst Bettina striegeln, weil sie sich sonst beschwert. Und weil Du nicht über Deine Gefühle redest, habe ich mit Dir nie über meine für Dich geredet. Dabei wollte ich das so oft. Dir sagen, wie lieb ich Dich habe, was für ein Geschenk es ist, dass Du immer da bist.
Ich wollte Dir sagen, dass Dein Museum für mich eine Insel in stürmischer See ist, ein sicherer Hafen, ein Rückzugsort. Dafür gibt es ein schönes Wort, es lautet: Heimat. Heimelig steckt darin, und es klingt wie »Heile machen«, oder?
Weißt Du, dass ich mir manchmal gewünscht habe, Du wärst mein Vater? Ich habe mir das nicht eingestanden, weil man so etwas nicht denken darf. Und weil ich meinen Vater ja geliebt

habe, der mich aber irgendwann nicht mehr lieben konnte. Nur noch durch Freikarten für das Kino und durch Butterbrotpapier.
Dich durfte ich lieben, als Onkel. Und Du durftest mich lieben, als Nichte. Jetzt weiß ich, dass es nicht die Liebe war, die Du geben wolltest. Dass es eine Liebe mit angezogener Handbremse war. Wie sehr muss Dich das belastet haben, für so eine lange Zeit.
Du warst dabei, als ich meinen ersten Schultag hatte und die Schultüte kaum tragen konnte, als ich mit meinem schicken neuen Hosenanzug die Arbeit bei der Stadt antrat. Du hast mich in die Notaufnahme vom Kreiskrankenhaus gefahren, als ich den Blinddarmdurchbruch hatte. Bei Dir bin ich untergekommen, als ich Achim verließ und nur aus Rotz und Tränen bestand.
Immer war der Mann aus der Arktis für mich da. Dabei ist die Arktis weit entfernt. Und doch ist sie hier.
Mein Vater war weit entfernt, und doch war er ganz nah.
Ich wünschte, dass Du es mir anvertraut hättest. Natürlich weiß ich, warum Du es nicht getan hast. Oder kann es mir denken. Du hast deinen Bruder sehr geliebt. Und hast gedacht: Was man nicht ausspricht, das gibt es nicht.
Wenn es nur so einfach wäre.
Aber nachdem Mama gestorben war, hättest Du es mir sagen sollen, nein, müssen!
Stattdessen hast Du versucht, mich davon abzuhalten, in der Vergangenheit zu wühlen.

Weil Du dieses Geheimnis bewahren wolltest. Das kann ich nicht verstehen. Das will ich nicht verstehen. Und trotzdem drehen sich die Fragen in meinem Kopf. Hattest Du Angst, dass wir dann nicht mehr beste Freunde sind? Angst, dass ich Dir vorwerfe, Deinen eigenen Bruder mit Deiner Schwägerin betrogen zu haben? Hast Du nicht gewusst, wie man über all das reden soll, was passiert ist, weil Du so lange darüber geschwiegen hast?
Ich weiß es nicht. Was ich weiß, ist nur, dass ich geboren wurde, weil Reinhard Messner erzählt hat, wie er daran gescheitert ist, die Arktis zu durchqueren.

Kati lachte und weinte gleichzeitig. Martin hatte ihr mal gesagt, dann wäre man ein kleiner Regenbogen.

Martin, dieser große, breitschultrige Mann, saß in seinem Bett wie ein Angeklagter, der sein Urteil erwartete. Er zog die Decke wieder zu sich. Kati hielt sich am Butterbrotpapier fest.

Ich bin traurig, dass mein Vater nicht mein Vater war. Und dass er wegen meiner Existenz so gelitten hat. Ich fühle mich schuldig, obwohl ich es mir nicht ausgesucht habe, geboren zu werden. Ich bin traurig, dass Du wegen meiner Existenz so gelitten hast …

»Aber nichts auf der Welt macht mich so froh!«, unterbrach Martin sie und richtete sich auf. »Du bist doch mein größtes Glück!«

Kati hob zitternd eine Hand, um zu zeigen, dass sie noch nicht fertig war. Sie blickte nicht zu Martin, hielt stattdessen die nächsten Buchstaben fest im Blick, als wären sie Griffmulden in einer steilen Felswand, in der sie ungesichert kletterte.

Ich bin traurig, weil meine Mutter wegen mir ihr Leben nicht führen konnte. Ich bin ein Unfall und, was ihr Leben betrifft, ein Totalschaden. Das entschuldigt nicht, wie sie sich an mir gerächt hat, aber wenigstens verstehe ich es jetzt. Wenigstens gibt es einen Grund. Auch wenn er falsch ist.

Luft holen und Wort für Wort weiterklettern. Der Fels wurde immer rutschiger, immer steiler. Er wollte nicht, dass sie ihn erklomm.

Es ist wichtiger als je zuvor, dass ich fortgehe und herausfinde, wer ich bin und was ich will, ohne dieses Leben hier, das auf so viele Arten eine Illusion, eine Lüge ist. Kann man überhaupt echt sein, wenn man in einer Lüge lebt?

Die letzte Frage hatte Kati mit trockenem Mund gelesen.

Eben habe ich in den Spiegel geschaut und plötzlich deine strahlenden Augen in meinem Gesicht gefunden und deine kleinen Ohrläppchen an meinem Kopf. Sind mir zuvor nie aufgefallen. Aber weißt Du, ich mochte meine Augen und meine Ohrläppchen immer ganz besonders.

Wenn ich auf meine Reise gehe, bist Du also immer bei mir.

Danke, dass Du mein Schattenvater warst.

Und ich Deine Schattentochter sein durfte.

Kati holte tief Luft.

»Nein, nicht diese Worte«, sagte Martin. »Nicht jetzt, Kati, ich flehe dich an! Wir müssen doch über so vieles reden!«

Leb wohl!

Martin sprang aus dem Bett auf, umarmte Kati und zerdrückte dabei den Brief zwischen ihnen. Noch nie hatte Kati ihren Onkel, ihren Vater, weinen gesehen. Es schien, als hätte er sich alle Tränen aus den letzten Jahrzehnten für diesen Moment aufgespart. Auch Kati konnte die Tränen nun nicht mehr zurückhalten. Sie weinten sich aneinander aus, ohne ihre feste Umarmung auch nur einen Moment zu lockern.

Noch nie hatte Weinen Kati so gutgetan.

Als alle Tränen geweint waren, gab Kati ihrem Vater einen langen Kuss auf die Wange und verließ ohne ein weiteres Wort das Zimmer.

Im Museumsgarten hörte Kati plötzlich Schritte hinter sich, die schnell näher kamen.

»Ich will jetzt nicht reden«, sagte sie. »Ich brauche Zeit.«

Es war der Takt, in dem er seine Schuhe aufsetzte, an dem Kati jetzt erkannte, dass es Severin war.

Selbst beim Gehen achtete er auf den richtigen Rhythmus, als liefe unhörbar Musik.

»Ich mag diesen leichten, warmen Nachtwind. Als wäre er noch von einem Sommertag übrig geblieben.«

»Ich will nicht reden«, wiederholte Kati. »Auch nicht mit dir.«

»Wir müssen nicht reden. Wir können auch zusammen schweigen. Beim Schweigen ist es wie beim Reden: Mit dem richtigen Menschen macht es viel mehr Spaß.«

Kati strich sich mit beiden Händen über die Augenlider. »Ich bin müde und erschöpft. Will nur noch ins Bett.« Sie geriet leicht aus dem Tritt. »Außerdem hatte ich doch gesagt, dass du mir Zeit geben sollst.«

Die Welt schwankte wie ein zu kleines Boot auf einem zu großen Meer.

»Komm, wir setzen uns kurz in die Jurte«, sagte Severin und stützte sie.

Im Inneren roch es noch nach dem Feuer, das am Nachmittag für die Seniorenabteilung des Turnvereins entzündet worden war.

Kati schaffte nur einige Schritte, bis sie sich auf den Fellen niederlassen musste.

»Alles gut?« Severin setzte sich so nah zu ihr, dass er seinen Arm stützend hinter sie legen konnte.

»Nein, nichts ist gut. Aber das war gestern auch schon so, und vorgestern, eigentlich die ganze Zeit. Wahrscheinlich ist es besser, dass ich jetzt wenigstens weiß, was alles ungut ist.« Ein Schaudern lief von ihrem Scheitel den Nacken entlang über die Schultern bis ganz hinunter zu den Fußsohlen.

»Leg dich etwas hin«, sagte Severin. »Durch das Loch da oben kannst du ein paar Sterne sehen. Also, wenn die Wolken mal kurz Platz machen.«

Kati ließ sich rücklings auf die Felle sinken und spürte durch sie hindurch die Festigkeit des Bodens, der Erde, der Welt. Eine Zeit lang lag sie einfach da und versuchte, ihren Herzschlag zu besänftigen, indem sie langsamer atmete. Aber keine Chance.

Sie spürte, wie Severin sich neben sie legte. Er gab dabei einen Laut von sich wie Harald, wenn er nach einem langen, anstrengenden Tag endlich auf sein Heu durfte. Severin legte einen Arm um sie, seine Hand auf ihrer Schulter. Das tat gut.

So verging die Zeit, und die wenigen Sterne schoben sich langsam über das kleine, runde Stück Himmel, das Kati sehen konnte.

»Wie geht es dir eigentlich?«, fragte sie, als die Welt das Schwanken endlich eingestellt hatte und ihr wieder nach Reden war. »Hast du noch mal mit deiner Frau und deiner Tochter reden können?«

»Ich wollte eigentlich für dich da sein«, antwortete er leise.

»Die beste Art, das zu tun, ist, wenn du mich jetzt für dich da sein lässt.«

»Das ist unfair.«

»Wenn du dich beim Leben über Unfairness beschweren willst, stell dich hinten an. Aber ich warne dich, die Schlange ist verdammt lang.«

Als Severin nicht antwortete, stupste Kati ihn mit dem Ellbogen an.

Damit löste sie den Knoten. All die Worte schafften es endlich aus Severin heraus. Nicht nur die Kurzfassung, wie beim Frisieren, sondern die ganze Geschichte. Manche Worte kamen schnell und gehetzt heraus, andere schienen sich nicht zu trauen, brauchten Luftholen und Pausen und konnten nur leise in die Welt treten. Danach Schweigen und einander halten und Zeit zulassen.

Irgendwann sprach Severin wieder.

»Um auf deine eigentliche Frage zurückzukommen«, er musste ein wenig lächeln, weil sie nun schon so lange zurücklag, »ich hab mit ihnen telefoniert. Also, nicht wirklich mit Anja, sie hat eigentlich nur den Hörer an Marie weitergegeben. Anja wird mir nie verzeihen, und das verstehe ich. Aber Marie hat mir dann ihre ganze Barbie-Sammlung erklärt. Mit allem Zubehör.«

»Spannend.«

»Ja, mach dich nur lustig.«

Kati spürte, wie Severin schmunzelte. Sie mochte dieses Gefühl.

»Aber jede einzelne Barbie war wie ein Geschenk für mich«, fuhr Severin fort. »Marie hätte noch Stunden damit weitermachen können. Okay, vielleicht nicht wirklich Stunden. Aber dass sie mir von ihrem Spielzeug erzählt … das war so wundervoll normal, verstehst du? Dass sie davon ausging, mir das erzählen zu können, ja vielleicht zu müssen, weil ein Vater einfach Bescheid wissen sollte über die verschiedenen Barbies, das war …«

»Verstehe ich gut.« Sie strich sanft über seine Hand.

»Du kannst mir auch gern etwas über deine Barbies erzählen. Ich bin jetzt ein Spezialist auf dem Gebiet.«

Kati musste lachen. »Lass mal stecken! Wir können stattdessen über dein Lieblingsthema reden.«

»Musik?«

»Nein, ich habe über dein doofes Schicksal nachgedacht.«

»Es ist nicht *mein* Schicksal. Und doof ist es auch nicht.«

»Schicksal existiert nicht. Aber vielleicht – lass mich ausreden! – Fügung. Dinge fügen sich zusammen, weil sie einander anziehen wie magnetische Puzzleteile. Mit viel Kraft könnte man verhindern, dass sie zueinanderkommen, aber dann wäre das entstehende Bild fehlerhaft. Und irgendwann würde es nicht mehr zusammenhalten. Deshalb scheitern manche Beziehungen, ihr Ende ist schon im Beginn angelegt.«

Severin nahm Katis Hand in seine. »Spürst du, wie magnetisch wir sind?« Er strich neckisch über ihre Handwurzel. »Kribbelt doch, oder?«

»Ja«, sagte Kati und musste lächeln. »Kribbelt tatsächlich ein wenig.« Sie drehte sich zu ihm. »Danke, dass du hier bist.« Kati küsste ihn. »Aber ich habe dir noch nicht verziehen.«

»Ich mir auch nicht ...«

Kati legte sich wieder auf den Rücken und blickte durch das Loch hinaus ins All. Die meisten Wolken waren zur Stadt weitergezogen, aber ab und an schlurfte noch ein Nachzügler über den Himmel. Kati fielen die Augen zu. »Die Dunkelheit macht mich müde. Warum schmunzelst du schon wieder?«

»Es ist nichts.«

»Doch! Jetzt sag schon!«

»Klingt aber kitschig.«

»Manchmal finde ich ein wenig Kitsch ganz gut. Meistens an Sonntagnachmittagen, wenn ich auf dem Sofa liege und alte Filme mit Heinz Erhard oder Theo Lingen gucke, aber für dich mach ich jetzt mal eine Ausnahme.«

»Na gut. Ein Satz ist in meinem Kopf aufgetaucht, als du über Dunkelheit geredet hast.«

»Ich höre.«

Sie spürte, wie sich Severins Brust hob, als er Luft holte.

»Seit ich dich kenne, ist meine Welt ein ganzes Stück heller geworden.«

Jetzt musste Kati schmunzeln. »Hat Beethoven das gesagt, als er die *Pastorale* komponierte?«

»Ich glaube, während er komponierte, hat er nicht geredet, sondern konstant Rheinwein in sich hineingeschüttet.«

»Beethoven ist mir auf einmal viel sympathischer!«

Kati griff nach Severins Arm und zog ihn auf ihren Bauch, wie eine Decke. »Es ist kalt. Wärmst du mich etwas?«

Severin schmiegte sich an sie, seine Brust an ihrem Rücken, seine Knie in ihren Kniekehlen, der Spann seiner Füße unter ihren Sohlen. Zwei ineinander verschlungene Fragezeichen. Severins steter Atem beruhigte Kati. Von draußen drang das sanfte Geräusch des Windes zu ihnen, der über die Arktis strich.

Am Fenster seines kleinen Zimmers stand Martin und blickte zur Jurte.

Ab und an kamen noch Tränen, wenn er sich an einen weiteren Moment erinnerte, in dem er Kati so gern hatte sagen wollen, dass er ihr Vater war, und sie wie ein Vater in seine Arme schließen.

An ihrem letzten Tag in der Grundschule, als sie mit ihrer Klasse ein Lied gesungen hatte und so traurig gewesen war, dass der bis dahin wichtigste Lebensabschnitt endete. Als sie ihr Mofa zu Schrott gefahren und sich die Knie blutig geschrammt hatte. Als sie ihren Flieger verpasst hatte, der sie nach Island bringen sollte.

Das eigene Kind trösten zu können war eines der größten Geschenke für Eltern.

Für jeden verpassten Moment liefen Tränen Martins Wange hinunter.

Trotzdem war dies der glücklichste Tag seines Lebens.

Denn heute war ihm eine Tochter geschenkt worden.

Im Nachhinein sagten alle, was für ein Glück es sei, dass in jener Nacht Windstille herrschte. Dadurch wurde das Feuer nicht weiter angefacht, und die steil aufsteigende Rauchsäule war schon von Weitem zu sehen.

Severin erwachte nicht durch das Prasseln und Knacken des Feuers, sondern durch Haralds panisches Röhren. Als er die Augen öffnete, sah er den grellen Widerschein der Flammen auf der Plane der Jurte. Im ersten Moment dachte er, der Stoff selbst hätte Feuer gefangen, bis er begriff, dass der Flammenschein von etwas dahinter ausstrahlte. Doch dahinter lag nur das Museumsgebäude von »Svenssons Polarwelt«.

Severin weckte Kati, und schnell traten sie vor die Jurte. Die Südseite des Haues stand bereits komplett in Flammen. Dass Martin die Außenmauern mit ochsenblutroten Holzbohlen verkleidet hatte, erwies sich als Brandbeschleuniger.

Der Stall stand weit genug entfernt, um vor den Flammen sicher zu sein. Obwohl Harald und Bettina in Panik schrien und versuchten zu fliehen, mussten sie darin bleiben.

Severin suchte mit den Augen die Szenerie nach Martin ab, genau wie Kati neben ihm. Sie hatte ihren wahren Vater gerade erst gefunden, sollte sie ihn etwa gleich wieder verlieren? Egal, ob Schicksal, Fügung oder Zufall, es wäre grausam.

Kati und Severin riefen, ja, sie brüllten Martins Namen. Aber nur das Ächzen der brennenden Hausbalken, das Splittern der Fenster, das dunkle Heulen des Feuers waren als Antwort zu hören. Also schrien sie noch lauter.

»Gott sei Dank geht's euch gut!«, erklang plötzlich ein Ruf von Martin, der mit dem ausgestopften Polarfuchs unter einem und dem ausgestopften Schneehasen unter dem anderen Arm in der Tür des Hauses erschien. »Los, helft mir schnell, bevor es zu spät ist!«

»Lasst uns den Brand löschen!«, rief Kati.

»Da hilft mein Wasserschlauch nicht mehr. Und die Feuerwehr ist längst informiert. Jetzt beeilt euch! Alles muss schnell raus, egal wie!« Er stellte die Tiere ab. »Auf jetzt!«

Als Erstes trugen sie das Aquarium mit nordischen Fischen und Quallen heraus, dann die Gesteinsproben aus der beleuchteten Vitrine, die Bücher aus dem Regal und die gerahmten Bilder und Fotos von den Wänden. Martin warf derweil alles aus der Walfänger-Hütte in weitem Bogen aus dem Fenster. Das Feuer fraß sich rasend schnell von der Südseite her um das ganze Haus herum. Überall schienen nun Flammen zu sein. Aus allen Ecken züngelten sie hervor, als würden sie ihr neues Eigentum verteidigen.

»Was ist eigentlich passiert?«, rief Severin, während er die Flaggen der polaren Länder von den Wänden riss.

»Unser neuestes Exponat hat Feuer gefangen«, brachte Martin stockend hervor, weil der Rauch die Luft aus dem Inneren des Museums schon weit verdrängt hatte, Augen tränen und Lungen schmerzen ließ.

Severin brauchte einige Sekunden, bis er begriff, dass es sich um die Nachbildung des arktischen »Zombiefeuers« handeln musste.

»Hilf mir!«, kam es von Kati, die versuchte, den Kühlschrank über den Fliesenboden zu zerren, in dem sich der Schneeball aus Spitzbergen befand.

»Ohne Strom wird ...«

»Pack einfach an!« Katis Gesicht war ganz verzerrt.

Severin warf die Flaggen auf den Boden und rannte zu ihr. Als sie den schweren Kühlschrank hinausgetragen hatten, hörten sie es hinter sich krachen, die Zarge der Haustür zersplitterte, das umgebende Mauerwerk stürzte ein. Die Plüschtiere aus dem Museumsshop waren mit einem Mal zu sehen, brennend, ihre Plastikaugen schmelzend. Und mitten im Inferno stand der ausgestopfte Eisbär, seine Pranken hoch erhoben. Jetzt sah es nicht mehr aus, als würde er zum Angriff ansetzen, sondern so, als flehte er um Hilfe.

Knallende Geräusche verrieten, dass die Surströmming-Dosen unter der Hitze aufgeplatzt waren, was kurz danach durch den stechenden Geruch vergorenen Fischs bestätigt wurde.

Severin blickte zu Kati, die einfach nur dastand und zu den immer höher aufsteigenden Flammen starrte.

Neben ihr Martin, der jetzt mitansehen musste, wie das gesamte Dach krachend einstürzte.

Das Letzte, was er aus den Flammen gerettet hatte, hielt er noch in seinen großen Händen. Er presste es an sich.

Es war das sepiafarbene Foto, das ihn und Helga zusammen mit Reinhold Messner nach dem Vortrag im Pfarrheim zeigte.

Kapitel 7

38 Briefe

Asche ist trauriger als Feuer. Feuer verdeckt die Verwüstung, die es anrichtet, mit seinem Lichterspiel aus Rot, Gelb, Violett. Es lässt die Hoffnung zu, alles sei nicht so schlimm.

Asche ist erbarmungslos ehrlich. Sie zeigt alles, dem sie die Farbe, dem sie das Leben entzogen hat, in Schwarz, Grau und Weiß. Asche ist monochrom und nackt.

Die Feuerwehr zog am frühen Nachmittag wieder ab. Das verkohlte Gerippe des Museumsbaus hatte sie weiträumig abgesperrt. Nur der Museumsgarten hatte überlebt.

Martin stand seit Stunden nicht still, er räumte, telefonierte, organisierte. Gerade war er unterwegs, um einen Kastenwagen zu holen, mit dem die geretteten Ausstellungsstücke ins alte Kino transportiert werden konnten, wo sie bis zu dessen Verkauf zwischengelagert werden würden.

Severin hatte kaum ein Wort mit ihm reden können. Eigentlich nur einen Satz.

»Wenigstens bist du gut versichert.«

Worauf Martin den Kopf schüttelte, viel zu lange. »Mein ganzes Geld ist ins Museum geflossen.«

Trotzdem hatte er Lukas gebeten, eine Liste der zerstörten Dinge zu erstellen. Der Junge ging deshalb, mit einem Fernglas ausgestattet, an der Absperrung entlang und katalogisierte die sichtbaren Schäden. Bettina und Harald begleiteten ihn dabei und grasten friedlich.

Immer wieder wanderte Lukas' Blick zu dem verkohlten Schutthaufen, an dem er das Zombiefeuer-Exponat errichtet hatte. Seine Lippen bewegten sich dann, als spräche er mit sich selbst.

Für Severin und Kati gab es nichts mehr zu tun. Sie saßen auf der Holzbank, die aus der Walfängerhütte gerettet worden war, und tranken Filterkaffee mit Kondensmilch aus Campingtassen, die Nachbarn vorbeigebracht hatten. Die Leberwurstbrötchen mit Gurkenscheiben, eine Spende anderer Nachbarn, waren dagegen noch unangetastet. Weder Martin noch Severin oder Kati war nach Essen zumute.

»Ich werde morgen fortgehen«, sagte Kati plötzlich und nahm Severins Hand in die ihre.

»Morgen schon?«

»Das Kino wird verkauft, mein Elternhaus muss ich ebenfalls aufgeben, und jetzt ist auch noch meine Wahlheimat abgebrannt. Wenn es tatsächlich ein Schicksal gibt, sagt es mir gerade: Es ist höchste Zeit fortzugehen, hier hält dich nichts mehr.«

»Aber du glaubst doch nicht an das Schicksal.«

»Nein, aber an Zeichen. Es liegt dann an uns, ob wir sie annehmen.«

Severin dachte an die letzte Nacht zurück, daran, wie unermüdlich Kati Ausstellungsstücke gerettet hatte. Selbst wer fortging, schien sich einen Platz zu wünschen, an den er zurückkehren konnte. Einen Heimathafen, in dem das Schiff immer einen Liegeplatz finden würde.

Und an dem es einen kleinen Schneeball aus Spitzbergen gab.

Dieser lagerte nun bei Madame Catherine im Gefrierfach des Salons, neben den Eisstücken für Hugos.

»Muss nicht viel organisiert werden wegen der Versteigerung, des Hauses und …?«

»Das übernimmt Martin«, unterbrach ihn Kati. »Habe ich eben schon mit ihm besprochen. Er hat jetzt kein Museum mehr und scheint froh über jede Aufgabe, die ihn ablenkt.«

Etwas Ruß klebte an ihrem Augenwinkel, und Severin strich ihn weg. »Bleib doch noch etwas. Wir hatten so schrecklich wenig Zeit, uns kennenzulernen. Ich bin wohl zum falschesten Zeitpunkt in deinem Leben aufgetaucht.«

Kati ließ ihre Finger zärtlich zwischen seine gleiten. »Es tut weh wegzugehen, sehr sogar. Weg von meiner Heimat, weg von … meinem Vater. Weg von dir! Aber wenn ich mich jetzt nicht auf den Weg mache, dann gehe ich nie. Und das würde ich mir nicht verzeihen.« Sie zog Severins Hand sachte hoch zu ihrem Mund und gab ihm einen Kuss darauf. »Ich würde gerne einen Abschiedsspaziergang machen. Noch mal alles anschauen, Fotos mit meinem Kopf machen. Kommst du mit?«

»Natürlich.« Auch Severin plante, Fotos mit seinem Kopf zu machen, ein ganzes Erinnerungsalbum zu füllen. Aber alle sollten dasselbe Motiv zeigen.

Schon kurz nachdem sie den Museumsgarten verlassen hatten, blieb Kati stehen und deutete auf eine völlig unspektakuläre Stelle auf dem Bürgersteig.

»Da habe ich mein Mofa zu Schrott gefahren und mir die Knie blutig geschrammt. Meine erste Verletzung als Rennfahrerin!« Sie lachte ein wenig und sah sich die Stelle sicher fünf Minuten lang an.

Der St.-Brictius-Kindergarten folgte (trockene Kekse und warme Vollmilch schafften es bis heute, Kati zu beruhigen), die Carl-Orff-Grundschule (erstmals verliebt, natürlich unglücklich, in einen Vollidioten, also genau so, wie es sich gehörte), die Apostelkirche, wo sie mit einer weißen Kutsche vorgefahren war und Achim geheiratet hatte. Nur wenige Schritte entfernt das Gerichtsgebäude, in dem sie geschieden worden waren. Das Jugendzentrum (erster Auftritt ihres Lebens, beim Tag der offenen Tür, eine Choreografie, die sie mit ihren drei besten Freundinnen einstudiert hatte, inklusive einer wirklich beeindruckenden Hebefigur), die Stadtverwaltung, in deren gläsernem Eingangsbereich sie ihre Ausbildungsurkunde verliehen bekommen hatte.

»Die meisten wichtigen Erinnerungen sammelt man in der Kindheit und Jugend«, sagte Kati, als sie davorstand und das Bild auf ihre Netzhaut einwirken ließ, damit sie es dort immer wiederfinden konnte. »Danach tröpfeln sie nur noch, und irgendwann versiegen sie völlig.«

»Das kann ich überhaupt nicht bestätigen«, erwiderte Severin und sah sie mit einem warmen Lächeln an. »In jedem Alter kann man wichtige Erinnerungen sammeln. Man muss nur die Augen weiter offen halten.«

Als Nächstes gingen sie zu »Damen Coiffeur Rose« (aber nicht hinein), blickten ins Schaufenster des danebenliegenden Tattoostudios, in dem jetzt diverse Tierzeichnungen präsentiert wurden, am »Lichtspielhaus Waldstein« vorbei, durch dessen gläserne Eingangstür die gestapelten Exponate des Arktis-Museums zu erkennen waren (Kati verkraftete nur einen kurzen Blick), zum Sportplatz (Bundesjugendspiele: keine Ehren-, nur eine Teilnahmeurkunde), passierten das Wasserschlösschen mit seinem noblen Restaurant und liefen die kleine Einkaufsstraße entlang, in der jedes Jahr mehr Leerstand auftauchte, als wäre dieser ansteckend. Davon betroffen war auch die ehemalige Bankfiliale, wo Kati ihr erstes Konto eröffnet und ein mit bunten Blumen bemaltes Sparschwein als Willkommensgeschenk erhalten hatte – Kati hatte keinen Schimmer, wo es abgeblieben war. Heute war dort ein Laden für Handyreparaturen untergebracht.

Kati versuchte, sich an die auf Hochglanz polierten hölzernen Schalter zu erinnern, an das Gerät, das Münzen zählen konnte, an den Ständer mit den verschiedenen Formularen, den mit einer kleinen Kette gesicherten Stift zum Unterschreiben, den Kontoauszugsdrucker, die kleinen Schließfächer (sie hatte nie jemanden getroffen, dem eines davon gehörte).

»Alles sieht anders aus, wenn man es zum letzten Mal sieht.« Melancholie lag in Katis Stimme, wie eine Melodie in Moll, dachte Severin. »Als hätte sich der Ort in ein Museumsdorf verwandelt. So einen Spaziergang hätte ich früher schon mal machen sollen, es ändert total den Blick.«

Severin versuchte, ihr in die Augen zu sehen, aber Kati ließ es nicht zu. »Du solltest wirklich noch etwas hierbleiben.«

»Severin …«

»Ist es nicht das Beste, in einer Welt zu leben, in der du alles ausgesprochen hast? Ist das nicht ein viel größeres Geschenk, als irgendwo neu anzufangen, wo sich wieder Unausgesprochenes ansammelt wie weggeworfene Bananenschalen, die nur darauf warten, dass du auf ihnen ausrutschst? Und wo du Jahr für Jahr immer mehr darauf achten musst, genau das nicht zu tun?«

»Es wird keine Bananenschalen mehr geben. Zumindest keine großen. In Zukunft werde ich alles direkt aussprechen.«

Severin nickte. Nicht, weil er es einsah, sondern nur, weil er einsah, dass es keinen Sinn hatte, jetzt weiter darüber zu reden. »Ich muss dir noch etwas sagen. Etwas Wichtiges.«

»Hier?«

Severin zeigte auf die Musikschule, an deren Wand Noten aufgemalt waren.

»Die sind aber jetzt nicht aus der *Pastorale*?!« Kati lachte, aber merkte schnell, dass es Severin ernst war.

»Nein, aber Musik hat uns zusammengeführt. Und du glaubst doch an Zeichen.« Er nahm ihre Hände in seine, so vorsichtig, wie man zerbrechliche Muscheln am Strand aufhebt. »Für dich ist es ein Zufall, dass wir uns begegnet sind.« Kati merkte, dass Severin sich seine Worte genau zurechtgelegt hatte. Es klang, als würde er sie ablesen. »Und jeder Zufall ist eine Chance. Für Gutes wie für Schlechtes. Ich möchte dein glücklicher Zufall sein, Kati Waldstein. Und du bist meiner. Egal, was noch passiert.« Er lächelte sie an, und Katis Kopf legte ungefragt die Platte mit der *Pastorale* auf.

»Du *bist* mein glücklicher Zufall«, sagte sie, schloss Severin in die Arme und lehnte den Kopf an seine Wange. Nach vier langen Atemzügen schlug die Kirchturmuhr laut die neue Stunde. Kati seufzte. »Ich muss jetzt nach Hause und den letzten Brief schreiben. Kommst du mit? Und danach zum Friedhof? Ich mag gerade nicht allein sein.« Sie spürte, wie er nickte und ihr einen zärtlichen Kuss auf den Kopf gab. »Ich mag gerade nicht ohne dich sein …«

Der Grabstein aus schwarzem, poliertem Granit war endlich geliefert worden. *Helga Waldstein – Geliebte Ehefrau und Mutter* stand darauf. In goldener Serifenschrift, die jetzt von den Strahlen der warmen Nachmittagssonne erhellt wurde. Unter dem Geburts- und Todesjahr war eine alte Filmkamera auf einem dreibeinigen Stativ eingraviert, als wäre das Kino ihr Leben gewesen.

Alles genau wie im Testament festgelegt.

»Soll ich weggehen, solange du vorliest?«, fragte Severin.

»Nein, bleib bitte. Es ist Zeit, dass die Wahrheit kein Geheimnis mehr ist. Alle sollen wissen, was meine Mutter verschwiegen hat. Erzähl es ruhig weiter, ja?«

»Das solltest du selbst tun, es ist schließlich deine Geschichte.«

»Aber ich werde bald fort sein, auch wenn du das immer noch nicht glauben willst.« Kati stellte sich genau vor der rechteckigen Umrandung des Grabes auf, das von weißen Kieselsteinen bedeckt war. Rechts vor dem Grabstein war eine Lampe montiert, in der ein Solarlicht seinen Dienst verrichtete, links war ein wetterfester Bilderrahmen mit einem alten Foto ihrer Mutter eingelassen worden. Es zeigte sie zu der Zeit, die sie selbst immer als »ihre volle Blüte« bezeichnet hatte. Aufgenommen worden war es von einem Zeitungsfotografen bei der Premiere eines großen Hollywoodfilms im Lichtspielhaus. Helga hatte ein solch prachtvolles Chiffonkleid getragen, so glänzende High Heels, dass Gäste von außerhalb gedacht hatten, sie sei die Hauptdarstellerin.

Das Grab war äußerst geschmackvoll hergerichtet.

Nur die Miniatur des Globus, der am Nordkap auf felsigem Grund stand, passte nicht dazu. Der Abschiedsgruß eines Menschen, dem es nie darum gegangen war, anderen Menschen als geschmackvoll zu erscheinen.

»Das ist der letzte Brief«, sagte Kati, als sie ihn aus ihrer Jackentasche hervorzog. »Und genau wie der erste hat er mit meiner Mutter zu tun.«

»Das ist Schick…«

»Nicht sagen!« Kati faltete das Butterbrotpapier auseinander, wobei es wie immer ein sanftes Knittergeräusch von sich gab. Sie hatte ein Blatt ausgewählt, das an mehreren Stellen beschädigt war, manchmal fehlte ein Stück, mal war es tief eingerissen. Jetzt strich sie die Ecken öfter glatt, als es nötig gewesen wäre. »Auch wenn du diesmal vielleicht wirklich ein bisschen recht hast.«

Es fiel Kati nicht leicht, aber sie lächelte. Sie wollte diesen Brief unbedingt mit einem Lächeln vorlesen.

Liebe Mama,
ja, liebe Mama. Ich bin selbst überrascht, dass mein Brief an Dich so anfängt, ja anfangen muss. Dabei habe ich allen Grund, Dich zu verachten. Wegen allem, was Du mir angetan hast, über Jahrzehnte hinweg. Alle Weichen hast Du in Richtung Unglück gestellt. Bei Deiner eigenen, Deiner einzigen Tochter.
Ich würde Dich gerne hassen, das wäre leichter. Hundert Prozent reiner, klarer Hass. Aber Du bist trotz allem immer noch meine Mutter, und wie allen Menschen wurde mir in die Wiege gelegt, die eigene Mutter zu lieben. Bedingungslos. Und ebenso bedingungslos an die Liebe der eigenen Mutter zu glauben. Das habe ich getan. Das war mein größter Fehler.
Und selbst jetzt ist noch etwas von diesem Glauben übrig und auch von meiner Liebe für Dich, sie ist noch nicht ganz aufgebraucht. So unglaublich viel war davon vorhanden, dass Du mir nicht alles hast rauben können.
Trotz allem will ich auch glauben, dass Du mich geliebt hast.
Aber es war eine Liebe, die Du nicht zulassen konntest, die nicht sein durfte, weil die Liebe, die zu mir geführt hat, auch nicht sein durfte. Ich

weiß nicht, ob Du Martin geliebt hast, aber er liebt Dich auf jeden Fall.
Kannst Du mir sagen, warum die Liebe so unglaublich blind ist, dass sie immer wieder auf unfruchtbaren Boden fällt? Was für eine Verschwendung! Von Gefühlen, von Zeit, von Glück. Auch wenn es einen Teil meines Herzens gibt, der Dich immer noch liebt oder zumindest lieben will, kann ich Dir nicht vergeben, was Du getan hast. Aber es zumindest verstehen, ein wenig. Vielleicht genug, um damit irgendeinen Frieden zu machen. Irgendwann.
Ich habe Fragen, so unglaublich viele Fragen, auf die ich nie eine Antwort erhalten werde. Ich werde sie in den nächsten Jahren loslassen müssen, wie Steine, die man schleppt und irgendwann am Wegesrand ablegt.
Hast Du mein Leben bewusst vergiftet? Oder hast Du Dir Deinen Hass auf mich und alles, wofür ich stehe, nicht eingestanden? Niemanden belügen wir so routiniert und gekonnt wie uns selbst. Vielleicht hast Du Dir eingeredet, es wäre tatsächlich alles zu meinem Besten, weil es für Dich nicht zu ertragen gewesen wäre, Deiner Boshaftigkeit ins Gesicht zu blicken.
Aber ich glaube, tief in Dir wusstest Du, dass es falsch war. Deshalb hast Du mir immer auch etwas Gutes getan – nachdem Du mein Leben wieder einmal vergiftet hattest. Mal bekam ich einen Roman geschenkt, den ich mir schon lange gewünscht hatte, ein andermal haben wir ein Konzert in der Stadt besucht, es war Beethoven,

wie mir jetzt auffällt. Ja, sogar eine gemeinsame Reise ans Meer haben wir gemacht, nachdem Du meine Ausbildung im Salon vereitelt hattest. Da warst Du dann plötzlich fürsorglich, warst mit einem Mal Mutter. Haben diese Momente es leichter für Dich gemacht, mit Dir zu leben? Oder doch nur schwerer?

Fragen, so viele Fragen.

Zumindest weiß ich jetzt, warum Du mich so früh aufgeklärt hast. Meine Mitschülerinnen ahnten noch nicht, wofür Bienen und Blümchen standen, da wusste ich schon, wie man eine Schwangerschaft verhindert. Das zumindest wolltest Du mir ersparen, durch ein Kind in einem Leben festgebunden zu werden, das man niemals wollte. So wie es Dein Schicksal war. Du konntest Dein Abitur nicht an der Abendschule nachholen, konntest beruflich nicht die Karriere machen, die für Dich möglich gewesen wäre, und musstest stattdessen unfähigen Vorgesetzten zuarbeiten. Du konntest nicht reisen, und mit einem Kind konntest Du Dich auch nicht von einem Mann trennen, den Du wohl nie geliebt hast.

Aber genau das hättest Du doch tun können. Tun müssen. Und Du hättest reden können und müssen. Du hast nicht nur selbst eine Lüge gelebt, Du hast mich eine Lüge leben lassen, Papa und Martin auch. Du hast uns allen diese Lüge aufgebürdet. Aber wenn man eine Lüge gemeinsam trägt, wird sie nicht leichter. Eine Lüge wird nur schwerer und schwerer.

Du hättest Deine Briefe abschicken müssen. Du hattest eine Wahl. Mir hast Du keine gelassen. Damit hast Du verhindert, dass wir uns so lieben können, wie wir beide es gebraucht hätten. Dass wir füreinander da gewesen wären, verbunden durch das, was passiert ist.

Kati sah die letzten zwei Worte auf dem Butterbrotpapier. Die Umrisse des Grabs schienen schemenhaft hindurch. Mit einem Mal fehlte ihr die Luft, um sie auszusprechen.

»Kannst du das bitte vorlesen?« Kati reichte den Brief Severin.

»Er ist mit der Hand geschrieben«, sagte Severin leise.

»Ja, und das hätten sie alle sein müssen. Man kann etwas nur loslassen, wenn man seinen Frieden damit gemacht hat. Oder zumindest beschlossen hat, das zu tun. Dann ist ein Anfang gemacht, und es braucht Zeit.« Sie deutete auf den Brief in Severins Hand. »Für den hier braucht es am meisten Zeit.«

Severin reichte ihn ihr zurück. »Wenn ich die Worte für dich ausspreche, sind sie nicht wirklich gesagt. Du schaffst das.«

Kati holte tief Luft, als spränge sie vom Dreimeterbrett ins Becken und blickte auf das Foto ihrer Mutter, in ihre strahlenden Augen. Kati hatte nicht mit aufs Foto gedurft, obwohl der Fotograf darum gebeten hatte. Sie musste die Handtasche ihrer Mutter halten.

Leb wohl.

Kati sagte es noch mal. Lauter diesmal. Beim dritten Mal rief sie es so laut, dass die Tauben aufstoben. Denn genau so treibt man Geister aus.

Dann faltete Kati das Butterbrotpapier ordentlich zusammen, schob es zurück in den Umschlag und legte den Brief auf den Grabstein. Von den weißen Kieseln auf dem Grab wählte sie den schwersten und legte ihn darauf. Doch es war schwierig, den Kiesel in Balance zu bringen, ein Windstoß würde ihn herunterfallen lassen und den Brief fortwehen. Also kniete sie sich hin, grub mit der Hand eine Kuhle, steckte den Brief tief hinein und bedeckte alles wieder mit Kieseln. Noch eine ganze Weile ließ Kati ihre Finger darauf liegen.

»Vielleicht habe ich all die Briefe nur geschrieben, weil ich spürte, dass es Ungesagtes gab. Mein Weg, das zu ändern, war, ganz viel zu reden.«

Sie sah etwas aus dem Augenwinkel und hob den Kopf. Severins Blick folgte dem ihrem.

Es war ein einzelner Kranich, hoch oben. Er beeilte sich, gen Süden zu fliegen.

»Das ist der letzte«, sagte Kati. »Er ist sicher auf dem Weg nach Spanien, in die Extremadura. Da überwintern die meisten, deshalb will ich da auch hin.« Sie stand auf. »Ich sollte jetzt packen.«

»Das war keiner«, erwiderte Severin schnell. »Es sind noch ganz viele bei uns. Du musst noch nicht weg.«

Kati küsste ihn lang und zärtlich. Danach schaffte sie es nicht mehr, ihm in die Augen zu sehen. »Mach es mir bitte nicht noch schwerer. Es ist ohnehin schon das Schwerste, was ich je tun musste.« Sie blickte nochmals in den Himmel. »Und es muss leicht sein, schließlich muss ich da oben mitfliegen können.«

***

Die ausgestopften Tiere der Arktis thronten auf den Treppenstufen im Foyer des Lichtspielhauses, als blickten sie auf ihr Reich. Der ganze Boden stand voll mit dem, was vor den Flammen gerettet worden war. Über allem lag ein schwerer Rauchgeruch, weshalb sämtliche Türen und Fenster weit geöffnet waren.

»Hast du Bettina und Harald gut versorgt?«, fragte Martin den durch den Vordereingang hereinkommenden Lukas.

»Selbstverständlich. Und beide haben eine Extraportion Leckerlis erhalten.«

»Gut gemacht.« Martin wies auf die Sackkarre. »Dann fahr damit die Bücherkartons in den Lagerraum.« Er selbst machte sich daran, die Flaggen zu untersuchen. Welche mussten entsorgt werden, welche waren noch zu gebrauchen? Wofür auch immer. Als er bei der farbenfrohen samischen Fahne ankam, stand plötzlich ein atemloser Severin neben ihm.

»Kati geht tatsächlich weg! Sie packt gerade.«

Martin blickte zu ihm auf, die Augen leer. »Ich weiß.«

»Niemand geht doch einfach so von einem Tag auf den …« Severin hielt inne, spürte wieder Anjas zentnerschweren Blick auf sich und den von Marie, die ihn angeblickt hatte wie einen Fremden.

»Was passiert, passiert. Da kann man nichts machen.« Martin roch an dem Stoff. Er stank nach verbranntem Plastik. Das würde nie wieder rausgehen.

»Du hast doch seit dem Brief noch gar nicht richtig mit ihr sprechen können.«

Martin stopfte die Fahne in einen blauen Müllsack. »Natürlich möchte ich mit ihr über alles reden. Aber ich habe fast vier Jahrzehnte darauf gewartet, da habe ich jetzt auch die Zeit, bis sie so weit ist.«

»Was ist mit deinem Museum? Du brauchst doch sicher Katis Hilfe beim Wiederaufbau. Sie würde dich nie im Stich lassen, wenn du sie bittest.«

»Mein Museum? Das ist Geschichte. Du stehst in dem bisschen, was davon übrig ist. Ich werde alles verkaufen, habe es eben im Radio bekannt gegeben, als ich zum Brand interviewt worden bin. Hab sogar schon einen Preis genannt.«

»Aber das hier ist dein Leben!«

»Das *war* mein Leben.« Er riss einen weiteren Müllsack von der Rolle und reichte ihn Severin, damit er ihn aufhielt. »Falls du bei mir Unterstützung dafür suchst, sie zum Hierbleiben zu überreden: Vergiss es! Und falls du einen Ratschlag willst, wie du das bewerkstelligen kannst: Vergiss es ebenfalls. Kati ist so stur wie ihre Mutter. Und die war der sturste Mensch, den ich kannte. Obwohl sie sich selbst damit am meisten geschadet hat.« Martin griff nach der nächsten Fahne und rollte sie ruppig auseinander. »Wenn sie zum Beispiel über etwas nicht reden wollte, dann hättest du eher eine Marmorstatue zum Reden bekommen.«

»Wolltest du …?«

»… über alles reden? Natürlich! Zuerst mit ihr. Dann mit Kati und mit meinem Bruder. Das wenigstens habe ich irgendwann getan. Nach Katis achtem Geburtstag, als die Ähnlichkeit für jeden, der Augen im Kopf hatte, nicht mehr zu übersehen war.« Martin versuchte, die rot-weiße Flagge Grönlands glatt zu streichen. »Ich habe es ihm hier gesagt, also oben im Vorführraum. Er zeigte gerade *Ist das Leben nicht schön?*«

Severin blickte zur Tür, die zum Filmprojektor-Raum führte. »Genau wie viele Jahre später bei seiner letzten Aufführung …«

Martin nickte. »Den Streifen mochte er sehr. Ich hatte damals gedacht, so ein Gespräch führe ich mit ihm am besten dort, wo er sich sicher und zu Hause fühlt. Er hat es zwar schon gewusst, aber es von mir zu hören war ein Schlag für ihn. Nicht wegen der Ehe mit Helga, die war damals schon lange eine Farce. Sondern wegen Kati. Paul hat sie so sehr geliebt. Aber ab diesem Moment ertrug dieser Vollidiot es nicht mehr, sie bei sich zu haben. Weil dann immer der Schmerz kam, dass sie nicht seine Tochter war, dass seine Frau ihn mit seinem Bruder betrogen hatte und sein Bruder ihn mit seiner Frau. Kurze Zeit später fing dieser Wahn an, alles zu sammeln. Das hat er ja nicht für sich gemacht, sondern für Kati. Die Liebe, die vorher in seine Zeit mit ihr geflossen war, die hat er dann halt zum Sammeln benutzt.«

»Du meinst diese ganzen Schrauben, Kugelschreiber, Bierdeckel, dieses ganze Butterbrotpapier ist …«

»… Pauls gesammelte Liebe.« Martin versuchte, die Flagge Grönlands wieder ordentlich zusammenzufalten, aber der feine Stoff glitt ihm ein ums andere Mal durch die Finger.

»Wenn ich etwas gelernt habe in meinen Leben, dann, dass Liebe sich auf unterschiedlichste Arten zeigt. Viele Menschen denken, das ginge nur durch Küsse, durch zärtliche Worte, vielsagende Blicke. Aber Menschen zeigen ihre Liebe auch durch Kuchen, durch Gartenbeete, durch aufwendig eingerichtete Häuser, durch selbst zusammengestellte Musikkassetten, also früher einmal.«

»Sagt der Mann, der ein Arktis-Museum gegründet hat, nur weil er nach einem Vortrag über die Arktis …«

»Vielleicht, wer weiß? Mich hat die Arktis immer schon fasziniert.«

»Warum bist du dann eigentlich nie hin? Hab mich nie getraut, dich das zu fragen.«

Martin strich sich über den Bart. »Wenn du jemanden liebst, aber ihm nicht nah sein darfst, dann willst du ihm auf keinen Fall fern sein. Ich wollte nicht noch weiter weg sein von meiner Tochter, als ich es ohnehin schon war.«

»Du und dein Bruder, ihr seid echt solche Blödmänner gewesen.«

»Was?« Martin blickte wütend von der verflixten Flagge auf. »Wieso?«

»Zwei Väter, die ihre Tochter lieben, aber bei wem lebt sie jahrelang? Bei ihrer Mutter, die sie nicht lieben kann.« Severin packte zwei Ecken der Flagge Grönlands und half Martin beim Zusammenfalten.

»Wenn du es so ausdrückst …« Martin schnaufte.

Sie legten die Flagge zusammen, prüften die nächste und falteten auch diese wieder zu einem ordentlichen Paket.

»Weißt du«, sagte Severin, als sie eine weitere Fahne auf Brandspuren und Geruch prüften. »Nur wegen Kati bin ich nicht mehr ziellos, so wie die ganze Zeit vorher, und hoffnungslos auch nicht mehr. Ich habe endlich wieder Boden unter den Füßen. Wenn Kati geht, weiß ich nicht, was passiert. Vielleicht verliere ich wieder meinen Weg?«

»Ich kann dich verstehen, aber das ist trotzdem egoistisch gedacht. Du brauchst Kati für dein Leben. Wenn du sie wirklich liebst, sollte es dir aber um ihres gehen.«

»Ich glaube, wir brauchen uns gegenseitig.«

»Du bist echt ein unverbesserlicher Romantiker. Aber wenn man jemanden braucht, ist es keine Liebe. Nein, Liebe ist es dann, wenn man einander nicht braucht und trotzdem zusammen ist. Liebe ist nie Notwendigkeit, immer freie Wahl.«

»Sagt man in der Arktis?«

Martin lächelte. »Sagt man in der Arktis.«

»Und in der Arktis weiß man auch, dass man manchmal aufeinander angewiesen ist. Denn allein überlebt man im ewigen Eis nicht.«

Martin nickte anerkennend. »Mit den eigenen Mitteln geschlagen ...«

Plötzlich kam Farbe in den Raum.

»Da steckt ihr ja!« Madame Catherine rauschte heran und drückte Martin an ihre Brust. »Wir sammeln im Salon schon für den Wiederaufbau deines Museums. Für jeden Haarschnitt gehen zwei Euro in die Spardose, für jede Dauerwelle sogar fünf!« Sie richtete sich schwungvoll ihre Frisur. »Aber ich bin wegen Kati hier. Sie darf auf keinen Fall gehen, sie muss schließlich meinen Salon übernehmen. Wenn wir das zusammen anpacken, kriegen wir es auch hin! Ich für meinen Teil schicke ihr jetzt zum Beispiel ständig Fotos von schrecklich missglückten Frisuren und schreibe dazu, dass sie kommen muss, um den Salon zu retten.«

Martin seufzte. »Wir haben doch schon drüber gesprochen: Du willst ernsthaft eine Frau, die fortgeht, weil ihr Leben die ganze Zeit fremdbestimmt war, nun fremdbestimmt zum Bleiben bringen?«

»Es war von der *falschen* Frau fremdbestimmt! Wir meinen es ja nur gut mit ihr.« Madame Catherine sah sich um und griff dann einen Klappstuhl, der an der Wand lehnte.

»Du, hier hinsetzen.« Sie zeigte auf Severin, dann auf den aufgeklappten Stuhl. »Bekommst einen neuen Haarschnitt.«

»Und dann bleibt Kati hier?« Severin konnte nicht anders, als zu grinsen.

»Du hast ja keine Ahnung, wie wichtig die Haare sind!«

»Sie glauben, mit der richtigen Frisur gelingt einem alles?«

»Die richtige Frisur gibt einem das *Gefühl*, dass einem alles gelingt! Bei mir hat es immer geholfen. Und jetzt halt den Kopf still.« Aus ihrer großen Handtasche kramte Madame Catherine Schere und Kamm hervor, die sie für Notschnitte immer bei sich trug.

Severin setzte sich, wie angeordnet, hin. »Ich dachte, Sie schneiden nur Frauen die Haare?«

Madame Catherine lachte trocken auf. »Was ist eine Männerfrisur anderes als eine Damenfrisur ohne Pfiff!«

Jetzt musste selbst Martin grinsen, das erste Mal seit dem Brand. »Kleidest du den armen Severin auch noch neu ein?«

»Ihr Dummköpfe nehmt das nicht richtig ernst!« Madame Catherine beugte sich zu Severin. »Kati denkt, dass ihr selbstbestimmtes Leben nur woanders beginnen kann. Du musst ihr klarmachen, dass sie ebenso gut hier bei uns neu anfangen kann! Mit meinem Salon, mit dir. Und zeig ihr außerdem, dass unser Ort noch viel zu bieten hat. Sie kennt längst nicht alles, auch hier gibt es für sie Neues zu entdecken.«

Martin zog einen zweiten Klappstuhl heran und setzte sich damit vor Severin, das Schauspiel sichtlich genießend. »Denkst du da an was Bestimmtes?«

»Zum Beispiel das Restaurant im Schloss Loersberg! Da wollte Kati immer schon mal hin, war ihr aber zu teuer.«

»Und ein Essen da soll Kati dann dazu bringen, dass sie …?«, begann Severin eine Frage, wurde aber von Madame Catherine unterbrochen.

»Es ist ein *Baustein!* Ihr Männer begreift auch gar nichts. Das Geld fürs Essen gebe ich dir. Und jetzt Augen zu, ich schneide mal deine Brauen.«

Martin sah sich nach Lukas um. Der hatte die Bücherkartons neben dem Eingang zum Kinosaal platziert.

»Die gehören dahinten hin!«, rief Martin ihm deshalb zu.

»Hier ergeben sie aber mehr Sinn. Es muss nur ein Bücherregal errichtet werden.«

Alle schauten zu ihm. Lukas gab nie Widerworte, sondern führte jede Aufgabe wortwörtlich durch.

»Fühlst du dich gut?«, fragte Martin ihn.

»Ja.«

»Warum hast du dann die Bücherkartons nicht an die Stelle gebracht, die ich dir genannt habe?«

»Weil wir sie dann später wieder hierhin transportieren müssten. Diese Arbeit können wir uns sparen.«

»Ich verstehe nicht …« Martin schaute die Bücherkartons an, als hätte er etwas Wichtiges an ihnen übersehen.

»Meine Eltern haben mir mitgeteilt, dass sie Ihre sämtlichen Exponate erwerben werden, und zwar zu einem mehr als großzügigen Preis, weil ich maßgeblich, vielleicht sogar ursächlich für den Brand verantwortlich bin. Auch das Grundstück mit Museumsgarten werden sie erwerben, um dort einen arktischen Spielplatz zu errichten, den ich schon vor Jahren skizziert habe.« Er rückte die Brille auf seiner Nase zurecht. »Weiterhin werden sie dieses Kino kaufen, in welchem dann das neue Arktis-Museum entstehen soll. Dies tun sie für mich, denn mit Erreichen meiner Volljährigkeit soll ich diese Institution führen. Sie sind der Meinung, das wäre eine sinnvolle Lebensaufgabe für mich, worin ich ihnen zustimme. Einige Veränderungen habe ich bereits geplant.« Er zog einen Zettel aus der Hosentasche, faltete ihn auseinander und hielt ihn empor, als wäre er Beweisstück A. Auf dem Papier war der Grundriss des Kinos mit exakten Maßen abgebildet, mit Anmerkungen und eingezeichneten Exponaten in sieben verschiedenen Farben. »Zum Beispiel möchte ich einen Ausstellungsteil der Antarktis widmen und zum anderen den Klimawandel dokumentieren, der diese einzigartigen Naturparadiese und die ganze Welt bedroht.«

Martin war sprachlos.

»Falls Sie sich fragen, was diese Entwicklung konkret für Sie bedeutet. Ich schätze es, wenn mir klare Instruktionen gegeben werden. Manchmal gelingt Ihnen das sogar. Deshalb wäre es ein sinnvolles Arrangement, wenn Sie vorerst Museumsdirektor blieben. Über ein angemessenes Honorar habe ich mir bereits Gedanken gemacht.«

Madame Catherine fiel die Schere aus der Hand.

***

Severin fühlte sich verkehrt. Das fing schon bei den Haaren an, die einen Schwung und eine Geschmeidigkeit aufwiesen, die er ihnen nie zugetraut hätte. Noch merkwürdiger war sein Gesicht. Madame Catherine hatte es angesehen und geseufzt. Also, *so* gehe das nicht, sie würde ein bisschen, wirklich nur ein winziges bisschen, sodass man es quasi gar nicht sehen würde, aber es eben doch einen Unterschied mache, also, sie würde einen Hauch Make-up auftragen. Dann hatte sie Pasten auf ihn geschmiert und an ihm gezupft, an den unterschiedlichsten Stellen, die aber gemeinsam hatten, dass sie mit stechendem Schmerz reagierten. Als Severin dies anmerkte, papperlapappte Madame Catherine seinen Einwand einfach weg.

Woher sie die Kleidung hatte, die er nun am Körper trug, wusste Severin nicht. Madame Catherine sprach nebulös von früheren Verehrern. Den Farben von Hemd und Hose nach zu urteilen, mussten diese sie vor einigen Jahrzehnten verehrt haben.

»Das bin nicht ich«, sagte Severin bei jedem einzelnen Arbeitsschritt seiner Generalsanierung, worauf Madame Catherine erwiderte, genau das sei ja der springende Punkt.

Auch der Reservierung des Tischs im Schlossrestaurant nahm sich Madame Catherine an. Als sie dort anrief, konnte Severin heraushören, dass sie dank einiger Gespräche im Salon Dinge über ihren Kontakt wusste, von denen dieser nicht wollte, dass sie weitere Kreise zogen.

Erpressung wäre ein zu hartes Wort gewesen, aber das passende.

Den Rest des Nachmittags verbrachte Severin im Kino mit Vorbereitungen für den Abend, zumindest dabei ließ Madame Catherine ihm freie Hand.

Martin bedachte alles, was er mitbekam, mit einem Kopfschütteln, versuchte allerdings, möglichst wenig mitzubekommen. Er räumte stoisch weiter auf. Lukas arbeitete intensiv am Lageplan seines Museums und lief mit einem Zollstock herum, um das Kino exakt zu vermessen.

Kurz bevor Severin losging, erschien Madame Catherine noch einmal und drückte ihm einen Blumenstrauß in die Hand. Zwei Dutzend rote Rosen.

»Die alten Methoden sind immer noch die besten!«

Severin erwähnte nicht, dass dieser Satz wenig Gewicht hatte, wenn er von einer Frau kam, die seit Jahren allein lebte. Aber er wusste es schließlich auch nicht besser. Sein letztes romantisches Abendessen lag sehr lange zurück. Anja und er hatten nach Maries Geburt nicht gut auf sich aufgepasst, waren von Liebenden zu Eltern geworden. Natürlich konnte man auch beides sein, aber ihnen war das nicht gelungen.

Als Severin vor Katis Haus stand und den Arm hob, um zu klingeln, erklang ein reißendes Geräusch aus der Achsel. Das Nadelstreifensakko saß so eng wie ein Kommunionsanzug, den man zum achtzehnten Geburtstag noch mal auftragen musste.

Kati öffnete die Tür. Sie trug eine alte Jeans und ein ausgeleiertes T-Shirt mit verwaschenem Motiv. Ihre Haare hatte sie zu einem Pferdeschwanz gebunden, aus dem etliche Strähnen herausgeflutscht waren. Ohne ein Wort zu sagen, schloss sie ihn in die Arme. Sie hielt ihn lange, Severin spürte ihr Herz schnell schlagen.

»So schön, dich zu sehen.« Kati strich ihm sanft über den Rücken und löste langsam die Umarmung. »Auch wenn du komisch aussiehst. Gehst du auf eine Mottoparty?«

»Abschiedsabendessen. Mit dir.« Severin reichte ihr die Blumen.

»Ich hab noch nie einen Strauß rote Rosen bekommen.« Kati gab ihm einen Kuss. »Dank dir sehr dafür!«

»Heißt das, du kommst mit mir essen?«

»Ich bin leider gerade total im Stress. Muss packen und darf nichts vergessen!«

Sie schien es genau wie Martin zu halten: viel arbeiten, damit man nicht aus Versehen anfing zu denken.

»Dafür braucht man Kraft, und für Kraft braucht man Essen, oder?«

»Mir reicht ein Butterbrot. Du siehst aber nach Galadiner aus.«

Severin streckte seine Hand aus und machte ungelenk einen Knicks. »Erweist du mir die Ehre?«

»Es ist heute echt ...« Kati beobachtete amüsiert, wie er sich wieder aus der Position befreite. »Ach, weißt du was, die Zeit nehme ich mir jetzt einfach. Kann ich so gehen?« Sie zeigte wie ein Model auf ihre Kleidung. »Ich zieh mich besser schnell um. Stellst du die Blumen ins Wasser?«

Als er eine passende Vase in der Küche gefunden, Wasser eingefüllt und die angeschnittenen Blumen hineingestellt hatte, kam Kati schon wieder die Treppe herunter.

»Alles soll leicht sein. Das ist der Plan für meinen Abschied. Also auch dieses Kleid. Es ist für den Sommer, aber dahin reise ich morgen ja. Richtung Süden.«

Das tintenblaue Kleid mit den Spaghettiträgern war viel zu dünn für den Herbst. Kati wirkte darin, als könnte schon ein leichter Wind sie vom Boden heben.

Auf dem Weg machten sie kurz halt am bereits geschlossenen Salon. Kati hatte im Internet eine seltene Single erworben: *All My Loving* von den Beatles. Sie lehnte das mit einer roten Schleife versehene Stück gegen die Eingangstür. Madame Catherine würde die Botschaft verstehen, und das Lied würde ihr außerdem aufregende Erinnerungen an die Liaison mit Ringo bescheren. Ob es diese jemals gegeben hatte oder nicht.

Zärtlich legte Kati ihre Hand auf die Fensterscheibe und blickte in den Salon. Die Schüssel mit den Zitronenbonbons schimmerte leicht im schwachen Mondlicht. Bevor zu viele Tränen kamen, machte sie sich wieder auf den Weg.

Das Wasserschlösschen lag am Rande des Ortes in einem kleinen Park und machte den größten Teil seines Umsatzes mit Hochzeiten. Ein weißer Holzpavillon war extra für Trauungen errichtet worden, es gab auch einige Gästesuiten, damit die Frischvermählten und ihre Trauzeugen nach den Feierlichkeiten gleich in die Boxspringbetten fallen konnten.

Nach einigen Stufen gelangten Kati und Severin durch die Eingangspforte ins Foyer, wo ein Holzfeuer in einem großen Kamin prasselte. Zur Linken lagen die beiden Speisesäle, entsprechend der Bauzeit des Schlosses eingerichtet und an diesem Abend komplett von Kerzen beleuchtet – entsprechend den Wünschen einer speziellen Madame. Auch dass sie den besten Tisch erhielten, hatte sie sichergestellt, den mit Blick auf den Park, in dem jetzt am Abend die ältesten Bäume erleuchtet waren.

Der Maître d'hôtel zog einen dick gepolsterten Barockstuhl für Kati zurück. Kaum saßen sie, wurde schon Champagner in hohen Flöten serviert. »Mit Grüßen von Madame Catherine!« Mit einem Nicken verschwand der Maître wieder.

Kati rückte nervös auf ihrem Stuhl hin und her. »Was soll das hier, Severin? Du solltest es mir doch leicht machen!«

»Genieß den Abend einfach. Du hast mit deinen Augen schon Fotos von deiner Heimat gemacht, um dich an sie erinnern zu können. Ich wünsche mir nur, dass du auch heute Abend Bilder machst, um dich zu erinnern.«

Die »Grüße aus der Küche« befreiten Severin von dem Zwang, weitere gelogene Erklärungen auftischen zu müssen: eine Jakobsmuschel in der Schale, ein aufgeschlagenes Gurkensüppchen mit Kräuter-Croustade und ein kleines, herzhaftes Törtchen mit darauf drapierten Schnittlauchröllchen, bei dem Severin keine Ahnung hatte, woraus es bestand, das aber köstlich schmeckte.

Er blickte allerdings kaum auf das Essen und fast nur auf Katis vom Kerzenlicht erleuchtetes Gesicht. War sie immer schon so schön gewesen? Oder kam es ihm nur so vor, weil er wusste, dass er dieses Gesicht vielleicht nie wiedersehen würde?

»Woran denkst du?«, riss Kati ihn aus den Gedanken.

»Ach, nichts Besonderes …«

»Du fragst dich bestimmt, was eine Frau einpackt, wenn sie nicht weiß, wie lange ihre Reise dauert?«

»Ja, das habe ich mich tatsächlich gefragt.« Erfolglos versuchte er, nicht zu viel Traurigkeit in seinen Worten mitschwingen zu lassen.

Kati tat so, als hätte sie es nicht bemerkt, und erzählte, was sie alles ein- und dann wieder ausgepackt hatte. Sie wollte mit leichtem Gepäck reisen, aber trotzdem auf alles vorbereitet sein.

Dann wurde Baguette serviert, das von einem kleinen Bäcker aus der Umgebung stammte. Es begeisterte Kati, genau wie die dazu gereichte aufgeschlagene Salzbutter. Es folgten Medaillons vom Atlantikhummer auf Wildkräutersalat, in Nussbutter gebratenes Saiblingsfilet und rosa gebratener Rücken vom Salzwiesenlamm mit Kirschen, Mangold und Sellerie. Dazu floss köstlicher Wein in ihre Gläser, der stets kundig erläutert wurde.

Severin hasste jeden Moment dieses Abends.

Er wollte nicht durch einen Tisch von Kati getrennt sein. Er wollte nicht über irgendetwas reden, das mit Katis Fortgehen zu tun hatte. Und er konnte es nicht erwarten, ihr die Überraschung zu zeigen, die seine einzige eigene Idee an diesem ganzen Theater war.

Aber das Menü war noch nicht beendet, und wenn schon Konversation betrieben werden musste, dann von jetzt an zumindest über ein Thema, das ihm keine Stiche versetzte.

»Ich wollte dir noch etwas sagen.«

Kati tupfte sich die Mundwinkel mit der Spitze der Stoffserviette ab. »Das klingt nicht gut. Also, überhaupt nicht gut. Sag es lieber nicht.«

»Es ist aber etwas Gutes. Wirklich.« Er räusperte sich. »Ich werde in der Stadt als Klavierstimmer arbeiten, das Kulturhaus hat schon zugesagt, dass sie ab jetzt nur noch mich buchen.«

»Severin, ich …«

»Und ich werde den verlassenen Bauernhof kaufen. Du weißt schon, den in der Nähe der Flussbiegung, wo wir uns zum ersten Mal gesehen haben. Er war ja immer schon Teil meiner *Pastorale*, in Zukunft wohne ich dann mitten in meiner Lieblingsmusik.« Er lächelte. »Außerdem wollte ich immer schon mal ein altes Haus renovieren.«

»Das ist schön für dich.« Sie griff über den Tisch nach seiner Hand und drückte sie. »Aber wenn du das nur machst, damit ich bleibe, muss ich dich enttäuschen. Ich gehe, mein Entschluss steht fest. Und das hier war doch ein Fehler. Ich will weg.«

»Aber es kommt noch das Dessert!«

»Mir ist nicht nach Dessert. Ich habe keinen Hunger mehr.« Kati stand auf.

»Lass uns durch den Schlosspark gehen, das ist kürzer.« Mit dieser Lüge kam Severin nur durch, weil Kati so durcheinander war. Er legte schnell die Geldscheine auf den Tisch, die Madame Catherine ihm für das Essen gegeben hatte, und ging vor zu einer Glastür, die zu einem Teil des Parks führte, der komplett im Dunkeln lag.

Erst als sie auf der Terrasse standen, wurde auf ein Zeichen von Severin hin die Beleuchtung eingeschaltet.

Da standen sie, die Kraniche. Eine ganze Gruppe, mitten im Schlossgarten. Und sie blickten in Katis Richtung. Das Licht vibrierte auf ihren ausgebreiteten Schwingen, ihre Schnäbel waren geöffnet, als würden sie gleich zur Begrüßung ihr Gru-gru-gru ausstoßen.

Und sie bestanden komplett aus Butterbrotpapier.

Den ganzen Nachmittag hatte Severin an ihnen gefaltet, sie später mit Blumendraht im Park fixiert, Dutzende Lichtstrahler installiert.

Er trat hinter Kati und legte seine Hände auf ihre Schultern.

»Guck, es sind noch ganz viele Kraniche da. Du musst morgen nicht gehen.«

Katis Schultern zitterten vor Anspannung.

»Dieses Restaurant, das bin nicht ich.« Sie zeigte auf die Kraniche. »Und das da, das will ich nicht. Warum lässt du mich nicht gehen? Obwohl ich dich so darum gebeten habe?«

Sie drehte sich zu ihm, sah ihn aus glasigen Augen an, voller Wut, Enttäuschung, Unverständnis. Obwohl sie Severin ganz nah stand, war sie weit entfernt.

»Ich wollte dir doch nur ein paar Gründe geben, noch etwas zu bleiben«, erwiderte Severin, aber er spürte, dass seine Worte die Distanz zu ihr nicht überbrücken konnten. »Du kannst ja im Frühjahr gehen oder im Sommer. Warum muss es jetzt sofort sein? Das verstehe ich einfach nicht.«

Kati trat einen Schritt näher, ihre Stimme jetzt ein Flüstern. »Leb wohl.«

Dann rannte sie in die Nacht.

***

Severins alte Kleidung hatte Martin zwar aus dem Feuer retten können, aber sie stank jetzt nach Rauch. Trotzdem fühlte er sich wohler darin als in der von Madame Catherines verflossenen Liebhabern. Er hatte sich im Kino umgezogen und war dann zu den Überresten des Museums gegangen. Das Make-up wusch er sich mit kaltem Flusswasser aus dem Gesicht, spülte sich damit auch das Haarspray vom Kopf. Dann machte er ein Lagerfeuer vor der Jurte und blickte in die Flammen, bis er vor Müdigkeit einschlief.

Die Morgensonne weckte ihn mit Licht durch seine Augenlider und Wärme auf seinem Gesicht. So aufzuwachen fühlte sich an, wie wieder auf der Straße zu leben. Severin ging zum Stall, um Bettina und Harald herauszulassen. Der alte Elch senkte sofort den Kopf, um nach frischem Gras Ausschau zu halten, auf dem kühler Morgentau lag. Das Rentier stupste stattdessen Severin mit der Schnauze an, um den Tag mit ein paar Streicheleinheiten zu beginnen.

Er gab sie ihr gerne.

Dann klopfte er Bettina auf die Flanke.

»Mach's gut, Kleine.« Severin blickte zu Harald, der schon in Kanada angekommen war. »Und du auch, Großer!«

Er schulterte seinen alten Rucksack, nahm dann sein restliches Hab und Gut, eine Plastiktüte in der linken und zwei in der rechten Hand. Es fühlte sich an wie früher, aber es war nicht so. Alles hatte sich geändert. Damals hatte es einen Grund gegeben, warum er weggehen musste, jetzt eigentlich einen Grund, warum er bleiben wollte.

Am hölzernen Gatter des Museumsgartens, das vom Feuer verschont worden war, blickte er sich noch einmal um. Nur kurz war er hier gewesen, und doch hatte er sich seit Jahren nicht mehr so zu Hause gefühlt.

Severin war erst wenige Schritte die Straße entlanggegangen, als Kati mit ihrem orangefarbenen

Beetle abrupt vor ihm stehen blieb. Schnell stieg sie aus, nahm sich nicht die Zeit, die Fahrertür ins Schloss zu werfen, sondern ging direkt zu Severin.

Dann öffnete sie den Mund, aber es kam nichts heraus. Nur Atem. Zuerst schnell, dann immer langsamer werdend.

Auch Severin sagte nichts. Er suchte in Katis Augen nach einem Hinweis, weshalb sie gekommen war.

So standen sie dort schweigend und unbeweglich wie die Papierkraniche am Abend zuvor.

Es war Severin, der die Stille schließlich brach.

»Kati, ich muss mich …«

»Ich zuerst!« Sie hob einen Zeigefinger. »Es tut mir leid, dass ich gestern so …«

»Nein, *mir* tut es leid! Dir muss gar nichts leidtun! Was ich da abgezogen habe, war großer Mist.«

Katis Gesicht wurde sanfter. »Das mit den Kranichen war eigentlich eine total schöne Geste.«

»Aber zum total falschen Zeitpunkt!« Severin wollte kein Verständnis. Er wollte um Entschuldigung bitten und ein Urteil ohne mildernde Umstände.

»Da hast du recht. Und deshalb bin ich auch hier. Ich möchte mich auf die richtige Art von dir verabschieden. Du weißt schon, mit leichtem Gepäck. Mit einem Lächeln, falls uns danach ist.«

»Ich bin sehr froh, dass du gekommen bist!«

»Wolltest du gerade …?« Sie wies mit dem Kinn auf die Straße, die aus dem Ort führte.

Severin schüttelte den Kopf. »Nur zum Bauernhof. Es gibt viel zu tun, und für mich wird es gut sein, etwas zu tun.« Er breitete die Arme aus, um Kati ein letztes Mal in die Arme zu schließen.

Aber sie zog stattdessen einen Briefumschlag aus der Jackentasche. »Ich habe noch ein Blatt Butterbrotpapier aus der Holzkiste geholt. Hatte eine Person vergessen. Es war sogar noch schwerer, diesen Brief hier zu schreiben als den an meine Mutter.«

Severin machte unwillkürlich einen Schritt zurück. »Nimm es mir nicht übel, aber ich glaube, das verkrafte ich gerade nicht. Gib ihn mir einfach, und ich lese ihn, wenn der richtige Moment da ist, okay?« Er streckte die Hand aus.

»Er ist nicht für dich.«

»Oh, ich dachte … wie dumm von mir.«

»Ich wusste, dass du denkst, er sei an dich.« Sie grinste. »Er ist an mich selbst.«

Severin musste jetzt auch grinsen. »Du hast so einen miesen Charakter.«

»Ja, oder?« Jetzt lachte Kati, und plötzlich war da wirklich etwas von der Leichtigkeit, die sie sich für diesen schweren Moment so gewünscht hatte. »Ich hätte dich gerne dabei, wenn ich ihn vorlese. Du kommst nämlich auch ein bisschen vor.«

»Hier auf dem Bürgersteig?«, fragte Severin.

»In der Jurte«, antwortete Kati. »Die ist ein guter Ort dafür. Da hatten wir es für ein paar Stunden ganz leicht.«

Die Jurte war der einzige Teil des Museums, in dem es sich noch so anfühlte, als wäre alles in Ordnung. Severin mochte sehr, dass es solche Orte gab, an denen die Welt stillstand. Sie bewegte sich drum herum schon schnell genug.

Harald und Bettina mussten gespürt haben, dass im Inneren etwas Besonderes vorging, denn sie schoben sich zusammen durch die Öffnung in der Plane hinein.

»Wenn das wirklich dein letzter Brief ist, dann bekomme ich keinen«, sagte Severin, der nicht wusste, wie nah er sich zu Kati setzen durfte. Nur wie nah er sich setzen wollte, das wusste er.

»Nein, du bekommst keinen.«

»Ach so, okay.« Eben war er noch halb erleichtert und halb enttäuscht gewesen, keinen zu erhalten. Jetzt fühlte es sich an, als würde ihm ein besonderes Geschenk verwehrt.

»Wirst gleich verstehen, warum.« Sie riss den Briefumschlag auf. »Ist total komisch, wenn er an einen selbst ist. Aber die richtige Art von komisch.« Sie hielt das Butterbrotpapier hoch, sah die Schemen von Bettina und Harald hindurch, deren Ohren mit einem Mal wie Kraniche wirkten, die kurz davor standen, sich in die Lüfte zu erheben.

Butterbrotpapier war tatsächlich magisch.

»Der allerletzte Brief …«

Dann begann sie, langsam zu lesen.

Liebe Kati,
ich habe viel über Dich nachgedacht. Manchmal sogar zu viel. Aber so ist das bei dem Menschen, der einem nähersteht als jeder andere.
Ich muss gestehen, dass ich Dir viel Unglück angetan habe. Und zugelassen, dass es Dir angetan wurde. Ich habe nicht genug Fragen gestellt und vor allem nicht die richtigen, habe mich von Angst und Vorsicht leiten lassen und zu sehr davor gefürchtet, mich mit einer

Mutter zu streiten, die unter einer lieblosen Ehe litt.
Auf diese Art habe ich Dich jahrelang im Stich gelassen, meine Kati. Habe gar nicht gut auf Dich aufgepasst, auf Deine Wünsche und Träume.
Aber ich habe in den letzten Wochen viel gelernt. Jeder Brief war immer auch einer an mich selbst. Ich war Verfasserin und Leserin in einem. Mir ist über Dich genauso viel klar geworden wie über andere. Ich habe Dir Deine Welt mit jedem Wort ein bisschen mehr freigeschrieben.
Dieser Brief hier ist per Hand geschrieben, weil ich in den letzten Wochen gelernt habe, Dich zu lieben. Mehr als zuvor. Weil vieles, was ich als Deine Fehler angesehen habe, aus den richtigen Gründen entstanden ist, weil Du Deiner Mutter vertraut und sie geliebt hast. Auch wenn das dazu geführt hat, dass Du unfrei warst, sind Vertrauen und Liebe Eigenschaften, die ich in anderen Menschen suche und an ihnen schätze. Ich habe das so noch nie gesagt, nicht einmal gedacht, aber: Ich finde Dich klasse, Kati Waldstein. Fühl Dich umarmt!
Ich bin froh, mit Dir den Rest meines Lebens zu verbringen.
Ich weiß nicht, was ich Dir zu dem Mann schreiben soll, den Du erst vor Kurzem kennengelernt hast und der so schnell von einem Fremden zu einem Vertrauten wurde. Er ist ganz wunderbar, aber das weißt Du ja schon. Er ist wie Du voller Traurigkeit, das weißt Du auch. Und er glaubt an so etwas Unwahrscheinliches wie das Schicksal.

Er ist im ungünstigsten Moment in Dein Leben getreten, und Du hast Dich in ihn verliebt.
Was Du nicht wolltest.
Denn man verliebt sich nicht, wenn man fortgehen will. Liebe ist immer ein Band, das einen zurückhält, egal, aus welch feinem Stoff es gesponnen ist.
Du hast darüber nachgedacht, ihn zu fragen, ob er Dich begleitet. Aber er muss hierbleiben, an seiner Flussbiegung.
Du weißt, dass er Dir schrecklich fehlen wird, weil so vieles noch ungesagt, noch ungelebt ist. Du weißt genau, wie weh es tun wird, ohne ihn zu sein, weil Du gestern den ganzen Abend geweint, Deine Taschen immer wieder aus- und eingepackt hast, bis Du nicht mehr wusstest, was richtig ist. Ob Du einer fixen Idee folgst oder dem wichtigsten Entschluss Deines Lebens. Aber das weiß man ja immer erst nachher, oder? Das sind die Spielregeln.
Du konntest erst zu Ende packen, als Du begriffen hast, dass Du ihm aus der Ferne schreiben kannst. Und dass es für ihn nicht nur einen Brief geben wird, sondern ganz viele. Und wie schön es ist, jemandem schreiben zu können, dem man alles von seinen Reisen erzählen möchte.

Sie sah auf zu Severin, und ihr Blick war wie eine Liebkosung. Sie wischte ihm mit dem Daumen ein paar der Tränen aus dem Gesicht, aber es kamen immer neue dazu.

Du wirst auf Butterbrotpapier schreiben und mit der Hand. Du weißt um die Macht von Worten, die sogar Küsse von einem Menschen zum anderen überbringen können.
Severin wird Dir Bücher schicken, auf deren Seitenränder er all seine Gedanken schreibt, und es wird so sein, als würdet ihr miteinander auf einem Sofa sitzen und über das Gelesene reden.
Aber jetzt musst Du erst einmal gehen. Du hättest es schon längst tun sollen. Erst aus der Entfernung sieht man manches richtig. Es ist wie mit den Bildern der Impressionisten, die Du so magst, denen von Monet, van Gogh, Pissarro. Steht man ganz nah davor, sind da nur einzelne, unzusammenhängende Punkte, mit jedem Schritt weiter weg erkennt man mehr von dem, was die ganze Zeit da war.
Du wirst bald endlich das ganze Bild sehen.
Und denk dran: Nur wer fortgeht, kann auch wiederkommen.
Du musst nicht wissen, wann das sein wird. Du darfst es nicht wissen. Du musst nur wissen, wer Du bist und was Du willst. Das ist schon schwer genug, meine Kati.
Damit Du nie vergisst, warum Du draußen in der weiten Welt bist, habe ich Dir ein Zeichen machen lassen. Es wird Dein Begleiter sein, Dein Beschützer.
Ich weiß nicht, ob ich Dir je wieder schreiben werde. Ehrlich gesagt, hoffe ich, dass zwischen uns keine Briefe mehr nötig sind.
Ich wünsche Dir alles, alles Gute!

Ich wünsche Dir ein Leben, das Du selbst bestimmst. Bei dem alle Fehler nur auf Deine Kappe gehen.
Und alles Glück auch.
Leb wohl.
Deine dich sehr liebende Kati

Sie drückte das Butterbrotpapier an ihre Brust. »Brief zugestellt.« Kati versuchte ein Lächeln, aber es wurde so zerknittert wie das Papier in ihren Händen. Dann faltete sie es zusammen, immer weiter, bis es fast so klein wie eine Streichholzschachtel war, aber bedeutend dicker.

»Ich muss dir noch das Zeichen zeigen. Es wird dir gefallen.« Kati zog ihre Jacke aus, streifte dann den Pullover über ihren Kopf und das T-Shirt gleich mit. Dann drehte sie Severin den Rücken zu.

Auf ihrer linken Schulter war ganz frisch ein blauer Vogel tätowiert, ein Kranich im Flug.

»Ich bin jetzt ein Zugvogel«, sagte Kati. »Und du weißt ja, die kommen immer wieder. Es gibt nicht nur Bleiben oder Gehen, nicht nur Schwarz oder Weiß, es gibt beides gleichzeitig. Ich gehe, aber ich bleibe auch! « Sie drehte sich wieder zu ihm. »Nimmst du mich jetzt in die Arme? Ich brauch das gerade sehr.«

Severin setzte sich zu ihr und umarmte sie. Ihre ganzen Körper drückten sich fest aufeinander. Katis Mund näherte sich Severins Ohr. Ganz leise flüsterte sie ihm etwas zu:

»Das Schicksal bestimmt vielleicht, wer in unser Leben kommt, aber das Herz, wer darin bleibt! «

Sie lösten sich voneinander, weil sie sich jetzt und sofort küssen mussten. Severin strich danach sanft über Katis Wangen, über die Umrisse ihrer Lippen, über ihre Nasenspitze, Kati strich Strähnen aus Severins Stirn.

»Machst du gerade Fotos?«, fragte sie leise.

»Ein ganzes Album voll.«

Ein Hupen ertönte.

»Mein Taxi ist da«, sagte Kati und gab Severin einen letzten langen Kuss.

»Aber du bist doch eben mit deinem Auto gekommen?«

Sie gab ihm ihre Schlüssel. »Das kannst du haben, solange ich weg bin. Falls du irgendwann doch wieder in eins steigst. Und du kannst in meinem Haus wohnen, bis dein Bauernhof fertig ist.«

Sie ging an Harald und Bettina vorbei durch den Ausgang der Jurte, gefolgt von Severin.

Vor dem abgebrannten Museum stand ein kleiner Campervan mit einem großen Anhänger, wie Severin ihn von Pferdetransporten kannte. Martin öffnete die Fahrertür und winkte ihnen zu. »Bereit?«, rief er.

»So bereit, wie ich nur sein kann.« Kati steckte den Kopf zurück in die Jurte. »Kommt, ihr zwei, es geht nach Hause.«

»Du nimmst Harald und Bettina mit in den Süden?«

Die beiden traten heraus.

»Nein, in den Norden. Ich hab begriffen, dass ich ein Polarkranich bin. Harald soll jetzt endlich mal Schweden in echt kauen können!«

»Und Martin …?«

»… kommt das erste Stück des Weges mit. Endlich in die Arktis. Er meint, der Brand seines Museums hätte ihm gezeigt, dass etwas enden und etwas Neues beginnen muss. Wir haben heute Nacht lange miteinander geredet. Das hat so gutgetan.« Sie schaute wieder zu Harald und Bettina. »Los, ihr zwei, im Anhänger gibt es extra viele Pilze für euch.«

Martin ließ die Einstiegsrampe herunter. »Außerdem frisches Stroh, viel Wasser. Das wird ein richtiger Wellnesstrip!«

Severin griff nach Katis Hand. »Ich würde dir gern noch etwas für die Reise mitgeben. Aber ich brauch ein wenig Zeit dafür.«

Kati blickte auf ihre Armbanduhr. »Wir müssen jetzt leider los, sonst erreichen wir die Fähre nicht.«

Severin wandte sich zu Martin. »Kannst du mich schnell fahren? Dann dauert es nur fünf Minuten.« Er warf ihm Katis Schlüssel zu, die er fing.

»Verlädst du die beiden?«, fragte Martin seine Tochter.

»Äh, ja, ich bin gerade nur total überrascht, dass Severin …«

Selbst fahren ging auf keinen Fall, er würde sicher gegen den nächstbesten Poller donnern. Aber vielleicht hielt er es lange genug auf dem Beifahrersitz aus.

Die Angst kochte in Severin über wie Milch, als er sich in den Wagen setzte. Aber es musste sein. Er schloss die Augen und versuchte, langsam zu atmen, obwohl sein Herz raste.

Als sie zurückkehrten, blickten die Köpfe von Bettina und Harald bereits aus dem Anhänger heraus, wobei Harald auf irgendetwas herumkaute.

Kati saß im Van auf dem Fahrersitz und kurbelte das Fenster herunter. »Was habt ihr denn so lange gemacht?«

Als Martin ausstieg, konnte Kati sehen, dass seine Augen von Tränen gerötet waren.

Severin trat zu ihr. »Das Wetter kann rau werden in der Arktis. Da brauchst du das hier.«

Er reichte ihr den Trenchcoat und den Hut ihres Vaters. »Er hätte gerne auf dich aufgepasst. Jetzt hat er die Chance.«

Kati schaffte es nur zu nicken.

»Mach's gut, Polarkranich. Bist ein sehr seltenes Exemplar.«

»Mach du es auch gut.«

Eine Stille entstand, in die keine Worte passten. Sie wirkten alle zu kantig dafür.

Es war Harald, der sie durchbrach, als er aus dem Anhänger trompetete.

Martin räusperte sich. »Wir müssen los.«

»Ja«, sagte Kati. Sie atmete noch einmal tief durch und blickte zu Severin.

»Ja«, sagte auch dieser. »Ihr müsst los.«

Sie lächelten einander an.

Dann küssten sie sich ein letztes Mal.

In der Geschichte der Küsse nimmt der zum Abschied eine besondere Rolle ein. Abschiedsküsse sind die traurigsten aller Küsse, und trotzdem sind es die, bei denen man sich am wenigsten wünscht, dass sie enden.

Epilog

Im Hochsommer kehrte Kati zurück.

Severin saß auf einer selbst gezimmerten Bank vor dem Bauernhof, als sie aus dem Taxi stieg und zu ihm rannte.

Ihre Haut war brauner, ihr Haar heller, ihr Lachen breiter. Sie hatte so viel zu erzählen, aber sie zog es vor, mit ihrem Mund etwas anderes zu tun. Sie gingen hoch ins Schlafzimmer und küssten sich bei jedem Schritt, sodass sie fast über die Treppenstufen fielen und kurz danach über ihre hastig abgestreiften Kleidungsstücke. Sie schliefen miteinander, und es war schön. Für Severin war es wie Musik und für Kati wie ein Haarschnitt.

Als sie danach auf dem Rücken lag und wieder zu Atem kam, entdeckte Kati, dass Severin all ihre Briefe auf dem Nachttisch liegen hatte, damit er immer wieder darin lesen konnte. Sie rollte sich um ihn, als wäre er ein Ofen und sie eine Katze.

Erst am Abend standen sie wieder auf, und Severin zeigte Kati das Haus. Rund ein Drittel war schon renoviert und zu einem Zuhause gemacht. Ein Zimmer gehörte seiner Tochter, die darauf bestanden hatte, dass die Wände mit den lebensgroßen Bildern eines verschmusten Rentiers und eines verfressenen Elchs bemalt wurden. Marie würde morgen wieder zu Besuch kommen und tun, was sie für helfen hielt, was jedoch immer dazu führte, dass Severin doppelte Arbeit, aber auch doppelte Freude hatte. Ein Rentier zum Streicheln hatte er für sie noch nicht auftreiben können und hoffte, Marie auf zwei Alpakas herunterhandeln zu können, die ihm gerade angeboten worden waren.

Beim Abendbrot erzählte Kati, dass Martin eine Anstellung bei einem Wikingermuseum auf der Insel Vestvågøy gefunden hatte, genau wie Harald und Bettina, die immer noch unzertrennlich waren, obwohl es dort so viele passende Artgenossen gab. Kati hatte in ihren Briefen schon viel berichtet, aber es gab trotzdem noch so viele Fragen, die Severin stellen musste, darüber, wie es war, jenseits des Polarkreises Haare zu schneiden, für Geld oder ein Lächeln.

Kati ihrerseits stellte viele Fragen über das Museum unter Lukas' Führung, dem seine Eltern viel unter die Arme griffen, was sie alle einander nähergebracht hatte. Und natürlich zu Madame Catherine, die verkündet hatte, so lange weiterzuarbeiten, bis Kati ihren Salon übernahm. Selbst wenn sie dafür einhundertdreißig Jahre alt werden müsste!

Kati und Severin redeten sich die Münder trocken und behoben diesen Umstand mit feinherbem Riesling von der Terrassenmosel. Sie lachten auch viel und blickten einander immer wieder in die Augen.

Ob Kati bleiben oder wieder fortgehen würde, darüber sprachen sie nicht.

Beide wussten, dass Kraniche einfach der Natur folgen.

Im Wohnzimmer standen ein altes Klavier und eine Stereoanlage mit großen Boxen, die genau auf das gemütliche Sofa ausgerichtet waren. Viel mehr gab es nicht, nur eine große Glasfront zum Garten hin.

»Legst du die *Pastorale* für mich auf?«, fragte Kati. »Ich habe sie seit damals nicht mehr gehört.«

Vorsichtig ließ Severin das Vinyl aus der knisternden Hülle gleiten und legte es auf den Plattenteller. Arm in Arm auf dem Sofa, die Augen geschlossen, aber Ohren und Herzen weit geöffnet, hörten sie, wie sich die Sinfonie entfaltete.

Kati sah das Bild. Da war der Fluss, da waren die Bäume, die Sträucher. Alles war lichtdurchflutet.

Aber sie stand nicht auf der Seite, von der aus Severin sie seinerzeit gesehen hatte. Sondern auf der anderen. Auf der sie auch damals gewesen war.

Die von Noten und Melodie geschaffene Landschaft war wunderschön.

Aber etwas fehlte.

Dann trat Severin hinein und lächelte.